范仲淹与《岳阳楼记》

FAN ZHONGYAN YU YUEYANGLOU JI

□ 何林福　著

湖南地图出版社
·长沙·

图书在版编目（CIP）数据

范仲淹与《岳阳楼记》/ 何林福著. -- 长沙：湖
南地图出版社, 2022.12
ISBN 978-7-5530-1171-4

Ⅰ. ①范… Ⅱ. ①何… Ⅲ. ①范仲淹（989-1052）—
文学研究 Ⅳ. ①I206.2

中国版本图书馆CIP数据核字(2022)第242718号

范仲淹与《岳阳楼记》
FAN ZHONGYAN YU YUEYANGLOUJI

著　　者：何林福
出版发行：湖南地图出版社
地　　址：长沙市天心区芙蓉南路四段158号
邮　　编：410118
责任编辑：胡雅衡
封面设计：刘勇为
出　　品：湖南天鼓文化传媒有限公司
印　　刷：岳阳鑫容印刷有限公司
开　　本：889mm×1230mm　1/32
印　　张：10.75
字　　数：245千
版　　次：2022年12月第1版
印　　次：2022年12月第1次印刷
印　　数：2000
书　　号：ISBN 978-7-5530-1171-4
定　　价：58.00元

范公永在　楼记永存

——《范仲淹与〈岳阳楼记〉》序

董炳月

何林福先生的大著《范仲淹与〈岳阳楼记〉》即将付梓，可喜可贺。我与何先生相识已久，得以拜读书稿，并遵何先生之嘱写序，甚感荣幸。实际上，何先生年长于我，宋代文学与我的专业领域也有距离，我并非适合写序的人。所以，这里主要是在方法论、思想观念的层面上，谈谈我对何先生学术研究的理解。

范仲淹的《岳阳楼记》是古代散文名篇，言简意赅，全文仅368字。而何先生研究这篇368字的散文，撰写了这部20万字的专著。这是典型的"以小见大"，即以单篇作品为对象，详细阐释，挖掘文本的丰富意蕴，进入文本背后的复杂世界。何先生的《范仲淹与〈岳阳楼记〉》研究，是在穷尽了相关史料的基础上进行的，研究视角是全方位的——从文本释读到背景介绍，从作者及相关人物的生活道路到北宋的社会环境，从思想内涵到美学风格，从作品的创作缘起、创作过程、主旨到后代读者的接受与理解。无疑，这本书是《岳阳楼记》研究的集大成之作，是里程碑式的专著，将成为大学中文系师生学习《岳阳楼记》时的必读书。对于何先生来说，该书的撰写是其学术方法论的成功实践。何先生作为学者有自觉的方法论意识，如他在该书后记中所说："作为一个学者，我非常珍惜'学者'这两个字。我对自己做学问的要求是：少而精、精而深、深而俗、俗而用。"这部《范仲淹与〈岳阳楼记〉》，正是"少而精、精而深"、由精深而达于博大的。当然，何先生这里所谓的"俗"是自谦，实际意思是明白晓畅、可读性强、易于读者大众接受。何先生能够写出这部《范仲淹与〈岳阳楼记〉》并非偶然，而是有其长期的岳阳楼研究做基础，《岳阳楼记》研究是其岳阳楼研究的延展。何先生的岳阳楼研究始于20世纪80年代初，出版过《岳阳楼史话》和《岳阳楼画传》。那两本书为撰写《范仲淹与〈岳阳楼记〉》打下了基础，而且三者构成了何先生引以为荣的"岳阳楼三书"。如果将《范仲淹与〈岳阳楼记〉》比作一把宝剑，那么，从20世纪80年代初算起，何先生是40年磨一剑。这样磨出的宝剑，一定是精美、锋利的。

何先生有自觉的学术理念，并且有完备的知识体系和明确的价值观。40年前，他就读于湖南师范大学和河南大学，后来研究岳阳，又掌握了大量文学、历史知识，而为官经历，则使他对社会现实、对政治有了深入了解。多方面的知识积累与人生体验，都促进了他的岳阳文史研究，使他能够多角度地认识研究对象，并且始终保持着对现实社会的人文关怀、对精神价值的不懈追求。因此，《岳阳楼记》的名言"先天下之忧而忧，后天下之乐而乐"成为他持续阐释的对象。在《岳阳楼史话》中，他将此言与《孟子·梁惠王下》中的"乐民之乐者，民亦乐其乐；忧民之忧者，民亦忧其忧"并论，褒扬中国政治思想史上的民本主义传统，而且记述了当代中国政治人物与岳阳楼的关系，展现"忧乐精神"向现代政治文化的转换。在这部《范仲淹与〈岳阳楼记〉》中，他又专章论述《岳阳楼记》思想的"三重境界"，即悲喜观、进退观，忧乐观。无疑，这三观具有情感、思想、政治等多种属性。

　　无论是在岳阳的地理环境中，还是在岳阳的人文环境中，岳阳楼和《岳阳楼记》都不是孤立的存在，而是与洞庭湖、与君山密切相关。在何先生的岳阳文史研究中，楼、湖、山同样是三位一体的。在《岳阳楼史话》第一章《洞庭天下水，岳阳天下楼》中，何先生引用了黄庭坚名句"未到江南先一笑，岳阳楼上对君山"，并发挥说："君山之美，洞庭湖之美，全是站在岳阳楼上'对'出来的。"对于"对"字的这种解释，体现了他对岳阳人文历史景观的系统性、整体性、结构性把握，同时体现了他对认识主体、审美主体的强调。洞庭湖研究本是《岳阳楼史话》的题中之义，而且何先生出版过专著《洞庭湖》，在君山历史人文研究方面，则有与夫人李翠娥女士合写的专著《君山纪胜》。《君山纪胜》对君山的考察同样是全方位的，历史、地理、神话传说、名胜景点、动植物等等。何先生的"岳阳楼三书"与《洞庭湖》《君山纪胜》等岳阳文史研究成果，具有整体性和系统性，实际上形成了一门独立的学问。这门学问大概可以称为"巴陵学"。

　　我有幸与何林福先生相识，是2009年12月在湖南省平江县，机缘是筹办现代平江籍作家平江不肖生（向恺然）的学术研讨会。翌年10月会议召开之后，应何先生之邀从平江到岳阳参观岳阳楼，何先生亲自担任解说。那已经是10多年前的事。因为那次会议，我对湘籍历史文化名人多了一些了解，并且从何先生身上看到了湘人的聪慧、热情、坚韧。何先生的一系列著作，向我展示了新的知识领域，并促使我思考学者的生存状态等问题。何先生的学术研究，是基于对知识的追求、对家乡的热爱，真实而又扎实，底蕴丰厚且富于人文关怀。这种学术理念、学术方法是我高度认同的。在这里，我祝愿何先生永葆学术青春，取得更丰硕的研究成果。

2022年3月5日于寒蝉书房

（董炳月，中国社会科学院文学研究所研究员、博导，中国社会科学院大学特聘教授，中国鲁迅研究会会长）

目 录

我们为什么要读《岳阳楼记》

　　阅读范仲淹的《岳阳楼记》，解读范仲淹忧乐精神密码。

　　范仲淹是一个怎样的人，《岳阳楼记》是一篇怎样的文章？

　　一个人生前让人敬佩，死后让人痛惜，永远让人景仰。这是他自己的骄傲，也是那个时代的骄傲。范仲淹就是这样一个人。

　　一篇文章写"火"了一种精神，即"先天下之忧而忧，后天下之乐而乐"；捧红了一座楼，即岳阳楼。文以楼存，楼以文传，楼成了"岳阳天下楼"，文成了千古绝唱的美文。这就是范仲淹的《岳阳楼记》。

　　在世界文学史上，名人辈出，著作如林，有一些著作标志着人类精神的高度。在中国，这就是范仲淹一篇368个字的

《岳阳楼记》，它属于标志精神高度经典极品，时间对它没有意义，《岳阳楼记》是永远的，范仲淹是永远的，值得我们永远去读。

人们常说："一千个读者就有一千个哈姆雷特。"每一个读者自身的经历、学识、情趣，乃至思想立场、道德观念、思维方式，都会自觉不自觉地影响到作品的理解，导致对作品理解的差异性。范仲淹和他的《岳阳楼记》对中国历史的影响，无论是思想上，还是艺术上，无论是理论上，还是实践上，都是不可估量的。这就需要我们认真努力去阅读、去理解。我写作《范仲淹与〈岳阳楼记〉》时，力求使理解符合范仲淹的原意，尽量避免和减少自己的主观性，做到"与历史的本来面目"相对一致或者相接近，达到近似值。对范仲淹为什么写《岳阳楼记》、写在哪、写了多久时间等问题进行了全面的解说和点评，尤其是对《岳阳楼记》的主旨和精神，以及隐藏在《岳阳楼记》背后的故事进行了综合研究。全书分为10章，从范仲淹的生平足迹到思想渊源，从人格理念到文学成就，从文本解读到作品分析，一一进行了解读、辨伪、校正等，构成了《岳阳楼记》的全息影像，引领读者了解、领悟《岳阳楼记》的真谛。通过本书对《岳阳楼记》的全面诠释和解读，讲别人没有讲过、没有讲透的那篇《岳阳楼记》，可以领略范仲淹在《岳阳楼记》中写到的天下岳阳楼的风采，并重新认识滕子京，让后人们记起他在岳阳做出的突出贡献，也可以加深领悟《岳阳楼记》的文化内涵，进一步认识"有史以来天地间第一流人物"的范仲淹。

要读范仲淹，就必须从读他的《岳阳楼记》开始……

第一章

《岳阳楼记》评析注译

岳阳楼在湖南省岳阳市西门城墙之上，下临洞庭湖，面对君山岛，气势雄伟，相传三国鲁肃阅军楼是它的前身。李白、杜甫、孟浩然等著名诗人都在这里留下了脍炙人口的诗篇，使岳阳楼名声大振，与湖北武昌的黄鹤楼、江西南昌的滕王阁并称江南三大名楼。这篇《岳阳楼记》，是范仲淹应好友巴陵郡太守滕子京之请为重修岳阳楼创作的一篇散文。千百年来一直入选历朝历代的古文选本和大中学语文教材，成为永远的《岳阳楼记》，值得永远去读。

一、题解

本文选自《范文正公集》。

范仲淹著《岳阳楼记》（油画），徐里、李晓伟、李豫闽/画，现陈列于中国国家博物馆大厅。

作者范仲淹（989—1052），字希文，死后谥号文正，世称范文正公。祖籍邠州，后移居苏州吴县（今江苏吴县），北宋著名政治家和文学家。少时家境贫苦，而志向远大，常"以天下为己任"，且勤奋好学。宋真宗大中祥符八年（1015）中进士。仁宗时，曾任陕西经略副使，率军抵御西夏入侵，对守边颇有贡献。在升任参知政事时，曾提出一系列改革政治的主张，由于大官僚大地主的强烈反对，新政实施不久即被废除，他被贬到地方任职。在积极改革时政的同时，在文学上也力主革新，对北宋文学革新运动的发展有很大的影响，著有《范文正公集》。

本文是作者在新政失败后，被贬谪邓州做知州时，应滕子京的请求，为重修岳阳楼而创作的一篇抒发政治怀抱的优美散文。

二、评点

庆历四年①春，_{点明时间。}滕子京谪守巴陵郡②。隐隐点出重修岳阳楼的倡始人和楼址之所在。"谪"字为全文立言的"题眼"，以下四段文字都与这一字息息相关。越明年③，_{点明修楼的具体时间。}政通人和④，百废具兴⑤，_{赞美政绩，以显才干，暗声"谪"之不当。}乃重修岳阳楼⑥，_{"乃"，承上启下，交代重修岳阳楼的背景。}增其旧制，刻唐贤今人诗赋于其上⑦。_{只提两点以表明重修后的盛况。}属予作文以记之⑧。_{点明作记的缘由，并引起下文。}

这一段概括叙述滕子京谪居巴陵后重修岳阳楼的情况，并说明为之作记的缘由。

予观夫巴陵胜状⑨，_{由叙事转为写景。}在洞庭一湖。_{这一句是巴陵胜状的总概括，以下并用六句话，加以描绘。}衔远山，吞长江，_{"衔""吞"二字用得形象而生动。静物动化，气势雄浑。}浩浩汤汤⑩，横无际涯⑪；_{正面写水势之大，湖面之阔。}朝晖夕阴，气象万千⑫。_{囊括洞庭全景，言气象变化之多。}此则岳阳楼之大观也⑬。_{由湖到楼，一笔煞住，总一笔抓紧"楼"字，扣题有力。}前人之述备矣⑭。

呼应"刻唐贤今人诗赋于其上"句，是上下文衔接的桥梁。从此由写景转而写人、写情，极其自然，并暗示作者之意不在此。**然则** 是轻驰徐转的虚词，与"然而"不同。承上急转，由景及人，另创新意。**北通巫峡⑮，南极潇湘⑯，** 交通位置，此楼连通地域甚广，其自然条件各异。**迁客骚人，多会于此⑰，** 会于此的人又是多愁善感的"迁客骚人"，自然逼出下句"得无异乎？"之问。**览物之情，得无异乎⑱？** "然则"以下的一段文字，是由"大观"的概念中分化出来的思想意识，也正是引起下面两段文字的有力前奏。

这一段是叙述了岳阳楼的风光，写出了洞庭湖的全景。

若夫霪雨霏霏⑲， "若夫"是用在一段或一句开头引起论述的虚词。**连月不开⑳，阴风怒号㉑，** "怒"字拟人化，生动有力。**浊浪排空；日星隐曜㉒，山岳潜形㉓；** 前六句是风雨中洞庭湖的景色。写得惊心动魄。**商旅不行㉔，樯倾楫摧㉕；** 波涛中航旅的情景。补写风雨中湖中景象。**薄暮冥冥㉖，虎啸㉗猿啼。** 以此色此声衬托气象的凄凉。**登斯㉘楼也，** 又扣紧楼字作收煞，以下由景入情。**则有去国怀乡，忧谗畏讥㉙，满目萧然㉚，感极而悲者矣。** 这四句是集中写出游人登楼瞩目，情随景迁，所引起的悲伤之感。

这一段是写洞庭湖的风雨景色和游人登楼瞩目时所引起的悲伤心情。

至若春和景明㉛，"至若"近似"至于"，与上文的"若夫"相呼应。 波澜不惊㉜，与上文"阴风怒号，浊浪排空"对照。 上下天光，一碧万顷㉝；与"日星隐曜，山岳潜形"对照。以上写静景，此为晴朗中洞庭湖的景象。 沙鸥翔集㉞，锦鳞游泳；与"虎啸猿啼"对照，写动景，取于动物。 岸芷汀兰㉟，郁郁㊱青青。以上静景，取于植物。 而或长烟一空㊲，"而或"是转接的虚词，与"至若"相呼应。 皓月千里㊳，浮光跃金㊴，静影沉璧㊵，这四句写晴朗中洞庭湖的夜景。 渔歌互答㊶，此乐何极㊷！衬托夜色的清虚幽静。 登斯楼也，与上文的"登斯楼也"相呼应。以下由景及情。 则有心旷神怡㊸，宠辱偕忘㊹，把酒临风㊺，其喜洋洋㊻者矣。这四句集中写出游人登楼瞩目，因佳景而生喜，所引起的愉快之感，与上段悲伤之感相映衬。

这一段是写洞庭湖在和暖晴朗时的迷人景色和游人登楼瞩目时产生的喜悦心情。

嗟夫㊼！感叹转向议论。 予尝求古仁人之心㊽，或异二者之为㊾，一个"异"字，使思想格调顿然超凡脱俗，更上一层楼。 何哉？以设问转入，以下则论述古仁人的苦乐观。 不以物喜，不以己悲㊿；假托古仁人之心，以批判迁客骚人"以物喜""以己悲"不正确的思想情感。 居庙堂之高则忧其民[51]；处江湖之远则忧其君[52]。在位忧其民，在野忧其君，忧国忧民。此把君作为国家的象征，为古之习用的手法。 是[53]进亦忧，退亦忧。然则何时而乐耶？反诘一句以收上启下。其必曰“先天下之忧而忧，后天下之乐而乐”乎(54)！用解答式肯定，感叹语气作收，主题格外鲜明。这是文章的中心思想所在。噫(55)！微斯人，吾谁与归(56)！结尾一语，借古仁人之心，托出自己的抱负，态度明确坚定，并暗中规劝滕子京，共同勉励。

时六年(57)九月十五日。点明作记时间。

这一段议论点明了文章主旨，抒发了作者的政治理念和抱负——先天下之忧而忧，后天下之乐而乐。最后，交代写作时间，收束自然。

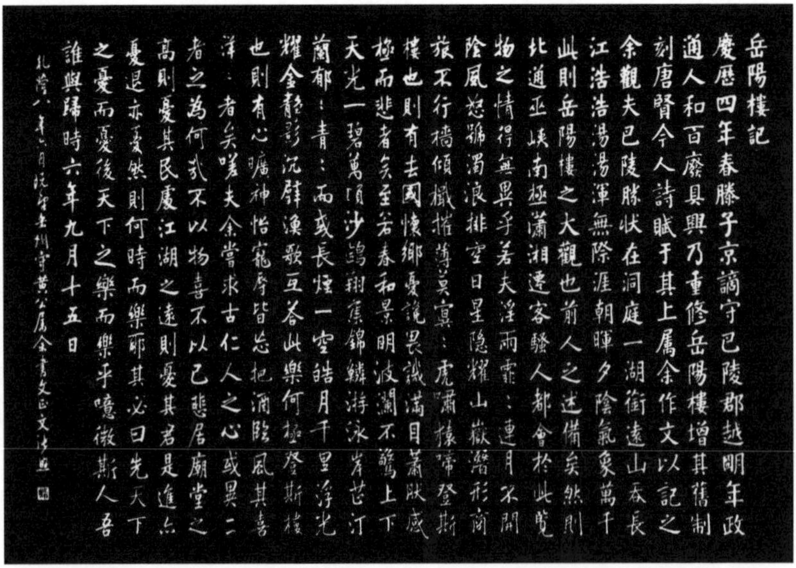

《岳阳楼记》雕屏 张照/书

三、注释

按：教育部组织编写、温儒敏总主编、义务教育教科书（九年级上册）《语文》（人民教育出版社，2018年9月第1版）中《岳阳楼记》课文注释第一条中说："岳阳楼，湖南岳阳西门城楼，扼长江、临洞庭，始为三国时吴国都督鲁肃训练水师时构筑的阅兵台。唐开元四年（716）在阅兵台旧址建楼。"有误。据北宋范致明撰《岳阳风土记》记载："岳阳楼，城西门楼也，下瞰洞庭，景物宽广。唐开元四年，中书令张说除守此州，每与才士登楼赋诗，自尔名著。其后太守于楼北百步复创楼，名曰燕公楼。"这说明张说在开元四年没有修岳阳楼，只是"每与才士登楼赋诗，自尔名著"。

记：一种文体，可以写景、叙事，多为议论。但目的是抒发作者的情怀和政治抱负（阐述作者的某些观念）。清代谢立夫评价《岳阳楼记》时说："记为游览而作，却推出如许大道理，只缘公自写其志耳。"这在一定程度上道出这篇散文的长处。

①庆历四年：公元1044年。庆历：宋仁宗赵祯的年号。

②滕子京谪（zhé）守巴陵郡（jùn）：滕子京降职任岳州太守。滕子京：名宗谅，子京是他的字，河南洛阳人，与范仲淹举进士知庆州（今甘肃庆阳县）时，被人诬告"前在泾州费公钱十六万贯"，降官知岳州（今湖南岳阳市，古称巴陵郡），见《宋史》本传。谪守：把被革职的官吏或犯了罪的人充发到边远的地方。在这里作为动词被贬官、降职解释。谪：封建王朝官吏降职或远调。在这里作动词，被贬

官、被降职解释。守：做州郡的长官。汉朝"守某郡"，就
是做某郡的太守；宋朝废郡称州，应说"知某州"。巴陵
郡：岳阳（宋时岳州）的古称，治所在今湖南岳阳市。"守
巴陵郡"就是"守岳州"。

③越明年：就是到了第二年，也就是庆历五年
（1045）。越：及，到了。明年：第二年。

④政通人和：政事顺利，百姓和乐。政：政事。通：通
顺。和：和乐。这是赞美滕子京的话。

⑤百废具兴：各种荒废的事业都兴办起来了。百：不是
确指，形容其多。废：用作名词，这里指荒废的事业。具：
通"俱"，都，全，皆。兴：兴办，复兴。

⑥乃重修岳阳楼，增其旧制：乃：于是。增其旧制：扩
大它原有的规模。增：扩大。制：体制，此指楼的构造、
规模。

⑦刻唐贤今人诗赋于其上：在楼上刻了唐代和当代名人
有关歌颂岳阳楼的诗赋。唐贤：指唐代有德行、修养和有文
才的名人。贤：形容词作名词用。

⑧属（zhǔ）予（yú）作文以记之：嘱托我写一篇文章记
叙岳阳楼的景观。属：通"嘱"，嘱托、嘱咐。予：我。作
文：写文章。以：用来，连词。记：记述。

⑨予观夫巴陵胜状：予：我。夫：指示代词，相当于
"那"，起舒缓语气作用的语气助词。胜状：美景。洞庭：
湖名。我国第二大淡水湖，在长江中游，湖南北部，岳阳
市西。

⑩衔（xián）远山，吞长江，浩浩汤汤：这句与下句，
极写岳阳楼的气势之雄浑。衔：衔接。衔同"含"、包含、

用嘴含、用嘴刁。山：指君山。君山在洞庭湖中，所以用
"衔"。吞长江：吞，吞吐。洞庭湖北会大江，江水蓄入洞
庭湖，所以说"吞"。浩浩汤汤（shāng）：水势浩大的样
子。汤汤（shāng）：水流大而急。

⑪横无际涯：宽阔无边。横：广阔。际涯：边界（际、
涯的区别：际专指陆地边界，涯专指水的边界）。

⑫朝晖夕阴，气象万千：早晨阳光照耀，傍晚阴气凝
结，景象多变化。朝：在早晨，名词做状语。晖：阳光。
阴：昏暗。气象：景象。万千：千变万化。

⑬此则岳阳楼之大观也：这就是岳阳楼的雄伟景象。
此：这。则：就。大观：壮观，雄伟景象，大好的风光。

⑭前人之述备矣：前人（唐贤）的诗赋把"岳阳楼之
大观"写得很详尽了。前人之述：指上面说的"唐贤今人诗
赋"。如唐诗人孟浩然《临洞庭》："气蒸云梦泽，波撼
岳阳城。"杜甫《登岳阳楼》："吴楚东南坼，乾坤日夜
浮。"这些诗对岳阳楼的壮观写得很详尽。备：详尽，完
备。矣：语气词"了"。之：的。

⑮然则北通巫峡：然则：虽然如此，那么。巫峡：长江
上游三峡之一，西起四川巫山县、大宁河口，东至湖北巴东
县官渡口，绵延80里，上通瞿塘峡，下接西陵峡。

⑯南极潇湘：南面直到潇水和湘水。南：向南。极：
尽，直到。潇湘：指湖南的潇水和湘水。潇水是湘水上游的
一条支流，源出蓝山县南九疑山，在零陵县西与湘水合流称
潇湘。湘江源出广西灵川县，经湖南中部，北流入洞庭湖。

⑰迁客骚人，多会于此：迁客：被贬谪流迁的人，指降
职远调到边远地区的官吏。骚人：诗人。战国时屈原作《离

骚》，因此后人也称诗人为骚人，泛指文人。这里指失意文人。多：大多。会：聚集，这里是经过的意思。于：在。此：这里。

⑱览物之情，得无异乎：意谓迁客骚人饱览这里景色时感想，恐怕会有所不同吧！览：观看，欣赏。物：景物。之情：情感。得无：恐怕，是不是，表示揣度语气。一说能不，表示语气。异：差别，不同。乎：语气助词，相当于"吧"。

⑲若夫霪（yín）雨霏霏（fēi fēi）：若夫：发语词，用在一段话的开头以引起下文的虚词。下文的"至若"同此。"若夫"近似"像那"。"至若"近似"至于"。霪（yín）雨：亦作"淫雨"，连绵不断的雨。霏霏：形容雨下得很密。

⑳不开：这里指天气不放晴。开：解除。

㉑阴风怒号（háo），浊浪排空：阴惨的风狂吼，浑浊的浪头腾冲空中，好像要推开天空。阴：阴冷。号：呼啸。浊：浑浊。排空：冲向天空。

㉒日星隐曜（yào）：太阳和星星都隐藏起光辉。隐曜（不为耀，古文中以此曜做日光）：失去光彩。

㉓山岳潜形：高山的形象隐蔽不见。岳：高大的山。潜：隐没。形：形迹。

㉔商旅不行：商人和旅客无法通行。商旅：指商人和旅客。行：走，此指前行。

㉕樯（qiáng）倾楫（jí）摧：桅杆倒下，船桨折断了。樯：桅杆。楫：船桨。倾：倒下。摧：折断。

㉖薄暮冥冥（míng míng）：傍晚时分天色昏暗。薄：迫

近。冥冥：昏暗的样子。

㉗啸：拉长声音叫。

㉘斯：这，在这里指岳阳楼。

㉙则有去国怀乡，忧谗畏讥：则：就。有：产生……（的情感）。去国怀乡，忧谗畏讥：离开国都，怀念家乡，担心（人家）说坏话，惧怕（人家）批评指责。去：离开。国：国都，指京城。去国：离开京城，也即离开朝廷。忧：担忧。谗：谗言。畏：害怕，惧怕。讥：讥笑、嘲讽。

㉛满目萧然，感极而悲者矣：萧然：凄凉冷落的样子。感极：感慨到了极点。而：表示顺接。者：代指悲伤感情，起强调作用。

㉛至若春和景明：至于到了春天气候和暖，阳光普照。至若：连词，至于。春和：春风和煦。景明：天气晴朗。景：日光，引申为光明。明：明媚。

㉜波澜不惊：湖面平静，没有惊涛骇浪。澜：大波。不惊：不动，意即平静。

㉝上下天光，一碧万顷：上面的天色和下面湖光山色交映，看去是一片碧绿，广阔无边。一：全。万顷：虚指，极言其广阔。田一百亩叫"顷"。

㉞沙鸥翔集，锦鳞游泳：沙鸥时而飞翔时而停歇，美丽的鱼在水中游来游去。沙鸥：沙洲上的鸥鸟。翔集：时而飞翔，时而停歇。翔：飞。集：栖止，鸟停息在树上。锦鳞：指美丽的鱼。鳞：代指鱼。游泳：或浮或沉。游：贴着水面游。泳：潜入水里游。

㉟岸芷（zhǐ）汀（tīng）兰：岸上的小草，小洲上的兰花。芷：白芷，香草的一种。汀：小洲，水边平地。

㊱郁郁：形容草木茂盛，香气很浓。青青：形容花草茂盛。

㊲而或长烟一空：有时大片烟雾完全消散。或：有时。长：大片。一：全。空：消散。

㊳皓月千里：皎洁的月光照耀千里。

㊴浮光跃金：湖水波动时，浮在水面上的月光闪耀起金光。这是月夜有风之景。浮光：浮动在水面上的月光。跃金：金光闪烁。

㊵静影沉璧：湖水平静时，明月映入水中，好似沉下一块玉璧，这里是写无风时水中的月影。璧：圆形正中有孔的玉。沉璧：这里指水中的月影。

㊶渔歌互答：打渔的人唱着歌互相应答。互答：一唱一和。

㊷何极：哪有尽头。何：怎么。极：穷尽。

㊸心旷神怡：胸怀开阔，精神愉快。旷：开阔。怡：愉快。

㊹宠辱偕（xié）忘：荣耀和屈辱一并都忘掉了。宠：恩宠，荣耀。辱：屈辱。偕：一作"皆"，一起。

㊺把酒临风：在清风吹拂下举怀畅饮。把酒：举起酒杯。把：持，执。临：面对。

㊻洋洋：高兴得意的样子。

㊼嗟（jiē）夫：唉。嗟夫为两个词，皆为语气词。

㊽予尝求古仁人之心：我曾经探求过古代品德高尚的人们的心思。尝：曾经。求：探求。古仁人：古时品德高尚的人。之：的。心：思想感情（心思）。

㊾或异二者之为：或许不同于上面说的两种思想感情的

表现。或：近于“或许”“也许”的意思，表示委婉口气。异：不同于。为：这里指心理活动（即两种心情）。二者：这里指前两段的“悲”与“喜”，即“感极而悲”和“喜气洋洋”两种心情。

(50)不以物喜，不以己悲：不因美景而感情冲动，不因自己之遭遇不幸而对景生悲。物喜：指“春和景明”。己悲：指“去国怀乡”。以：因为。物：外物，指环境。

(51)居庙堂之高则忧其民：在朝中做官就担忧百姓的生活。居庙堂之高：意为在朝中做官。庙：宗庙。堂：殿堂。庙堂：宗庙和明堂，指朝廷。古代帝王遇大事，常告于宗庙，议于明堂。高：指高位。下文的“进”，对应“居庙堂之高”。进：在朝廷做官。

(52)处江湖之远则忧其君：处在僻远的地方做官就为君主（指代国家）担忧。江湖：指贬谪在外做闲官或在野不做官，是一个形象化借代“民间”意义上的词。处江湖之远：指下野不做官或贬谪在外做闲官，寄身在偏远的江湖上，或处在偏僻的乡野。下文的“退”，对应“处江湖之远”。之：定语后置的标志。进：指在朝廷做官。退：此指降职，或不在朝廷上做官。

(53)是：这样。

(54)其必曰“先天下之忧而忧，后天下之乐而乐”乎（欤）：那一定会说“在天下人担忧之前先担忧，在天下人享乐之后才享乐”吧。先：在……之前。后：在……之后。其：指“古仁人”。而：顺承。必：一定。

(55)噫：感叹词，同“唉”。

(56)微斯人，吾谁与归：如果没有这样的人，那我还能与谁志同道合呢？微：除了，如果，没有，假设不是，无。斯人：这种人（指前文的"古仁人"）。谁与归：即"与谁归"，倒置。与：介词。归：归依、向往，同道。

㊲时六年：庆历六年（1046），点明作文的时间。

四、译文

庆历四年的春天，滕子京被降职调到巴陵郡做太守。到了第二年，政务推行顺利，百姓安居乐业，各种荒废了的事业都兴办起来了。于是他就重新修建岳阳楼，扩大它以前的规模，把唐代和当代名人的诗赋刻在上面，并嘱咐我写一篇文章来记述重修岳阳楼这件事。

我看那巴陵郡最美的景色，都集中在一个洞庭湖上。它连接着远方的山，吞吐着长江的水，浩浩荡荡，无边无际。早上晴朗，傍晚昏暗，气象千变万化。这就是岳阳楼的壮丽景象，前人对它的描述已经很详细了。那么，我想说的是，它的北面通向巫峡，往南直达潇水和湘江，被贬谪流迁的官和不得志的诗人，大多在这里聚会，他们观赏这里的自然风光的心情，难道是没有什么区别吗？

倘若洞庭湖遇到阴雨连绵的日子，接连几个月不放晴，湖面上阴风发出怒吼，浑浊的浪涛冲向天空，太阳和星星隐没了光辉，高山峻岭也藏住了雄姿；这时商人和旅客无法通行，桅杆倒下，船桨折断；一到傍晚时节，就天气幽暗。老虎长声吼叫，猿猴悲啼。这时人们登上这座城楼，就会产生被贬离京、怀念家乡、担心遭到他人的诽谤和讥讽的种种情绪，满目都是萧条景象，使人不禁心里感到无限悲伤起来了。

到了春风和煦、阳光明媚的时节，洞庭湖上风平浪静，天光与水色，在万顷碧波上连成一片。沙鸥时飞时停，鱼儿游来游去；岸上的芷草散发着浓郁的香气；滩上的幽兰摇曳着茂盛的花叶；于是漫天烟雾扫荡一空；皓皓明月，清辉千里，照在湖面上闪着金色，月光的倒影，像沉在水底的一块白玉，快乐渔人的歌声此起彼伏，互相应答，这是多么愉快啊！如果在这个时候，人们登上这座楼，就会感到胸怀开阔，神清气爽，一切荣辱得失都被遗忘了，对着清风，端着酒杯，开怀畅饮，这真是高兴极了。

唉！我曾经探求过古代品德高尚的人们的心思，他们或许和上面两种心情不同，这是为什么呢？是他们不因为外界环境的好而高兴，也不因为自己的不幸而觉得悲哀。在朝廷做官，就忧虑老百姓的疾苦；退隐江湖远离朝廷，就为君主和朝政担忧。这就是进朝做官也忧，退处江湖也忧，那么，他们什么时候才能享受快乐呢？大概他们一定会说"忧在天下人之先，乐在天下人之后"吧。唉！如果没有这样的人，我还能和谁志同道合呢！

写于庆历六年九月十五日。

五、赏析

《岳阳楼记》全文有368个字，共6个自然段，分为四部分：第一部分（第一自然段）：写重修岳阳楼的背景和交代作记之缘由。文章开头即切入正题，叙述事情的本末缘起。
以"庆历四年春"点明时间起笔，点出人物：滕子京；交代
地点：巴陵郡；述说遭遇："谪守"，指的是滕子京被御史
中丞王拱辰论奏贬官岳州，暗喻对仕途沉浮的悲慨，为后文
抒情设伏。"越明年，政通人和，百废具兴"一句，写出滕
子京的政绩，引出重修岳阳楼和作记一事，为全篇文字的导
引。文字看似寻常，实际上很有感情，简明扼要，把必须交
代的背景和作记的缘由写得一清二楚，为下文的描写、抒
情、议论奠定了基础。

第二部分（第二至四自然段）：写"迁客骚人"的览物
之情，或者说在岳阳楼看到洞庭湖的不同景色，使人引起悲
喜不同的感情。全文的主体，可分为两层：

一层写岳阳楼的壮观，从"物"着笔，为以下因"物"
生情铺垫。这一层重点写洞庭湖的大观胜概，提出"迁客骚
人""览物之情，得无异乎"的问题。第二段描写洞庭湖全
景。总说"巴陵胜状，在洞庭一湖"，设定下文写景范围。
既是说明洞庭湖集岳州诸景之大成，又是说明作者的笔墨是
以它为主要描写对象。这便于过渡到洞庭湖壮景的描绘上。
先写气势阔大。"衔远山，吞长江"寥寥数语，写尽洞庭湖
之大观胜概。洞庭之于远山是"衔"，于长江是"吞"，两
个动词超神入化，赋予洞庭以宏阔的气象，交代湖与山、湖
与江的关系，又描摹了洞庭巨嘴般的形象，将静止的景象注
进了生命，点静态为动态。一"衔"一"吞"，有气势。次
写水势浩大。"浩浩汤汤，横无际涯"，写出水波壮阔。
"浩浩汤汤"，重叠式的用语写出烟波浩淼，波涛汹涌的景
象；"横无际涯"，极目而不见边际，盛夸范围寥廓。这种

大处落笔，浓墨渲染的写法，和杜甫的《登岳阳楼》诗"吴楚东南坼，乾坤日夜浮"有异曲同工之妙。再写景象变幻。"朝晖夕阴，气象万千"，概说晨昏不同、阴晴相异，有说不尽的万千气象，简练而又生动。前四句从空间角度，后两句从时间角度，写尽了洞庭湖的壮观景象。最后以总体性的描述和概括性的评论总括一句"岳阳楼之大观也，前人之述备矣"，承前启后，用"大观"同"胜状"呼应，作者再一笔宕开去，"前人之述备矣"，以示非作者笔墨中心，并回应前文"唐贤今人诗赋"一语。这句话既是谦虚，也暗含转机，最后又用"然则"一词转过来，直入本文主旨——随物赋感，因景生情的不同变化，引出新的意境，由单纯写景，到以情景交融的笔法来写"迁客骚人"的"览物之情"，从而构出全文的主体。

另一层写"迁客骚人"登楼"览物之情"因景而异，而产生的两种感受：

第三段写览物而悲者。因物生喜，描绘了一幅"洞庭春晴图"，表现出心旷神怡、遗忘得失宠辱的乐观情怀。因己生悲，描绘了一幅"洞庭风雨图"，表现出远谪的悲苦、郁闷之情。以"若夫"起笔，意味深长。这是一个引发议论的词，又表明了虚拟的情调，而这种虚拟又是对无数实境的浓缩、提炼和升华，颇有典型意义。"若夫"以下描写了一种悲凉的情境，由天气的恶劣写到人心的凄楚，就"雨"写险景悲情。这里用四字短句，层层渲染，渐次铺叙。淫雨、阴风、浊浪构成了主景，不但使日星无光，山岳藏形，也使商旅不前；或又值暮色沉沉、"虎啸猿啼"之际，令过往的"迁客骚人"有"去国怀乡"之慨、"忧谗畏讥"之惧、

"感极而悲"之情。

第四段写览物而喜者。以"至若"领起，打开了一个阳光灿烂的画面，就"晴"写美景喜情。"至若"尽管也是列举性的语气，但从音节上已变得高亢嘹亮，格调上已变得明快有力。下面的描写，虽然仍为四字短句，色调却为之一变，绘出春风和畅、景色明丽、水天一碧的良辰美景。更有鸥鸟在自由翱翔，鱼儿在欢快游荡，连无知的水草兰花也充满活力。作者以极为简练的笔墨，描摹出一幅湖光春色图，读之如在眼前。值得注意的是，这一段的句式、节奏与上一段大体相仿，却也另有变奏。"而或"一句就进一步扩展了意境，增强了叠加咏叹的意味，把"喜洋洋"的气氛推向高潮，而"登斯楼也"的心境也变成了"宠辱偕忘"的超脱和"把酒临风"的挥洒自如。

文章的第三、四两段是两个排比段，并行而下，一悲一喜，描写和抒情相结合，一暗一明，传达出"迁客骚人"对情与物的互相感应的两种截然相反的悲喜观。由于境界多变，作者笔墨亦多变。一是有层次感。两种环境和两种不同的心境划出结构上的两大层次；先描景后写情，划出每一部分景与情之间的层次；先写白天再写夜晚，划出写景部分的景物层次。二是有着眼点。天色，阴雨霏霏和碧空万里；湖光，浊浪、水鸟、舟船、游鱼、芷兰；人情，"商旅不行"和"渔歌互答"。三是有对比度。有景物上的明暗对比。在色调上的对比，于乱雨纷纷之日，阴风狂吼之时，"日星隐曜"消蚀光芒，笼罩着一片昏暗的景象，尤在薄暮时分，天空和湖面迷茫冥冥。但是，暮春三月，春光明媚，水天一色，游鱼闪光，尤在晚月临空之时，整个湖水浸染在月光之中。色调明丽、舒美、妩媚。其在气氛上的对比，前者狂风大作，令人战栗不止；虎啸猿啼，使人毛发倒立。后者是沙鸥自由飞翔，鱼儿悠然沉浮，渔歌此唱彼和，欣然愉悦的气氛氤氲其中。在状态上的对比，环境恶劣时，一切都处在激烈变化的动态之中，风为号，浪为排，樯为倾，楫为摧。浪借风势，风摧浪激，打翻了舟船，遏止了航行，把洞庭上下搅得天地翻覆。而到境况平静时，一切都处在相对稳定的状态之中，"波澜不惊"，湖光涟漪，鸟能飞翔栖息，鱼可游泳湖中，以动衬静。"长烟一空"，烟雾消散，玉轮东挂，能照千里大地，倍显静谧，而"静影沉璧"，月光似白璧，投入水中，则更从静态上下笔。有情感上的悲喜对比。见"风急天高猿啸哀"，则触景伤怀。有别离国都的忧伤，有怀念故土的思情，有凄凉满目的慨叹，有担心谗毁、害怕讥笑的恐惧。"感极而悲者矣"，提挈悲的程度。见春光万里气象新，则即景抒怀，宠辱得失一切都抛到九霄云外，临春风而欢愉，斟美酒而酣饮，自是另一番心情。"其喜洋洋者矣"，显出喜的情怀。作者生动地描绘了一"阴"一"晴"两种截然不同的景象，从雨湖、晴湖、月湖等多角度描写，构成了形、声、光、色、味相映衬的"天工图画"，境界有虚有实、感情有悲有喜、风格有柔有刚。此处景物描写充当理论的形象化论据，生动具体，并说明"迁客骚人"，面对这两种景象所产生的或悲或喜的感情。这两段写景文字中，写景是为了抒情。为了写"悲"，就写"淫雨霏霏，连月不开"的阴森凄凉的景象，而这恰恰突出了迁客骚人"去国怀乡，忧谗畏讥"的悲凉心情。为了写喜，就写"春和景明，波澜不惊"的美好明丽的春色，而这恰恰突出了迁客骚人

"心旷神怡，宠辱偕忘"的喜气洋洋的心情。"去国怀乡，忧谗畏讥"说明了"迁客骚人"的"悲"。"心旷神怡，宠辱偕忘"说明了"迁客骚人"的"喜"。这一部分看来泼墨如注，似为全文重心，但都是为下文的议论做准备，是为了将这种人的悲喜感情跟"古仁人之心"对比，引出下文，由写情自然转入议论，突出主旨。

第三部分（第五自然段），写作者游洞庭胜景，览者悲喜不同，因而发出议论，阐明古仁人之心应该以天下为己任，忧在天下人之前，乐在天下人之后，表明了作者的忧乐观。这段是全篇的核心。文章末尾卒章显志，议论抒情兼而有之，一"若夫、一"至若"，引领四个短语，层层渲染，描绘了一阴冷、一晴朗的诗意画面。两个"登斯楼也"，由景入情，写出"迁客骚人"或"去国怀乡，忧谗畏讥"，或"心旷神怡，宠辱偕忘"的一悲一喜之情，照应了上文的"异"字，形成了鲜明的对比，情随景生，情景交融，洋洋洒洒，淋漓尽致。以"嗟夫"开启，一声长叹，撇开上文，转入感慨，兼有抒情和议论的意味。"予尝求古仁人之心，或异二者之为"，继喟叹之后，进入作者奉为楷范的"古仁人之心"的解说，"何哉"的设问，引出下文。作者在列举了悲喜两种情境后，笔调突然激扬，道出了超乎这两者之上的一种更高的理想境界，那就是"不以物喜，不以己悲"。感物而动，因物悲喜虽然是人之常情，但并不是做人的最高境界。古代的仁人表示了与上两类人不同的处世方略，不因环境的变化而更易心志，不以个人的得失而喜怒哀乐，不为外界条件的变化而动摇。无论是"居庙堂之高"还是"处江湖之远"，忧国忧民之心不改，"进亦忧，退亦忧"。得志与否，都变更不了坚定的意志，一席话中连续四处出现"忧"，可见他的忧患之深。"然则何时而乐耶？"再用"然则"转折，提出了自己的忧乐观："先天下之忧而忧，后天下之乐而乐"。忧在天下人之先，乐在天下人之后。曲终奏雅，点明了全篇的主旨。"噫！微斯人，吾谁与归"一句结语，"如怨如慕，如泣如诉"，悲凉慷慨，一往情深，令人感喟，用排斥性的条件复句，表示一是定以此类人为同道，在结问句中表达其志向的坚定不移，语意丰富，语句恳切。这段文字多次出现语气词"嗟夫""耶""噫"等于一唱三叹之中，显示出范仲淹感情的波澜起伏和对信念的执着追求，从而表达了作者忧国忧民的思想，借古人之语，述自己之志，最后与友人共勉，起到了画龙点睛的作用。

第四部分"时六年（庆历六年，1046年）九月十五日"，叙作记的时间，与篇首照应。这固然是文章应有之义，但也并非闲笔。因为它标志着滕子京在岳州任上治理了多久。这正是作者在提醒后来的读者要注意这篇文章的写作背景，才特地把年月日标明，从范仲淹文集里所存留下来的文章，并不是每一篇都注明年月日的。

总之，这篇文章通过岳阳楼周围景色的描写，以及对"迁客骚人""览物之情"的分析，表达了作者"不以物喜，不以己悲"的旷达胸襟和自己"先天下之忧而忧，后天下之乐而乐"的政治抱负，也表示了对好友滕子京的慰勉和规箴之意。文章超越了单纯写山水楼观的狭境，将自然界的晦明变化、风雨阴晴和"迁客骚人"的"览物之情"结合起来写，从而将全文的重心放到了纵议政治理想方面，提升了文章的境界。全文记叙、写景、抒情、议论融为一体，动静相生，明暗相衬，文词简约，音节和谐，用排偶章法作景物对比，成为杂记中的创新，堪称典范。

参考资料

①西北师范学院中文系编：《中学文言文评析注释[初中部分]·岳阳楼记》，甘肃人民出版社，1983年1月版。

②张玉惠、李元浦、徐梦葵、王世贤：《古文百篇评点今译·岳阳楼记》，吉林文史出版社，1983年7月版。

③白化文、李鼎霞编著：《中学古文全编·岳阳楼记》，上海辞书出版社，1997年8月版。

④吴功正主编：《中学古文鉴赏手册·岳阳楼记》，江苏文艺出版社，1988年3月版。

⑤牛胜群主编：《初中文言文详解（七至九年级）》，辽宁教育出版社，2021年5月版。

第二章

《岳阳楼记》的作者范仲淹

说到岳阳楼，人们总会想起《岳阳楼记》。说到《岳阳楼记》，人们总会提到作者范仲淹：范仲淹——岳阳楼；岳阳楼——范仲淹。《岳阳楼记》之于范仲淹，有重要的人生和社会价值。对于岳阳楼这样的中国古代建筑来说，《岳阳楼记》的诞生所产生的广告宣传效果是无法估量的，甚至是对岳阳楼产生的社会效应和经济价值起到了决定性的作用。范仲淹的一篇《岳阳楼记》令人振聋发聩，拥有着巨大价值毋庸置疑，但我们应该读懂它，需要做到的是思想性、艺术性和现实性相结合，而不是一味去泛泛而读，一读了之；或吹毛求疵，在不痛不痒的地方评头论足。孟子说："颂其诗，读其书，不知其人可乎？岂止知其人，还要知其世。"不仅要了解、研究作者所处的时代和社会，还要阅读作者的全部作品和相关的史籍，全面、系统地了解作者的背景和人生态度。这样才能很好地理解作者的为人和为文，力求体悟作者写作时的心境、情感和笔墨。那么，就让我们从范仲淹的生平和时代说起吧！

一、范仲淹的生平和时代

范仲淹，北宋杰出的思想家、政治家、文学家。文能写红一座楼，武能镇住一个国，是真正的国之脊梁。他幼年丧父，母亲改嫁长山朱氏，遂更名朱说。大中祥符八年（1015），范仲淹苦读及第，授广德军司理参军。后历任兴化县令、秘阁校理、陈州通判、苏州知州等职，因秉公直言而屡遭贬斥。现根据范仲淹生平事迹材料考证探索，观其一生仕途起起伏伏，除去他母亲谢氏去世，自己丁忧之外，一生四起四伏，一个政治家的人生轨迹体现了他的曲折的人生（见表1和《范仲淹为官路线示意图》①）。

表1 范仲淹生平事迹简表

时间	事　迹
端拱二年（989）八月初二	出生于武宁军徐州节度掌书记官舍。
淳化元年（990）	父范墉病卒于徐州。

（续表）

时间	事迹
淳化二年（991）	母亲谢氏改嫁长山朱文翰（当时任平江府推官），从朱姓，名说。
淳化三年（992）	随继父到长山县（今山东邹平县长山镇）河南村定居。
至道二年（996）	约在是年或稍后，朱文翰任澧州（今湖南常德市属）安乡知县，仲淹随母侍行，开始接受启蒙教育，其蒙师为安乡兴国观司马道士。
景德元年（1004）	养父朱文翰任淄州长史，随养父定居长山。
大中祥符二年（1009）	入长山醴泉寺苦读三年，刻苦自律，倍受磨难，每日"画粥断斋"，笃学不辍。
大中祥符三年（1010）	始知家世，感泣别母，前往河南应天府（今河南商丘市）睢阳学舍就读，拜戚同文为师，苦读五年。
大中祥符七年（1014）	在应天书院修业期满，有《睢阳学舍书怀》诗。迷信道教的宋真宗率领百官到亳州（今安徽亳县）去朝拜太清宫。人们争先恐后看皇帝，唯独范仲淹闭门不出，仍然埋头读书。
大中祥符八年（1015）	以朱说之名与滕子京同举进士。
大中祥符九年（1016）	初授广德军司理参军。复范姓，改名仲淹。迎母侍养。
天禧五年（1021）	调任泰州西溪（今江苏泰州东台市）盐仓监官，掌管盐税，积极建议修复捍海堤。
天圣二年（1024）	迁官大理寺丞，仍在西溪盐仓任所。子纯佑生。

（续表）

时间	事　迹
天圣三年（1025）	秋，因发运使经纶荐，知兴化县事。与滕宗谅一起，尝试筑捍海堰，以失败告终。但首创之功不可没。
天圣四年（1026）	任兴化县知县。八月，丁母谢氏夫人忧。
天圣五年（1027）	守母丧于南京应天府（今河南商丘）。晏殊出守南郡，辟仲淹掌应天书院教席，勤劳恭谨，训督有法度。
天圣六年（1028）	向宰执上万言书，这是其改革思想的蓝图，也是庆历三年十事疏的蓝本，为宰相王曾所赏识。晏殊荐为秘阁校理。
天圣七年（1029）	任秘阁校理，因冒死直谏，触怒太后，被贬任河中府（今山西永济）通判。
天圣九年（1031）	迁太常博士，调任陈州（今河南淮阳）通判。
明道二年（1033）	三月，刘太后殂，仁宗亲政。四月，召仲淹为右司谏。十二月，由于其经常大胆上谏，皇帝不悦，将他贬知睦州（今浙江建德）。
景祐元年（1034）	正月出守睦州，四月中旬至任所。六月移知苏州，到任即投入救灾，提出了疏浚五河、引导太湖水入海的计划，并新临现场，督修这项工程。在苏州南园买地创建苏州州学。
景祐二年（1035）	三月擢礼部员外郎、除天章阁待制。十二月，任开封府知府。
景祐三年（1036）	五月因反对宰相吕夷简擅权，绘制《百官图》被贬至饶州（今江西波阳），在饶州任知州期间继续实行仁政。

（续表）

时间	事　迹
景祐四年 （1037）	发妻李夫人病卒于饶。十二月，移任润州（今 江苏镇江）知州。
宝元元年 （1038）	十一月移任赵州（今浙江绍兴）知州。
宝元二年 （1039）	三月，启程赴知越州任，七月至越州任所，与 前任郎简交政。在任，以德化治。
康定元年 （1040）	边事紧急，三月复官天章阁待制、知永兴军 （今陕西西安）；四月，擢刑部员外郎陕西都 转运使；五月，召为龙图阁直学士，与韩琦同 被任命为陕西经略安抚副使；八月，迁户部郎 中、兼知延州（今陕西延安），防御西夏和 羌。由于号令严明，训练有方，又能团结当地 羌人，戍边数年，名重一时，羌人尊呼为“龙 图老子”，西夏称为“小范老子”，赞其腹中 有数万甲兵。
庆历元年 （1041）	四月，范因私与元昊通书，又焚元昊复书且将 答书悖侮言词修改后录副上闻，触犯了“人 臣外交”的天条而被降官户部外郎、贬知耀州 （今陕西耀县）；五月，以户部郎中徙知庆州。
庆历二年 （1042）	四月，除邠州（今陕西郴县）观察使，辞不受 上《让观察使第一表》及二、三表，诏许。
庆历三年 （1043）	八月，就任参知政事（副宰相）。九月，奉诏 上“十事疏”，提出改革措施。因贵族官僚的 攻击和反对，推行“庆历新政”前后只一年时 间，便告失败。
庆历四年 （1044）	出任陕西河东宣抚使，翌年初又被罢免。

（续表）

时 间	事 迹
庆历五年 （1045）	正月，被罢免参知政事，除资政殿学士出知邠州（今陕西彬县）、兼陕西四路缘边安抚使。十一月，以给事中、改知邓州。
庆历六年 （1046）	抱病任邓州（今河南邓州）知州。
皇祐元年 （1049）	春，移任杭州知府。三月，次子纯仁进士及第。在姑苏创办义庄，以赈宗族。
皇祐二年 （1050）	仍任杭州知府，是岁，吴中大饥，除发司农存粟救荒外，其在中国历史上首创了以工代赈的救灾方式。十一月，诏命移知青州。
皇祐三年 （1051）	三月初三至青州（今山东青州）任所，与前任富弼交政。到任即忙于赈济救灾。因病重难支，乞颍、亳间一郡就养。
皇祐四年 （1052） 五月二十日	正月，扶病就道，移知颍州（今安徽阜阳），行至徐州，已沉疴不起，遂于五月二十日病逝于徐州，终年64岁。是年十二月葬于河南伊川万安山，谥正文，封楚国公、魏国公。

　　第一次起伏是范仲淹服完丧之后，经晏殊保荐，荣升秘阁校理——负责皇家图书典籍的校勘和整理。这个官职虽然没有过多的实权，但是却相当于是皇上的从属，可以经常见到皇上。对于官员来说，可以说是一条腾飞的捷径。不过可惜的是范仲淹虽然当了秘阁校理，但是最后却没有因此升官，反而遭到了贬谪。范仲淹在任职期间，发现皇上已经20多岁了，但是国家大权却仍然掌握在刘太后的手中，并且听说这年（指天圣七年，即1029）太后过寿的时候，准备让皇帝率领百官向其叩首。范仲淹对此严厉批评，上奏疏说国礼

和家礼不能混淆，损害君主尊严的事，应予制止。这份奏疏上奏之后，就连当时保荐他的晏殊都大为惶恐，责问他为什么要这么做。但是范仲淹却坚持己见，维护国礼。然而尽管他当时呈上奏疏，百官却无人相应，最后范仲淹得了一个调任河中府判官的结果。

第二次起伏是刘太后去世，宋仁宗亲政。宋仁宗将范仲淹调回京师，升任右司谏，也就是言官。范仲淹当了言官之后，更是畅所欲言，直言不讳。当时的宰相吕夷简是靠刘太后起势，但是刘太后去世之后，吕夷简调转矛头开始批评刘

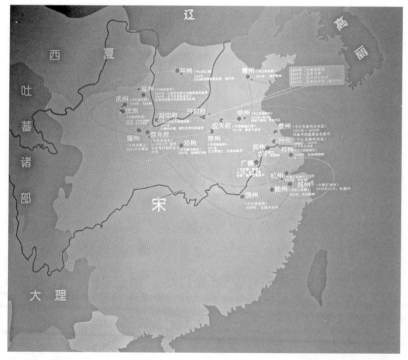

范仲淹为官路线示意图

太后。当时的郭皇后几次揭穿吕夷简的谎言，吕夷简被罢黜相位。虽然相位被罢黜，但是吕夷简在宫里的势力却不小，很快就通过内侍阁文应等重登相位。这一次又将矛头对准郭皇后，他们让年轻的皇帝堕入杨美人、尚美人情网，最后还撺掇宋仁宗废后。皇帝在他们的引领下，还真起了废后的心思。范仲淹听闻此事之后，当即进言反驳。但是这个时候的皇帝已经坠入美人关，打定了主意要废后。范仲淹的直言勇谏，不仅没有阻止此事的发生，还让自己被贬谪出京。他被外放江外，任睦州知州。

第三次起伏是范仲淹因为治水有功，再次被调回京师，获得天章阁待制的荣衔，做了开封知府。这个时候仍然是吕夷简为相，范仲淹回京不久再次与吕夷简杠上。当时吕夷简广开后门，滥用私人，致使朝中腐败不堪。范仲淹上书直谏。甚至绘"百官图"，揭露吕夷简私心颇重的用人制度。范仲淹此举很快遭到吕党反击，他们抓住皇帝还没有继承人的心理，上书说范仲淹曾多次谈论过立什么皇太弟侄之类的事。这件事触及了皇帝的尊严，在吕党一干人的谗言下，范仲淹再次被贬。他被贬谪出京，任饶州知州。

第四次起伏是因为西夏的进攻，范仲淹被调往边疆。在与西夏斗争期间，范仲淹建筑了坚固的军事防御体系，保证了边疆的安宁，因此被升官。等西夏内部矛盾爆发，无暇兼顾宋朝之时，宋仁宗面对当今的朝政，起了改革的心思，并勒令范仲淹等人尽快拿出方案。范仲淹拿出自己为官28年的经验，最终呈上《答手诏条陈十事》，轰轰烈烈的改革开始。此次改革，在历史上被称为庆历新政。然而此次改革虽然有了成效，但是却因为涉及保守派等人的利益，最终受到保守派的坚决阻挠。宋仁宗最后抵抗不住压力，废除了当初改革实行的各项政策，而范仲淹等改革派，最后也被贬谪出京。此次之后，范仲淹再没有回到权力中心。皇祐四年（1052），改知颖州，在扶疾上任的途中逝世，年64岁。累赠太师、中书令兼尚书令、楚国公，谥号"文正"，世称范文正公。

关于范仲淹仕途也有"三起三落"之说。历史学者丁传靖在《宋人轶事汇编》中写道：范仲淹三次被贬，都被时人称"光（光耀）"一次。第一次称为"极光"，第二次称为"愈光"，第三次称为"尤光"。三起三落，每落一次，他的声望就高一次；每起一回，他的地位就上一个台阶，直至成为读书人的标杆，宰执天下②。

四次起伏也好，三起三落也罢，范仲淹人生坎坷，能在逆境中崛起，从一个寒门子弟，走到一人之下万人之上的太宰之位，其间自有最伟大、最显著的魅力，就在于集政治家、军事家、文学家于一身，在文治武功上都取得了别人难以企及的卓越成就，至今都在人们心中有深远的影响。正如梁启超所说："五千年历史中立德立功立言者只有两个人：范仲淹和曾国藩。"

从范仲淹一生的经历和伟业来看，范仲淹不但是一个伟大的政治家，还是一个著名的军事家。关于军事家范仲淹，西北边境百姓传唱着这样一句歌谣："军中有一范，西贼闻之惊破胆。"在西夏建国后，对北宋边境袭扰不断，朝廷调范仲淹任陕西经略安抚招讨副使，他初到延州，便检阅军旅，并实行了认真的裁汰和改编。他从士兵和低级军官中提拔了一批猛将，从当地居民中选录了不少民兵，又开展了严

格的军事训练。按军阶低高先后出阵的机械临阵体制，也被
他取缔，改为根据敌情选择战将的应变战术。在防御工事方
面，他采纳种世衡的建议，先在延北筑城，后来又在宋夏
交战地带，构筑堡寨。对沿边少数民族居民，则诚心团结，
慷慨优惠，严立赏罚公约。这样，鹿延、环庆、泾原等边
防线上，渐渐屹立起牢固的屏障。庆历二年（1042）三月的
一天，范仲淹密令长子纯祐和蕃将赵明，率兵偷袭西夏军，
夺回了庆州西北的马铺寨。他本人又随后军出发，诸将谁也
不知道这次行动的目的。当部队快要深入西夏防地时，他突
然发令：就地动工筑城。建筑工具事先已准备好，只用了10
天，筑起一座新城。这便是锲入宋夏夹界间那座著名的孤城
大顺城。西夏不甘失利，派兵来攻，却发现宋兵以大顺城为
中心，已构成堡寨呼应的坚固战略体系。从大顺城返回庆州
的途中，范仲淹觉得如释重负。头年，在延州派种世衡筑青

《心系社稷》　赵健峰/画

洄城，东北边防已趋稳定。西夏军中私相戒议的话，也传到了他的耳朵里。他们说："不能轻易攻取延州了，如今小范老胸中有数万甲兵，不似大范老子那般好对付。"当时庆州北部的边防，也大体接近巩固。只是他自己的身体，却感到十分贫乏。此刻正是暮春季节，山畔的野花刚刚开放。他随口吟起四句诗："三月二十七，羌山始见花。将军了边事，春老未还家。"范仲淹后来改行做了武官，负责西北与西夏人做军事斗争。在军事上，范仲淹不是个刺头，而是个老谋深算的战略家，采取步步为营稳打稳扎、积极防御政策，培养了许多像狄青那样有勇有谋的将领，并训练出一支作战强悍的军队，为宋朝西北边境的安全立下了汗马功劳。

范仲淹还是北宋诗文革新的先驱，著名的文学家。他不仅是文字改革的积极倡导者，而且是积极的实践者。在诗歌方面，据《全宋词》所收范诗数量计，范仲淹诗作现存302

首。在艺术上，他的诗五言七言皆有，古体近体俱备，特别是他的一些五言小诗，或寓意高古，或托志清虚，意境高远，自然清新，恬淡质朴，醇和雅静，可称得上是宋诗中的精品。在词作方面，范仲淹的词作不多，《全宋词》仅存5首，存目词3首，其中边塞词2首。《渔家傲》《苏幕遮》等词作在宋词豪放、婉约的词史上都具有一定的地位。词作不仅表现了他以天下为己任的伟大志向，还诉说了他的百转柔情，展示了这位北宋名臣的另一个侧面。千百年来，《渔家傲·秋思》之所以在众多边塞诗中拔得头彩，关键在于范仲淹既是一位优秀的诗人，也是一位统兵打仗的边塞主帅，对边塞凄凉的自然环境有着切身体验。在边塞的斗争中，为国担忧，边患未除，功业未立的多重矛盾引发他的精神煎熬。更何况范仲淹素来就心系百姓，惠泽民生。《渔家傲·秋思》中的一字一句，都是范仲淹本人和戍边将士甘苦与共境界的真切表达。全篇意境开阔，形象鲜明，作者把直抒胸臆和借景抒情紧密结合，将爱国之情与浓重相思有机交融，表现出抵御外患，心忧社稷的家国情怀。范仲淹的这种经历是其他边塞诗人所少有的。在律赋方面，他的律赋现存35篇，在内容上主要分为两类：一类表现政治教化观点，占其赋作大多数。另一类探讨人格修养。在形式上，范赋属骈文赋，最突出的特点是在副标题中点出主旨。范仲淹大大扩展了律赋内容，技巧运用精熟，并总结创作规律，提出"体势"说，对律赋学有重要贡献。范仲淹对律赋的贡献有二：一个是辑选《赋林衡鉴》，并在序中对律赋作了理论性的总结，从而使律赋的研究从自发走向自觉；另一个是大量实践，创作了思想丰富、艺术高妙的作品，尤其是其对内容的拓展，对宋代律赋特点的形成有积极而深刻的影响。在散文方面，范仲淹今存之文，有赋38篇、表状53篇、奏疏173篇、书150篇、序12篇、论8篇、记8篇、碑铭墓志52篇。其中以奏疏为政论文数量最多。这些文章，论文剀切，文笔流畅，长短不拘，可为时辈典范；其他创作，有记叙、有抒情，多数文辞简洁，舒卷自如，且富有个性特色。由此可见，范仲淹的文学创作在诗、文、词、赋方面都颇有成就，尤其是诗、散文和词的创作成就是显著的，在宋代文坛上，乃至整个中国文学史上都应有他一席之地。

范仲淹是北宋著名的政治家、军事家、文学家，也是一位著名的教育家。他长期担任地方官吏，对当时只重科举不重教育的做法不满，屡次上书要求改革。因为范仲淹几乎每到一地，就会建学校，兴教育，他创建的学校中有名的有苏州府学（现在的苏州中学）、绍兴稽山书院和邓州花洲书院。同时，他还执教兴学。天圣五年（1027），范仲淹为母守丧，居南京应天府（今商丘）。时晏殊为南京留守、应天知府，闻范仲淹有才名，就邀请他到府学任职，执掌应天书院教席。范仲淹主持教务期间，勤勉督学，以身示教，创导时事政论，每当谈论天下大事，奋不顾身，慷慨陈词，当时士大夫矫正世风、严以律己、崇高品德的节操，即由范仲淹倡导开始，书院学风亦为焕然一新，范仲淹声誉日隆。

整个宋朝，因为有了范仲淹这样一批贤臣而足以自豪。范仲淹在兴化主政3年，兴化的人民情愿改姓"范"来永久纪念他；他主政桐庐郡虽只有短短10个月，却让此地人民怀念了一千年。在同辈和后人眼中，范仲淹是一个全能性无瑕疵的官员楷模；在布衣为名士，在州县为能吏，在边境为名将，在朝廷，则又如孔子说的"大臣者，求之千百年间，盖不一二见"的栋梁之才，范仲淹用他64年的生命历程，完美地书写了辉煌的人生。正如南宋理学家朱熹对范仲淹的赞词所说："天地间第一流人物。"

关于范仲淹这个历史名人死后葬在哪里？也备受人们关注。范仲淹墓在河南洛阳城东南15公里处伊川县彭婆镇许营村万安山南侧。有人疑问，虽然洛阳是一块风水宝地，可范仲淹生于苏州，途死徐州，从未在洛阳工作过，为何却葬于洛阳呢？这与他的身世有关。但由于范仲淹的母亲改嫁过，不能葬在范氏家族的祖坟里，而如果把母亲葬在朱家的祖坟里，恢复范姓的范仲淹又不能和母亲葬在一起。因此，范仲淹"母亲去世后，被暂时葬于商丘。机缘巧合，在丁忧期间的范仲淹去登封嵩阳书院讲学，刚好路过伊川，于是便去唐代名臣姚崇及其母亲的墓地拜谒（姚崇的母亲也曾改嫁，去世后葬在万安山下）。在这次拜谒后，范仲淹决定仿姚崇，把母亲葬在伊川，自己百年之后也葬于此，陪伴母亲以尽孝心。此外，范仲淹认为洛阳地势险要，具有王者之气，与开封

范仲淹墓（上书"宋参知政事范文正公墓"）

相比，据险可守，更适合国都。范仲淹生前也曾几次向宋仁宗建议从开封迁都洛阳，只是他的建议最终未被采纳。可这依旧不变影响范仲淹对洛阳的喜爱和倚重，于是便真的去世之后将自己的墓葬置于洛阳了③。从范仲淹墓地所在地——范园来看，分前后两域，前为范仲淹及母秦国太夫人、长子监簿公范纯佑墓，中央祭庙一所，内有殿房。殿中悬光绪皇帝御笔"以道自任"匾额，宋仁宗篆额的"褒贤之碑"，高4.08米，宽1.41米，厚0.48米，碑文为隶书，由宋代名臣、著名文学家欧阳修撰写，字迹大体清晰，另有翁仲、石羊、石狮等。后域为次子范纯仁、三子范纯礼、四子范纯粹及孙辈之墓。一般墓葬排列顺序，多为父后子前孙更前，范墓则为仲淹墓最前，长子紧随，次子、孙辈远远在后，故俗称为"扯儿背孙"，较为独特。整个墓地占地约35亩，植有古柏528株，规模之宏大为历史所罕见。现为全国重点文物保护单位。

　　范仲淹一生起起伏伏，不管是居庙堂之高，还是处江湖之远，忧与乐都是他生命的底色，以民为本是他的初心，且从未改变。可以说，范仲淹是历代所有名人中最完美之人，古人追求"立德、立功、立言"，他都做到了。作为一种人格典范，他对后人影响深远，完全当得起他在《严先生祠堂记》所推崇的："云水苍苍，江水泱泱，先生之风，山高水长。"

　　范公千古！

二、关于范仲淹《岳阳楼记》著作权的争论

　　关于范仲淹《岳阳楼记》的著作权问题，从宋代至本世

纪初一直都没有任何争议。到2009年2月23日，湖南湘阴籍的青年作家张一一独家发掘到一惊天大秘密："名动天下的《岳阳楼记》作者，其实并非欺世盗名的范仲淹君。那么，《岳阳楼记》的真正作者是谁呢？答案有且只有一个，那就是《岳阳楼记》中开门见山提到的那位'勤政爱民'的滕子京。我们就不难逐渐看出《岳阳楼记》此文实为滕子京自个儿所撰的一些端倪。"张一一之所以这样认为主要有三个理由：

第一，滕子京与范仲淹都是在宋真宗大中祥符八年（1015）考取的进士，两人惺惺相惜交情匪浅，而滕子京既然能高中进士这一中国古代科举考试中最有级别的功名，且能得到范仲淹的赏识和肯定，滕子京的文采想必也自命不凡，完全具备能创作出《岳阳楼记》千古名篇的基础条件。

第二，《岳阳楼记》之前，范仲淹压根就不曾到过岳阳楼。而仅凭滕子京给他寄过去的一幅传说中的《洞庭秋晚图》和前代所谓名家有关洞庭湖和岳阳楼的一些诗文，就凭这一些间接的二手三手材料，范仲淹真有那么天大的本事，能把自个儿安静地关在家里，一顿闭门造车，最终敷衍出脍炙人口代代相传的《岳阳楼记》。

第三，署名范仲淹的《岳阳楼记》发表后（庆历六年九月十五日）没几日，同年秋，滕子京便调任当时有"小汴京"之称的徽州任知府。庆历七年（1047）又被调任"上有天堂，下有苏杭"的苏州任知府，不久卒于任上。

张一一是谁？他的标签是：80后知名作家，与韩寒、唐家三少（本名张威）、郭敬明并称80后文坛的"新四大才子"，出过不少书。你要问他有什么文学作品，那也还是能说出来几本，比如《不》《我不是人渣》《一夜成名》《努力》《丑陋地理志》《张一一侃炒作》。但你要以为他是凭借所谓才华受到追捧的，那你就错了，从他书籍名字你也能看得出来，张一一最大的本事是"努力炒作达到一夜成名，然后说不是人渣"。他的炒作路线——2004年状告中国足协，索赔一分钱；2007年说刘晓庆"文化水平不如小学生"；2011年顶着"中国十大网络杰出青年"称号，然后质疑"青年"的年龄界限。后来他又质疑高考试题有误；质疑莫言得奖是贿赂了评委会；质疑专家对他文学作品错漏的鉴定；质疑和谷歌的高考机器人"Champion"比赛写作文，对方100分，他85分……当然他最质疑的还是范仲淹，也就是本篇文章的高潮部分。前面两点就不说了，开头已经讲述得很清楚，张一一的所有质疑，都是在假设范仲淹是个沽名钓誉的人，滕子京是个费心钻营的人的基础上给出的，一点证据都没有。多年来张一一始终相信，文人也是需要包装和炒作的，因此他认为很多著名的古代文人也是这样才出名的，比如范仲淹。他认为，范仲淹其实也是一个沽名钓誉的文人，他的证据是：《岳阳楼记》并非范仲淹自己写的。另外，从《岳阳楼记》的内容上看，一开篇就赞美岳州太守滕子京，这显然不是范仲淹的风格。《岳阳楼记》不过是滕子京鼓吹自己政绩的一种"曲线升官策略"，虽然《岳阳楼记》的大部分篇幅貌似都在描写岳阳楼周边的景致，但是醉翁之意不在酒，滕子京唯一想表达核心关键词，还是"越明年，政通人和，百废具兴"这11字真言，这才是滕子京最想传达给朝廷的有效信息和真实声音。滕子京搜索枯肠挖空心思把《岳阳楼记》写出来之后，心下十分地得意。但他深知倘若以自己的名义发表，未免缺乏公信力，而且"王婆卖瓜，自卖自夸"，传到江湖上面会遭到同僚耻笑，思量再三，想来想去只有忍痛割爱，只能用别人的名字发表，而这一最佳人选，自然非自己相交莫逆而又名震朝野的范仲淹莫属。他觉得自己的名声不够，就报送给了好友范仲淹。范仲淹收到滕子京用他口气写的《岳阳楼记》之后，心领神会，一看这《岳阳楼记》写得确实也还不错，不愧是当年同科进士的水平，再加上两人关系也不错，于是也就顺水推舟，做个人情，便同意了让滕子京把文章的作者写成范仲淹。就这样，这篇散文经范、滕两人一合计，就成了一篇名作。张一一文章还揭露指出，范仲淹挂名《岳阳楼记》的情形，其实在我国当代文坛也相当地普及，一些新人出书了，出版社或者书商为了卖个好价钱，于是便会疏通各种人脉，或找一些所谓名家写序或评论，找枪手把序言或评论用名家的口气写好后，发邮件过去给名家确认下，如没有太大的原则问题，只需给名家送上几瓶茅台或几条芙蓉王之类啥的，名家便会欣然应允署上自己的大名堂皇发表④。因此，范仲淹犯下了为滕子京"瞒天过海"的罪过，自己也成了一个欺世盗名之徒。

　　以上种种设想，张一一并没有找到任何史料证明，只是基于他自己的判断和猜测。所以多数网友并不买账，都认为他完全是在瞎猜。中国新闻网2009年2月25日电："洞庭天下水，岳阳天下楼"，以"忧患二字共情"的千古名篇《岳阳楼记》可以说是代代相传脍炙人口，作者范仲淹被认为封建士大夫的杰出代表，一千多年来一直被历代百姓所讴歌和赞颂。然而，一度曾因质疑伟大爱国诗人屈原"断袖"而备受争议的湖南籍青年作家张一一昨日凌晨竟于博客撰文发难，并煞有介事引经据典指出"《岳阳楼记》作者并非范仲淹"，文章一出即引发争议。对于张一一质疑《岳阳楼记》并非范仲淹所述一事，记者为此采访了国内学术界的几位著名学者，一位不太愿意透露姓名的陆姓学者表示，把一些大家都关心的文化人物、文化观点都摆到台面上来讨论，这说明我们的学术界在思考，这是学术界的一种进步，是一件大好事，无疑是值得鼓励和提倡的，但单就《岳阳楼记》的作者归属和滕子京的历史问题而言，主编有《资治通鉴》的北宋著名史学家和文学家司马光的观点却都不足以采信，"司马光是范仲淹和滕子京的政敌，历史上一些是非向来都众说纷纷莫衷一是，不排除司马光会参杂个人感情和利益因素在里头。"而苏州大学徐贲教授在《瓦解崇高，代价太高》一文中说："不久前，谈到一篇揭露范仲淹欺世盗名，炒作他人作品的文章《〈岳阳楼记〉作者并非范仲淹》。文章说，《岳阳楼记》作者其实并非范仲淹，而是在《岳阳楼记》中受到范仲淹称赞的那位滕子京，滕子京也其实不是一位'居庙堂之高，则忧其民'的好官，而是一个沽名钓誉的'无赖加巨贪'。"他认为这种："犬儒式的'敌视崇高'和'瓦解崇高'，继承了革命大批判，'透过现象看本质'的传统，同时也是对革命伪崇高的一种矫枉过正"⑤。一波未平，一波又起，张一一提出质疑后，仍不罢休。在2013年5月，他写了一篇《新岳阳楼记》。对此，各类媒体的解读是他要"叫板"范仲淹，与他比一比文采，他没有否认这一点。此文传到网上后，自然引起了不小的争议。但更多网友则认为要凭此文就"叫板"范仲淹，显然是不自量力了。

目前，学术界普通认为，关于《岳阳楼记》的作者之争，张一一主要是依据一些史料进行推测的。他还在文中旁征博引司马光的《涑水记闻》，指出滕子京之所以被贬到巴陵郡，是因为此前贪污巨额公款；而重修岳阳楼，也不过是搞"形象工程"和抓收入的一种方略。由于司马光是范仲淹和滕子京的政敌，这就颇令人玩味了。从而进一步认定《岳阳楼记》作者并非滕子京，而是范仲淹。

三、作为文学家范仲淹的《岳阳楼记》

范仲淹为北宋一代名臣，一生事业在于革新朝政和镇守西北。诗词文章不过几百，作为文字家范仲淹的文字成就也就是显著的，不仅在宋代文学史上乃至整个中国文学史上都应有他一席之地。然而范仲淹作为政治家、军事家、教育家的光辉掩盖了他在文学上的成就，其文学创作并未得到应有的重视。

1.《岳阳楼记》是范仲淹文学创作的巅峰之作

范仲淹不仅是宋初诗文革新运动的倡导者之一，其诗论、文论、赋论别具一格，而且他也是一个诗词律赋并擅的作家，在中国文字史上留下了一些传诵已久的名篇佳作。作为文学家的范仲淹，文学素养很高，艺术成就很大。著作有《范文正公集》。

从诗词来看，范仲淹诗词存世305首（又有313、357之说），内容非常广泛，或言志感怀，抒写伟大的抱负；或关注民生，抒发忧国忧民的情怀；或记游山水，歌颂祖国的大好河山；或咏物寄兴，展现自己的人格操守。诗意淳语真，艺术手法多样，以清为美的特点尤为突出，以文为诗，议论法的倾向非常明显，同时注意白描手法和叠字的运用，与当时白体、晚唐体及西昆体相比，呈现出迥然不同的面貌，成为宋初诗歌由唐音向宋调转变的重要一环。而范仲淹词作存世共5首，虽然数量较少，但首首脍炙人口，在宋词发展中起着承先启后的重要作用。比如，《渔家傲·秋思》《苏幕遮·碧云天》《御街行》非常有名，尤是《渔家傲·秋思》《苏幕遮》，苍凉豪放，感情强烈，为历代传诵。范仲淹的诗词应该归类到豪放一派，从他的写景中可以看出。范仲淹写景，往往用白描，写远景，从而表达出他的豪放特点，强调的是气势。"四面边声连角起，千嶂里，长烟落日孤城闭。"我们读到了这些边声、千嶂、长烟、孤城，就想起了王维的那句有名的"大漠孤烟直，长河落日圆"。这两首诗的写景，一样都是用远景、白描，给读者极强的画面感。套用王维的写法就是"四面边声起，落日孤城闭"，除了王维的画面感，还多了立体声，从王维的单媒体时代进入了范仲淹的多媒体时代。欧阳修曾称《渔家傲》为"穷塞外之词"。在创作动机上，范仲淹写出《渔家傲》，可以说是无意识的，十分偶然。主要与他主政西北的军旅生涯密切相关。驻守边关的异域体验，很自然引起人内心的冲动，说写就写了，写了也就完了。但这首边塞词的确刮起了让人为之一爽的新风。另外《苏幕遮》和《御街行》已被收入了《宋词三百首》，还称得上宋词中的精品。在群星璀璨的宋代词坛，范仲淹仅凭5首词占了一席之地，不能不说这是一个真正的高手。可见，范仲淹对宋诗、宋词的新发展做出了巨大的贡献。

从散文来看，范仲淹作为政治家为文，打破北宋积贫积弱的局面，重视文章的政治教化作用，主张文章是政治重要的有机组成部分，关系到社会风俗的醇厚讹薄，国家的兴衰成败。在经世济时思想的影响下，范仲淹反对宋初文坛的柔靡之风，提出了宗经复古、文质相救、厚其风化的文学思想。范仲淹的文章，立足点在于政而不在于文，在价值取向上与扬雄、王勃、韩柳以及宋初复古文论一样，具有历史意义和复古精神，对宋初文风的革新具有积极意义。在散文创作上，范仲淹作品以政疏和书信居多，陈述时政，逻辑严密、有很强的说服力，苏轼曾评价《上政事书》"天下传诵"；《灵乌赋》一文，"宁鸣而死，不默而生"，是中国古代哲人争自由的重要文献。《岳阳楼记》是范仲淹最著名的文章。"先天下之忧而忧，后天下之乐而乐"为千古名句，是范仲淹的政治主张和博大胸怀的最佳体现。同时，范仲淹的人格精神集中体现在《岳阳楼记》中的一句话"不以物喜，不以己悲"。他难能可贵地为我们留下了一篇政治美文《岳阳楼记》，为我们留下了一笔政治遗产，又为我们平添了一份文学遗产。范仲淹在文学上的代表作很多，但真正意义上的代表作是《岳阳楼记》，也是范仲淹文学创作的巅峰之作。

2. 范仲淹《岳阳楼记》是中国文学史上写景古文的经典之作

大家常说的经典究竟是什么？经久不衰的传世之作，后人尊敬它称之为经典。那么，《岳阳楼记》与《醉翁亭记》《滕王阁序》（原题是《秋日登洪州府滕王阁饯别序》）这三篇文章可以说是中国文学史上写景古文的经典之作，都说文无第一，武无第二，古代文人从不会夸下海口说自己文采千古第一，但后人总喜欢拿这三篇文章比较，论出个子丑寅卯来。其实，这三篇文章反映的是范仲淹、王勃和欧阳修的不同人生魅力，让后世为难了900多年。近年来，围绕这三篇文章谁的历史文学地位更高引起了不同的争论。文章这个东西，虽然确实有优劣之分，但同一个档次的文章谁高谁低，每个人的看法都不同。要解释清楚这个问题，我们只好从三个方面进行比较：

（1）《滕王阁序》的骈文体比《岳阳楼记》《醉翁亭记》的散文体难度大。范仲淹的《岳阳楼记》、欧阳修的《醉翁亭记》，两篇文章同为散文体，而王勃的《滕王阁序》用的是骈文，三者都是寄情于景的佳作。从当时《岳阳楼记》《醉翁亭记》《滕王阁序》的写作者年龄看，《岳阳楼记》是1046年写的，当时范仲淹57岁；《醉翁亭记》是1045年写的，当时欧阳修39岁；《滕王阁序》是675年写的，当时王勃25岁。王勃年龄最小，阅历最浅，就善诗文，在当地名气不小。那天大官们在滕王阁上邀集诗会，把王勃也叫了去，并命他就滕王阁做篇文章，他立即应命展纸挥毫，文不加点，随手成就，当写到"落霞与孤鹜齐飞，秋水共长天一色"这两句对偶时，全场叫绝，主人立即改容，请他入席。这副对子便使《滕王阁序》成为不朽之作。骈文这种文体之所以后来被人们所抛弃，也是因为当时文人为了华丽和押韵，行文之时写出诸多无病呻吟的文字，所以如今他们看到的精品骈文少之又少，而王勃将这篇骈文的气势发挥得淋漓尽致。虽然就文体而言，王勃的《滕王阁序》使用的文体比范仲淹、欧阳修使用的记体难度要大。但《岳阳楼记》《醉翁亭记》两篇文章也注意了骈散结合，让人读来朗朗上口，思之文情壮美。

（2）《滕王阁序》的文采比《岳阳楼记》《醉翁亭记》更精彩。《岳阳楼记》《醉翁亭记》和《滕王阁序》三篇文章都是写景的文章，一个共同的特点，在写景时都注意了抓住景物的特点写，注意骈散结合，动静结合，语言生动凝练，富有文采。这三篇文章在语言上各自的特点非常鲜明：

《岳阳楼记》在语言上骈句散句结合，抑扬顿挫，参差溢美；四字短句成双成对，朗朗上口，婉转有力。文章既整饬严密，句丽辞畅，又张弛有度，议论纵横，且立意深刻，选词精警。读之，音调铿锵；思之，文情壮美。

而《醉翁亭记》文虽也使用骈散结合的句式，但多用长句，且又有创新。仅用对偶句就别具一格，独领风骚。有单句成双的，有双句成对的，还有三句成对的。醉翁用它叙事，则明快简洁；用它写景，则物美景幽；用它抒情，则深沉含蓄。全文402字，却有21个"也"字的运用，一路"也"下来使得文章层次分明，声律节奏起伏，音韵和谐悦耳，把滁州山间之景写得多姿多彩，其游历宴饮之乐写得淋漓尽致。这些都给人一种美的享受，情的陶冶，思的飞升。欧阳修自认为这是一篇得意之作，买来碑石，请人刻文，立于亭畔。此文很快风靡全国，当时文学家朱弁《曲洧旧闻》卷三记载："天下莫不传诵，家至户到，当时为之纸贵。"他的笔，就这样写火了一座山，他的文，就这样捧红了一个亭。所谓文以山丽，亭以文传，便是如此⑥。就文章的优美来说，《醉翁亭记》也丝毫不逊色于《岳阳楼记》，两篇文章堪称宋人散文中的双子星座。

而《滕王阁序》一文的语言更为精彩，王勃路过一场文化沙龙之时临时兴起写下的，全文773字，光运用的历史典故就有46个，21个成语，且没有一个典故是硬套强搬上去的，通篇一气呵成一字未改，真可谓声韵铿锵，辞藻华丽，字字珠玑，文气畅达，历来无出其右。难得的是一篇骈文，却写出了气度飞扬。

（3）《岳阳楼记》的思想比《醉翁亭记》《滕王阁序》更高尚。《岳阳楼记》《醉翁亭记》《滕王阁序》都是千古传诵的名篇，三文在思想感情与写作手法上都有很多相似与不同之处。

从思想感情上看，主题思想深度有别。范仲淹与欧阳修是同时期人，且身居高位，而且正是因为欧阳修支持范仲淹的政治思想被贬，文章写于两人被贬之后，都是寄情山水表述了自己虽遭贬谪却仍怀济世安民之心的高尚情感。《岳阳楼记》《醉翁亭记》两篇文章都是贬谪文章，这是相同点。不同点是《岳阳楼记》中范仲淹追求的是"先天下之忧而忧，后天下之乐而乐"的政治思想，突出了一个"忧"字，但《醉翁亭记》中欧阳修所追求的是与民同乐，突出了一个"乐"字，这两种思想是截然不同的。

《岳阳楼记》前面写景，后面抒情，既写景，又抒情，动静结合，情景文融，抒发了作者忧国忧民的情怀和豁达大度的人生态度，倡导"先天下之忧而忧，后天下之乐而乐"的思想和仁人志士节操，对后世产生了深远的影响。后人评价范仲淹"在布衣为名士，在州县为能吏，在边境为名将，在朝廷为名臣"。欧阳修却是另一番景象，《醉翁亭记》通篇写乐，欧阳修以守自谓，写出了与民同乐的欢乐场面。范仲淹比欧阳修大18岁，两人同朝为官，相互引为知己，遂成忘年之交。因支持范仲淹实行"庆历新政"而被贬安徽滁州，在游历醉翁亭后，兴致所至，于半醉半醒之间写下了《醉翁亭记》，发扬了士大夫的乐观主义精神，虽心有不甘，但却能意寄情山水，找到了精神寄托。这篇文章最后面两句成为点睛之笔，"人知从太守游而乐，而不知太守之乐其乐也"。看似与民同乐，但作者内心的孤寂与落寞，非一般人能理解。"醉翁之意不在酒，在乎山水之间也"从而表述出淡漠的忧伤，酒只是感情的寄托，快乐的外在表现形式而已，而在山水之间的游乐，只是为排解心中的苦闷。一南一北，一楼一亭，一老一少，一忧一乐，情如出一辙，只不过《岳阳楼记》以忧行文，《醉翁亭记》以乐叙事罢了。从此在北宋一朝，南北文学的双峰，在范仲淹和欧阳修两位文学巨擘的大手笔之下傲然挺立，成为一道独特的风景。就境界来说，范仲淹的"后天下之乐而乐"，比欧阳修的"太守之乐"自然高出了许多。如果需问世人，多少人记得《滕王阁序》，又有多少人知晓《岳阳楼记》，一句"先天下之忧而忧，后天下之乐而乐"足矣。

从整体上，范仲淹的历史站位，文化格局，人生态度都要更胜一筹，特别是《岳阳楼记》的恢宏气度，磅礴气势和文化影响力，也都远远胜于欧阳修的《醉翁亭记》，对如今的我们更具有学习借鉴意义[7]。

但"三文"的人生格局是不一样的。王勃的《滕王阁序》写文抒发的怀才不遇，铺叙滕王阁一带的形势景色，表现了自然的变化之趣，借登高之会感怀时事，慨叹身世，展示了抑扬升沉的情感发展轨迹，表露了交织于内心的失望与希望、痛苦与追求、失意与奋进的复杂感情，虽然也不失"穷且益坚，不坠青云之志"的豪言壮语，但只局限于他个人得失。范仲淹则有不同，他对于个人得失的理解是"不以物喜，不以己悲"，更是"先天下之忧而忧，后天下之乐而乐"。一个为己，一个忧天下，哪个境界更高，一目了然。这也就能解释名家为何评价《醉翁亭记》时，大家只说景色多如何好，而评价《岳阳楼记》时，大家品的是胸怀，这说明散文写的是思想，散文家要有思想高度，才能写得出大胸怀的美文来。

总的来说，《岳阳楼记》《醉翁亭记》《滕王阁序》三篇文章同为千古绝唱，一篇出自唐代20多岁的天才型文人之手，一篇出自宋代政治家历经半生坎坷的57岁文人之手，一篇出自"唐宋八大家"之一与"领袖人物"之手，同为我国古文的巅峰之作。《岳阳楼记》和《滕王阁序》《醉翁亭记》就像三座古文的高山，各有千秋，似乎很难分出胜负来，令后世难以超越。这三篇文章既有很多相似之处，也有很多不同之处，都有其独特的地方，也还是这些独特的地方，使得三篇文章都千古传诵，流传古今。

3. 范仲淹为什么没有入唐宋散文八大家

在唐宋的文坛上，可以说是名流辈出，群星璀璨。这个时代是文学发展的黄金时期，所以很多人为此而得名。尤以唐宋散文八大家最著名。唐宋八大家，是唐宋初期八个散文代表作家的合称，指的是唐代的韩愈、柳宗元，以及宋朝的"三苏"苏轼、苏洵、苏辙，欧阳修、王安石和曾巩。他们这些人或是闻名青史的诗人，或是在当时影响力比较大的古文运动的领袖人物。

（1）唐宋八大家的由来。唐宋八大家是一张文化名片，千百年来影响着后世的文学创作者，所以说这八位大文豪在文学史上也是占有极其重要的地位，而且他们的作品脍炙人口。关于唐宋八大家的称谓，出现于明代初有个叫朱右的读书人。他将韩愈、柳宗元、欧阳修、苏洵、苏轼、苏辙、王安石和曾巩八位散文家的文章编成《六先生文集》，因并"三苏"为一家，所以实际是"八先生文集"，八大家之名始于此。明代中的散文家唐顺之所编的《文编》，仅取唐宋八位散文家的文章。其他作家的文章一律不收，这为唐宋八大家名称的定型和流传起了一定的作用。以后不久，推崇唐顺之的茅坤又根据宋、唐的编法选定八家的文章，辑为《唐宋八大家文钞》，共164卷，由于此书在旧时流传甚广，"唐宋八大家"之名也随之流传开来，至今仍为人所沿用。

（2）唐宋八大家的贡献和影响。自明人标举唐宋八大家之后，治古文者皆以八大家为宗。通行《唐宋八大家文钞》164卷，有明万历刻本及清代书坊刻本。清代魏源有《纂评唐宋八大家文读本》8卷。

韩愈、柳宗元共同倡导了"古文运动"，故合称"韩柳"。韩愈、柳宗元在唐贞观之治和开元盛世时期崛起，掀起古文运动，使得唐代的散文发展到极致，一时古文作家蜂起，形成了"辞人咳唾，皆成珠玉"的高潮局势。

苏轼、苏辙、苏洵合称"三苏"，苏洵是苏轼、苏辙的父亲，苏轼是苏辙的哥哥。欧阳修是苏轼的学师，王安石、曾巩也都曾拜欧阳修为师。所以唐宋八大家又分为唐二家

（韩愈、柳宗元）和宋六家（苏轼、苏洵、苏辙、欧阳修、曾巩、王安石）。

唐宋散文八大家乃主持唐宋古文运动的中心人物，他们提倡散文，反对骈文，给予当时和后世的文坛以深远的影响。

（3）范仲淹为什么没有进入"唐宋散文八大家"？范仲淹与"唐宋散文八大家"比较，其原因有四：

范仲淹不是古文运动的中心人物。从入选"唐宋八大家"的成员看，都是唐宋时期古文运动的中心人物。韩愈、柳宗元是唐代古文运动的倡导者和领袖，欧阳修、"三苏"四人是宋代古文运动的核心人物，王安石、曾巩是"临川文学"派的代表人物。可以说他们每一个人在当时的文坛上都是响当当的一个人物，背后都有一个支持自己的文化圈子。范仲淹虽然在散文上取得很不错的成就，但是在古文运动方面的成就远比不上那八位知识达人。

范仲淹的散文创作数量偏少。在散文数量上，范仲淹的散文《岳阳楼记》，他的词《渔家傲》等堪称千古名篇，他的文学作品数量较少，也许创作甚丰，但是流传到明朝或者后世的作品并不是很多，单以散文而论，相比"唐宋八大家"的散文数量偏少，其成就不如八大家。但魂说撰《曾巩都能进唐宋八大家，凭什么写了〈岳阳楼记〉的范仲淹不能？》一文说：论名气，曾巩的名气肯定是不如范仲淹的，事实上不只是名气，论散文水平范仲淹也更胜一筹。曾巩的经典散文有《醒心亭记》《游山记》《道山亭记》《墨池记》等，他的散文质朴婉约，在当时是很受推崇的。我们应该这样看待这件事，茅坤选择曾巩，而没有选择范仲淹，并不是说范仲淹没有资格，而是个人喜好，再加上曾巩在散文的成就上，也的确达到了很高的艺术水准，这也就是为什么今天我们读曾巩的文章，依旧还是被他细腻的笔触所感动。虽然他看上去名气不如范仲淹，但是他的文章达到了炉火纯青的地步，完全是有资格进入唐宋八大家的。与曾巩相比，范仲淹的散文质量虽然高，但数量却很少，除了《岳阳楼记》和《灵乌赋》外，存世的散文基本属书信类的，也就是说范仲淹是很少正儿八经地写散文的。其实不只是散文，就是词作范仲淹写得也很少，范仲淹存世的词作目前仅5首，虽首首都是精品，却也无法改变作品少的事实。所以，难以进入八大家的原因或许就在于这个"懒"字。不过这个咱们也是可以理解的，因为范仲淹一心都在朝堂之事上，写文章在他心里只能排在后面。我们再看第二个问题，范仲淹是因作品太少了，那苏洵是能进唐宋八大家是不是沾儿子的光呢？笔者认为不是，相反苏洵是长期被大家忽视的一位散文大家。苏洵的散文，语言锋利，纵横恣肆，字字珠玑，很多我们如今常挂在嘴边的名句其实都出自他手。比如，一忍可以制百勇，一静可以制百动；泰山崩于前而色不变，麋鹿兴于左而目不瞬；六国破灭，非兵不利，战不善，弊在赂秦；知无不言，言无不尽；等。甚至可以说，苏洵在散文上达到的高度，是完全可以媲美儿子苏轼的。范仲淹无法进唐宋八大家，但苏洵和曾巩都进了，看似没什么道理，其实都是讲得通的。⑧

　　范仲淹的政治成就掩盖了其文学成就。范仲淹是北宋著名的政治家、思想家、军事家和文学家。如果范仲淹致力于文学创作，相信以他的才学和能力，想要在文学史上青史留名应该不难。但他心系国家、心系百姓，将一生的全部精力都奉献给了国家，要么主持"庆历革新"，要么到边塞镇守边疆。范仲淹去世后，北宋和西夏的边境百姓为他戴孝痛哭，认为边境安宁将不复存在。

朱右、唐顺之、茅坤等选家没有将范仲淹列入"唐宋散文八大家"之列，具有文人相轻的原因和自我认识的局限性。元末明初文人朱右提出来的，当时他要编撰一本《六先生文集》，就定下了这8人。所以从一开始不选范仲淹，而选曾巩和苏洵，其实很有可能只是朱右的个人喜好问题，不能说明任何问题。但是到了明朝中叶，文人唐顺之在编写《文编》时，也用了朱右的说法，这就说明当时大家是同意朱右的看法的。而后，到了明末及清代这一说法也没有被打破，就再次印证了八大家这个评法是深得人心的。虽然范仲淹没能入选"唐宋八大家"之列，但丝毫不影响他在中国文学史上的地位。《岳阳楼记》早已镌刻在了中国文学史的天空之上，仅仅凭那句"先天下之忧而忧，后天下之乐而乐"的伟大政治理想和家国胸怀，当为天下读书人的楷模，也奠定了《岳阳楼记》在中国文学史上不朽的地位。

注释

①资料来源：岳阳楼"双公忧乐情"展厅。

②胡永杰：《范仲淹：天地间第一流人物》，中国发展出版社，2008年版。

③张一一：《〈岳阳楼记〉作者并非范仲淹》，荆楚网，2009年12月23日。

④《一代名臣范仲淹生于苏州，死于徐州，为何却葬于洛阳》，诗句网，2021年10月18日。

⑤徐贲：《瓦解崇高，代价太高》，南方网，2009年4月12日。

⑥吴平德：《一位"笔杆子"的跌宕人生》，井冈山报融媒体，2021年10月6日。

⑦内谁，离我们的幸福远：《〈岳阳楼记〉与〈醉翁亭记〉异同》，百度文库，2014年9月16日。

⑧魂说：《曾巩都能进唐宋八大家，凭什么写了《〈岳阳楼记〉的范仲淹不能？》，头条，2020年4月23日。

第三章

没有《求记书》就没有《岳阳楼记》

　　读过范仲淹《岳阳楼记》的人，大概不会忘记"谪守巴陵郡"的滕子京吧！因为没有滕子京"重修岳阳楼"就没有名闻天下的岳阳楼，没有滕子京的《求记书》，也就没有范仲淹的《岳阳楼记》。应该说，滕子京、范仲淹两个人成就了《岳阳楼记》，也成就了"岳阳天下楼"。其实历史上滕子京并不怎么出名，他也没什么地位，但滕子京之所以后世留名，不少人认为，这很大程度上得益于范仲淹的一篇名作《岳阳楼记》。这话虽然有一定的客观性，但是考量滕子京一生的所作所为，似乎这样说又有点委屈了他。因为他并不是一个平庸的官员，在他人生的道路上留下了一行行闪光的脚印。

一、站在历史的高度重新认识滕子京

滕子京（991—1047），名宗谅，河南洛阳人，是北宋政治家、文学家范仲淹的好友，也是主张革新的人物。纵观滕子京走过跌宕起伏的人生道路（见表2和《滕子京为官路线示意图》[①]），对于官员来说，官场上的沉浮很正常，滕子京也是如此，概括起来为"三起三落"：

一起一落："一起"，步入仕途。据《宋史》记载，滕子京自幼研读经史，博学多才，思维敏捷，与范仲淹同于大中祥符八年（1015）中进士，经范仲淹荐举召试学士院。两人的交谊从此开始，此后彼此的思想和政见也基本上一致。早期滕子京任泰州军事判官时，在范仲淹的举荐下，当时的泰州知州张纶，点名要滕子京做他的助手，协助他修筑捍海堤堰。堤堰修得很顺利，而滕子京吃苦耐劳、能担重任的优点也被张纶看在眼里，记在心上。在做了几年地方官之后，已经入朝为官的范仲淹赏识滕子京，也将他召入学士院。入京为殿中丞，滕子京为人正直，敢于直言政见。"一落"，

滕子京画像

表2　滕子京生平事迹简表

时　间	事　迹
淳化元年 （990）	出生于河南洛阳。
祥符八年 （1015）	与范仲淹同进士。
天圣元年至九年 （1023—1031）	初授泰州（今江苏泰州市）军事判官。
天圣九年 （1031）	由大理土丞贬至闽北邵武县知县。
明道元年 （1032）	奉调入京，任掌管皇帝衣食行等事的殿中丞。
明道二年 （1033）二月	迁左司谏。
景祐元年 （1034）	被降为尚书祠部员外郎，知信州（今江西上饶市）。
景祐二年至五年 （1035—1038）	任至德县令（今池州东至县）。
宝元元年 （1038）	调任江宁（今江苏南京）府通判。
宝元二年 （1039）	任湖州（今浙江吴兴）知州，奏请朝廷在湖州设立学校。
康定元年 （1040）九月	西夏侵宋，升官刑部员外郎、直集贤院，任泾州（今甘肃泾川北）知州。
庆历元年 （1041）	任江宁郡通判。时西夏侵扰西北地区，边疆告急，滕公又被调入京城，出任刑部员外郎、直集贤院，泾州（今甘肃泾川北）知州。

（续表）

时　间	事　迹
庆历二年（1042）	西夏进军，滕子京在保卫泾州的战役中立下了汗马功劳。在范仲淹举荐下，升为天章阁待制，加环庆路都部署，接任范仲淹（今甘肃庆阳）知州职位。
庆历三年（1043）	调京不久，有人告发滕子京在泾州滥用官府钱财，被官降一级；贬为凤翔知府（今陕西宝鸡市境），后又贬为虢州（今河南灵宝市境）。
庆历四年（1044）春	被贬到巴陵郡（今湖南岳阳市）后，以国事为重，勤政为民，扩建学校、修筑偃虹堤、通和桥和重修岳阳楼等，受到百姓称赞。
庆历六年（1046）秋	调徽州（今安徽歙县）任知府。
庆历七年（1047）春	调任苏州知州，上任后不久幸逝于任所，终年58岁。始葬于苏州，后其子孙迁葬于安徽青阳县城南金龟源。

大难临头。宋仁宗天圣年间（1023—1032），章献太后监朝时，开封遭遇大雷雨，电光火石之间，诸多宫殿大多夷为平地。执掌朝纲的刘太后下令，将守宫官吏全部问罪。于是，天灾瞬时成为人祸。灾后，朝廷内外各级大大小小的官员，借此机会，上书朝廷，希望刘太后将权力归还给皇帝。可是刘太后怎么肯呢？一道懿旨，就让包括滕子京在内的官员纷纷离京。这是滕子京第一次被贬。从这件事可以看出来，滕子京并非怕事的人。滕上疏请太后还政，因而结怨于后党，这才是他以后多次遭贬的原因之一。

二起二落："二起"，东山再起。滕子京在地方呆了一年多，章献太后去世后，皇上召他进京，官从七品，掌规谏，后又一度任左司谏之职，主管皇上的衣食住行。这样一来，他与皇帝打交道的时间就多了起来，同时，风险也多了起来。"二落"，祸从天降。他任职不久，宫殿再一次起火，连烧八座宫殿，幸好宦官王守规及时发现，皇上才幸免于难。事后，皇上很是生气，要追究相关责任人的责任。作为皇上的贴身奴仆，滕子京自然要负全责。这时滕子京向皇上上疏，认为失火原因是宫中规章制度不严，根本原因是女子当政，祸乱朝纲。皇帝仁心宅厚，这事也就过去了。不

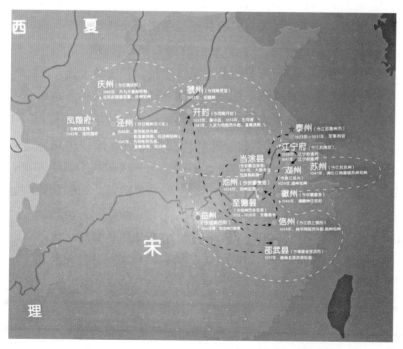

滕子京为官路线示意图

久，有人反告滕子京诉说起火原因不实，有推脱责任之嫌。没过多久，滕子京又被降官，又被贬出京师，到了信州（今江西上饶市信州区）做地方官，做了一段时间后，因为司谏范讽，又被贬为池州（今安徽池州市）监酒。在池州主政期间，他与范仲淹谈论诗文，同游山水，友情得到了进一步加深。这是滕子京第二次被贬。后改任江宁通判，旋又徒知湖州。在这些地方任职时，他兴办学校，培植人才，在江淮一带颇享盛誉，故《宋史》中说滕子京"所莅州喜建学，而湖州最甚，学者倾江淮间"。

三起三落："三起"，委以重任。在西夏国兴起之后，宋朝又多了一个对手。宋仁宗庆历二年（1042），西夏贵族屡次挑衅，宋朝边关告急，范仲淹受命出任陕西经略安抚招讨副使来到西北前线，滕子京也被调去镇守泾州，定川一仗，宋兵败绩，泾州形势十分危急。于是，滕子京一面招兵买马守城，一面又联络旁郡及羌部属共同御敌，范仲淹也率部增援，才使得泾州转危为安，顽强地赢得了战争的胜利。这一年，滕子京也因军功升任环庆路都部署，镇守庆州。不久，在范仲淹的再次举荐下，滕子京又一次回到了朝廷为官，这回是负责皇家藏书。"三落"，一贬再贬。回到朝廷后，好景不长，又有人告发滕子京在为官泾州期间，虽然取得了对西夏战役的胜利，不过战后在宴请诸军将领时，大肆挪用公款。说到这里，可能有人会感慨：对于已经归来的滕子京，就有那么多人看不惯？没错，这就是政治！庆历三年（1043）被人诬告，"处置戎事，用度不节"，牵连甚众，因系满狱。范仲淹、欧阳修替他辩白，先贬知凤翔府（今陕西省凤翔），后贬知虢州（今河南省境内）。为什么说是诬告"盗用公使钱"呢？庆历三年发生了滕子京焚烧账簿的事件，是滕子京做贼心虚，才要毁灭证据吗？答案是否定的，御史梁坚弹劾滕子京的奏章没有完整流传下来，只有一部分留存于范仲淹为滕子京申辩的奏章里。梁坚弹劾滕子京的罪名如下：第一，滕宗谅在泾州时，贱价购买泾州百姓牛、驴，拿来犒赏士兵。第二，滕宗谅在邠州听曲、看戏好几天，他还赏赐演员们银楪子二三十片。第三，滕宗谅曾过度使用公用钱16万贯，其中有数万贯去向不明。其中第一项指责属实，但军情紧急，是为了鼓舞士气，属于情有可原。毕竟守住泾州是第一要务。第二项指责并不属实，其中是范仲淹、韩琦举办宴会，让军官们比赛射箭，银楪子是胜利者的奖品。第三项指责并不属实，滕宗谅使用的公用钱数目是3000贯，御史梁坚的指控大部分不符合事实。一般地方官员都是如何支配公用钱呢？尹洙的公用钱花费一年也要4000贯，而滕宗谅花的公用钱为3000贯，看来也不算过分。那么，滕子京为何要焚烧账簿呢？滕子京的确过度支用了公用钱，但都用于犒赏少数民族和招揽人才。钱都用在公事上，未曾贪污公款。如果查下来，可能要牵连很多人，滕宗谅很有担当独自扛了下来。好在宋仁宗也认为使用公用钱并无大错，也说："边关将领们用公款笼络少数民族，对国家打败西夏有好处，怎么能治他们罪呢？②"这样，滕子京只是降了一级，调任虢州知州。由此可见，滕子京冤案也是王拱辰、梁坚等反对派攻击新政者的险恶用心之一例，知邓州的范仲淹、知岳州的滕子京，都是在这些险恶用心人的攻击下贬谪而来的。庆历四年（1044），又被王拱辰诬告"盗用公使钱，止削一官，所众太轻"，而贬官巴陵（今岳阳市）。所以，在好朋友范仲淹等人的营救下，滕子京也只是以贬官结束。这就是滕子京第三次被贬。

由此可见，滕子京与范仲淹一样有过卓越的战功，也同样有过宦海的沉浮，但其性格上一贯"尚气"，且"倜傥自任"。这样，就决定了滕子京的一生。

滕子京是一个什么样的人呢？古人评价历史人物，有立德、立功、立言"三不朽"之说。三者居其一，定以名垂后世，古往今来，能"三不朽"者几何？在中国历史上，能"三不朽"者只有两个半人：一个是孔子，一个是王阳明，另外半个算是曾国藩。那么，当我们以公正的眼光去审视滕子京这个人，他肯定不属于"三不朽"范畴之内的人。滕子京作为贬官，自然名声不太好，评价也不高。从历史角度看，后人推崇某一个人，既考虑其做了何等有益社会、造福黎民之事，更看重他提供了比前人更新的东西。在这个意义上，我们通览近千年的滕子京研究史，无论政治评价、思想考量，还是文学论断，均为"贪污案"的不同评价所左右，影响了研究的科学性和客观性，不仅难以正确评价滕子京的为官理念和勤政实践，也难以正确认识他的诗词文创作的成就。改革开放以来，滕子京的肯定评价占据主流，虽然也有不同的意见，均属正常的学术探讨，有助我们科学地认识和评价这位历史人物的实际面目和历史地位，揭示他于当下社会的意义和价值。那么，如何正确评价滕子京呢？这就需要我们站在历史的高度，重新认识滕子京的政坛形象。据苏舜钦《滕子京哀辞》道：他"忠义平生事，声名夷翟闻。言皆出诸老，勇复冠全军"。范公称《过庭录》也说："滕子京负大才，为众所嫉。"因而被人多次陷害以致在政治上跌落下来，被"谪守巴陵郡"。又据刘源父在岳州新见其家境写有《次韵滕岳州谢王南郡酒》一诗云："谁信专城千骑居，空斋图籍两三橱"，谁能相信曾经统帅过千军万马的滕太守家里，除了几橱书外竟空空如也呢？又据《宋史·滕子京传》记载："宗谅尚气，倜傥自任，好施与，及卒，无余财。"这些历史文献对滕子京给出的评价说明滕子京一生清正廉明，勤政为民，政绩卓越，上马能制敌，下马能安民。可是，滕子京这样一位抗夏英雄治世能臣，就这么倒在了"贪污"罪名上。西夏人没能击倒他们，大宋朝廷的自己人却轻而易举斗垮了他们。这何尝不是宋朝的悲哀，这何尝不是宋朝衰落的秘密？③

二、滕子京在岳阳"治最为天下第一"

庆历四年（1044）春，滕子京谪守巴陵郡。来到岳州后的滕子京，确实是悲怆中不失豪迈本色。一方面，"愤郁颇见辞色"，"凄然依旧伤情"。另一方面依然刚肠嫉恶，并不消沉。据厉鹗《宋诗纪事》卷八录其《赠回道士》诗云："华州回道士，来到岳州城。别我游何处？秋空一剑横！"既欲有所作为，又颇感凄恻愤懑，这就是滕子京当时的思想基调。事实上，滕子京在岳州不但没有消沉下去，反而振作精神，昂扬心志，重施宏图，整肃吏治，兴修水利，开办学堂，政绩斐然。北宋著名文学家范仲淹、欧阳修和尹洙等对其多有赞誉，宋人王辟之《渑水燕谈录》说："庆历中，滕子京谪守巴陵，治最为天下第一。"这是对滕子京在岳阳政

绩的高度概括。滕子京在岳阳做官三年，也是他生命史上最
后的辉煌，但其在岳阳任职太守的经历，为我们后世树立了
"官范"。今天，我们把滕子京在岳阳那些不为人知的事实
事求是地考证出来，也是对滕子京最好的纪念。从滕子京谪
守巴陵郡来看，滕子京对岳阳至少有三大贡献：

1. 承前制重修岳阳楼

"巴陵西跨城闉，揭飞观，署之曰'岳阳楼'，不知俶
落于何代何人？"相传楼始为三国东吴将领鲁肃在洞庭湖
训练水兵的阅兵台（又叫阅军楼）。南北朝时经过修建，改
称"巴陵城楼"。唐开元四年（716），中书令张说谪守巴

岳阳楼

陵，在鲁肃阅兵台的基础上，将三层、六方、斗拱、飞檐的岳阳楼，变为观光游览的场所。后由于缺乏维修，使古楼破损不堪。滕子京见后，认为这些名胜建筑"莫不兴于仁智之心，废于愚俗之手"和"窃以为天下郡国，非有山水环异者不为胜，山水非有楼观登览者不为显，楼观非有文字称记者不为久，文字非出于雄才钜卿者不成著"。于是，范仲淹在《岳阳楼记》开篇说"庆历四年春，滕子京谪守巴陵郡。越明年，政通人和，百废具兴。乃重修岳阳楼，增其旧制，刻唐贤今人诗赋于其上"。开头即切入正题，叙述事情本末缘起，其中"越明年"一句交代的是"重修岳阳楼"的时间。

这"越明年"究竟是哪一年？至今注家颇多，但无外乎有两种说法：一说是"到了第二年"，则为庆历五年（1045）。各教材注释不统一，让人无所适从。以人民教育出版社出版初中九年级《语文》上册的各种版本为例：1994年版注为"〔越明年〕到了第二年，就是庆历五年（1045）"；2002年版注为"〔越明年〕到了第三年，就是庆历六年（1046）"；2005年版注为"〔越明年〕到了第二年，就是庆历五年（1045）。越，及、到"。先释为"到了第二年"，后改成了"到了第三年"，接着又改回"到了第二年"。另一说是"过了一年"，即庆历六年。宋来峰先生《"越明年"辨》认为是第三年，即庆历六年。其理由有三点：

首先，从译法上看，把"越"译成"过了"，或者把"明年"译成"第二年"都是对的。但"越"这一词有度过、经过、超出等义，具有跨过某一时间或空间的意义，绝不只是到达或停留在这一时间或空间的意义。

其次，从全文看，滕子京谪守巴陵郡是庆历四年春的事，重修岳阳楼是在"越明年"，而范仲淹应嘱作文以记之在庆历六年秋九月。倘细说"越明年，政通人和，百废具兴。乃重修岳阳楼……属予作文以记之"数语，我们就会发现，其曾冠之以"越明年"，以下行文前后相承，其间未交待时间。从此可以看出，范仲淹应嘱作文，滕子京重修岳阳楼与巴陵郡的政通人和，百废具兴当是同一年——庆历六年。这恰是滕子京谪守巴陵郡的第三年。

再次，我们还可以推断，滕子京虽然颇有政治才干，但要使一郡之地很快能政通人和百废具兴，谈何容易！如果是第二年就做出了这番成就，那也才是一年左右的时间，这简直不可想象。如果是在第三年，也就是经过了两年左右的时间，这比前者较为合情合理④。

总之，无论从哪个角度讲，我们没有理由把"越明年"理解为第二年，而应该把它理解为第三年。宋来峰先生释

滕子京《求记书》书影

"越明年"之义无疑是对的，但他把"越明年"确定为"滕子京谪守巴陵郡的第三年（庆历六年）"，我就不敢苟同了⑤。

据滕子京于六月十五日《与范经略求记书》自我表白说："去秋以罪得兹郡，入境而疑与信俱释，及登楼，而恨向之作者所得仅毫末尔。……又明年春，鸠材僝工，稍增其旧制。"这封信中的"去秋"，不能作"去年"解。那么滕子京谪守巴陵郡的时间就变为庆历四年秋天了，这与岳阳地方志书和范记都是矛盾的。我认为"去秋"应该指已过去的岁月，这是指前年——庆历四年。而滕子京对重修岳阳楼的时间却作了准确的交代"又明年春"。倘若滕子京是庆历四年春被贬谪到巴陵郡的，那么重修岳阳楼的时间只能是庆历五年春天，而不可能是庆历六年。对于清代《升平署岔曲》抄本中的《岳阳楼记一》"庆历四年宋朝事，岳阳楼间集当更。适值四季之首春，春三月，重修岳阳楼，皆按故址增"的说法亦是不可取的。

重修岳阳楼工程是庆历五年（1045）开始的。当时经费不足，为了解决修楼的困难，滕子京想了很多办法。据司马光《涑水记闻》曰："滕宗谅知岳州（岳阳市），修岳阳楼不用省库银，不敛于民，但榜于民间，有宿债不肯偿者，官为督之；民负债者献之。所得近万缗，置库于厅侧自掌之，不设主典案籍，楼成极雄丽，所费甚广，自入者亦不鲜焉。州人不以为非，皆称其能。"滕子京重修岳阳楼的心情如何呢？宋人周辉《清波杂记》卷四记载，当他重修岳阳楼毕，有人写信祝贺他工程落成。滕子京复信道要凭栏大哭数场，才能解心头之怨。后来，滕子京在岳阳楼竣工之日，写了《临江仙》一词来表达自己的心情：

湖水连天天连水，秋来分外澄清。君山自是小蓬瀛。气蒸云梦泽，波撼岳阳城。

帝子有灵能鼓瑟，凄然依旧伤情。微闻兰芷动芳馨。曲终人不见，江上数峰青。

词毕后，他凭栏恸哭，并印证了自己在"郡僚禀落成之日，子京云：'落其成，待痛饮一场，凭栏大恸十数声而已'"（《隆庆岳州府志》）的诺言。明代文学家袁中道在《游居柿录》一文也有记载：从前滕子京因在庆州统领军队抗敌的事情被贬官到这里，因不得志而心情忧郁，扩大原有城楼的规模，而有了现在的岳阳楼。等到完工，宾客同僚，请典礼大乐庆祝落成。滕子京说：简直要扶着栏杆大哭一场才觉得痛快。这正是滕子京"自庆帅谪巴陵，愤郁颇见辞色"的真实写照。可见他是属于范仲淹《岳阳楼记》中那种以"物"而喜，以"己"而"悲"的人物，还未能达到范仲淹心目中的"古仁人"的思想境界。

接着，他于六月十五日"谨以《洞庭秋晚图》一本，随书（求记书）贽献"，请他的挚友范仲淹为他撰写《岳阳楼记》。范仲淹应滕子京之请，于九月十五日写下了脍炙人口的《岳阳楼记》。滕子京接到其文后，立即请大书法家苏舜钦书丹、名篆刻家邵餗篆刻，将它刊于岳阳楼之中，供世人赏读，这一行动很快得到了百姓的赞赏。据《岳州记》曰："岳阳楼时以滕子京造楼、范希文（仲淹）作记，苏子美（舜钦）书丹、邵餗篆刻，号称'天下四绝'。"还有人为此竖了一块石碑，称作"四绝碑"。从此，文以楼名，楼以文传。岳阳楼一时名声大震，成了人们所景慕的地方。从这里，我们不难看出滕子京贬到岳阳后，没有恃才自负，而是"先天下之忧而忧，后天下之乐而乐"，继续施展自己的"大才"去创造不朽的业绩，岳阳楼如此浩大的工程，能在一年多的时间内成就，实在令人折服。

在修岳阳楼的同时，滕子京还编辑了《岳阳楼诗集》。他在撰《岳阳楼诗集序》中说：为不使"众作与梁栋同伦委"，故"遍索墙堵间，及本朝诸公歌诗古赋，纪以时代，次以岁月，不以官爵贵贱为升降，俾镵石置于南北二壁中，庶几他日有闻韶忘味君子，知仆之志也。然历世寝远，必多遗难备，直以所存者笔之。如其删繁撷英，请俟来者焉！"从而为岳阳楼保存了一份珍贵的文化遗产。

1988年1月，岳阳楼被国务院公布为全国重点文物保护单位。可见，重修岳阳楼是滕子京在岳阳的一大政绩。

2. 崇教化建岳州文庙

滕子京热心教育，奖掖后学，设学校，立书院，培育人才，不遗余力。据《宋史》记载："所至多建学，在湖州所建尤盛。"他在巴陵修岳州文庙又是一个例证。

继重修岳阳楼后，滕子京在这里没有陶醉于个人一时的成功，居安不思危，而是"不以物喜，不以己悲"，继续坚持治理下去，修文庙办学，在培养人才方面也是很有建树的。据光绪《巴陵县志》记载："岳州府学，在县（今岳阳市）治高阜，中为大成殿，殿之旁为东西庑，前为大成门，门左为名宦祠，右为乡贤祠，外为棂星门，棂星门外为泮池，围以红墙，左右门书：'德配天地，道冠古今。'殿后为崇圣祠，祠东为明伦堂。"这样规模宏大的文庙，原来是在庆历六年（1046）知府滕宗谅创建的基础上发展起来的。落成后，滕子京又去信请好友、文学家尹洙为其撰写《岳州学记》（又称《岳州学宫记》）。今录全文如下：

岳州学记

三代何从而治哉？其教人一于学而已。自汉而下，风化日陵，政之宽暴，民之劳逸，皆系于吏治。吏之治，大抵尚威罚严期会，欲人奔走其命令，其政之。若是之亟也，又安暇先之以教育，渐之以德义者乎？故号称循良，而能之学校教人者十不一、二。去圣益远，至有持律令、主簿领，思虑不出几案，以谓为治之具，尽

岳阳文庙

在于是。顾崇儒术、本王化者，为阔疏不切于世。噫，其甚哉！

滕公凡为郡必兴学，见诸生，以为为政先。庆历四年守巴陵，以郡学俯通道，地迫制卑，讲肆无所容，乃度牙城之东，得形胜以迁焉。会京师倡学，诏诸郡置学官，广生员。公承诏。忻曰："天子有意三代之治，守臣述上德广风教，宜无大于此。庸敢不虔？"于是大其制度以营之。庙仪既成，乃建阁以聚书，辟室以授经；两序列斋，以休诸生；掌事司仪，差以等制；缮爨浣沐，悉严其所；小学宾次，皆列于外。大总作室之数：为楹八十有九，祭器什具，稽于礼，资于用，罔有不备。巴陵之服儒者毕祭于学，公延见必礼，奖其勤以励其游惰，尚其能以勉其未至。虽新进不率者，皆革顽为恭，磨钝为良，出入里间，务自修饰。郡人由是知孝悌礼义，皆本于学也。公之树教及人，岂不切于近、通于久乎？

先是公领邠、宁、环庆兵，插戎为帅，臣守巴陵，乃下迁。凡由大而适小，必易其治；或阴愤阳惨，事弛官废，下不胜弊者有之；或慎微虑危，修旧保常，无所设施者有之。若夫用舍不殊，勇其所树立，不以险夷自疑于时，如公心之所存，非爱君之深，信道之笃，乌及是哉！今年录其事来告，且曰："予尝守玉山、吴兴、安定皆立学，其作记必时闻人，子其次之。"某始愧不称，然安定之文伯氏，实承公命，小子奚敢以辞。

庆历六年八月日记。

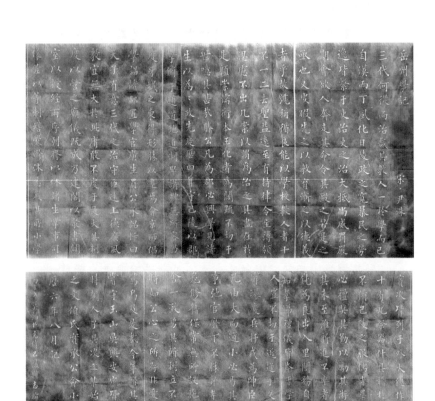

《岳州学记》石刻碑　　　　　　　尹洙/撰　　高树槐/书

尹洙（1001—1047），字师鲁，西京河南府（今河南洛阳市）人，北宋时期大臣、散文家。北宋天圣二年（1042），考中进士，授正平主簿，迁河南户曹，选为馆阁校勘，迁太子中允。交好范仲淹，累贬经略判官。后期，迁右司谏、渭州知州兼领泾原路经略公事，因事再贬均州酒税。庆历七年（1047）去世，谥河南先生。他是北宋著名的文学家，性内刚外和，博学有识度。与欧阳修、梅尧臣等力倡古文诗歌，并身体力行。尹洙论文，尊崇孟子、韩愈；他说，为文章，当"务求古之道"。欧阳修谓"师鲁为文章，简而有法"，"是是非非，务尽其道理，不苟止而妄随"。范仲淹亦称"其文谨严，辞约而理精"。主要著有《河南先生文集》《五代春秋》等传于世。滕子京在岳阳先"重修岳阳楼"，后修岳州学宫（今岳阳文庙），他给自己的老乡，当时的散文名家尹洙也写了一封"求记书"，请他为岳州学宫写记。尹洙写《岳州学记》时的处境，与滕子京并无二样，同为贬官。"庆历新政"失败，尹洙继滕子京、范仲淹之后也坐徙监均州（今湖北丹江口市西北均县镇）酒税。据韩琦《尹公墓表》记载，尹洙卒于庆历七年四月十日。这篇《岳州学宫记》的写作时间当在其逝世前数月间。他同处逆境，却对

宋代文学大家尹洙

滕子京的奋发有为给予了称赞："滕公凡为郡必兴学，见诸生，以为政先。庆历四年守巴陵，以郡学俯于通道，地迫制卑，讲肄无所容，乃度牙城之东，得形胜以迁焉。"它不仅介绍滕子京重视教育，热心办教育的精神，而且说明了滕子京迁建文庙是由于郡学形制小，教学活动无法容纳等原因，于是把文庙选择在风景优美的城东地势较高的学道岭。接着，尹洙记述了当时文庙建设的规模比以前大大增加了，房屋多而有序，礼仪制度严密，祭器一应俱全等情况。他说："庙仪既成，乃建阁以聚书，辟室以授经；两序列斋，以休诸生；掌事司仪，差以等制；缮爨浣沐，悉严其所；小学宾次，皆列于外。大总作室之数，为楹八十有九。祭器什具，稽于礼，资于用，罔有不备。"由此可见，滕子京在巴陵迁修文庙，办学堂，育"英才"是倾注了不少心血的。

岳阳文庙，1988年被公布为全国重点文物保护单位。这也是滕子京在岳阳的一大建树。

3. 治水患筑偃虹堤

滕子京"谪守巴陵郡"期间，除重修岳阳楼、兴建岳州府学外，还雄心勃勃，筹划兴修"偃虹堤"。

关于偃虹堤的修筑，据《巴陵县志》记载，滕子京鉴于"岳阳楼一带，正临洞庭湖，春夏水涨，波涛撼城，势甚可虑"。为了便利过往岳州的舟楫安全行驶和停泊，就选择了岳阳楼至南津港之间的地段，订出了筑堤的方案。庆历五年（1045），滕子京修书一封，远寄被贬在滁州的欧阳修希冀为其"新堤之作"，"纪次其事"。欧阳修在盛赞滕子京"明达之量，不以进退为心"之余，则以"文思衰落，既无曩昔少壮之心气，而有患祸难测之忧虞，是以言涩意窘，不足尽载君子规模宏达之志，而无以称岳人所欲称扬歌颂之勤"婉谢。但在庆历六年（1046），有从岳阳至滁州者，受滕子京之命，携"滕侯之书，洞庭之图，向欧阳修索记"。此回，欧阳修在展图目睹偃虹堤之后，颇有兴致，连问"其所以作之利害""其大小之制，用人之力""其始作之谋"，并而提知利民工程偃虹堤，虽工程浩大，但因思之甚密，"不逾时以成"，故认为劳民动土的偃虹堤是"君子之作"，值得一书。于是，欧阳修不知滕子京未实践和求证偃虹堤之真伪的情况下，便在图人言的基础上，于庆历六年中作了《偃虹堤记》。现援引如下：

偃虹堤记

　　有自岳阳至者，以滕侯之书、洞庭之图来告曰："愿有所记。"予发书按图，自岳阳门西距金鸡之右，其外隐然隆高以长者，曰偃虹堤。问其作而名者，曰："吾滕侯之所为也。"问其所以作之利害，曰："洞庭，天下之至险；而岳阳，荆、潭、黔、蜀四会之冲也。昔舟之往来湖中者，至无所寓，则皆泊南津，其有事于州者远且劳，而又常有风波之恐，覆溺之虞。今舟之至者，皆泊堤下，有事于州者，近而且无患。"问其大小之制，用人之力，曰："长一千尺，高三十尺，厚加二尺，而杀其上得厚三分之二。用民力万有五千五百工，而不逾时以成。"问其始作之谋，曰："州以事上转运使，转运使择其吏之能者行视可否，凡三反复，而又上于朝廷，决之三司，然后曰可，而皆不能易吾侯之议也。"曰："此君子之作也，可以书矣。"

盖虑于民也深，则其谋始也精，故能用力少而为功多。夫以百步之堤，御天下至险不测之虞，惠其民而及于荆、潭、黔、蜀，凡往来湖中，无论远近之人皆蒙其利焉。且岳阳四会之冲，舟之来而止者，日凡有几，使堤土石幸久不朽，则滕侯之惠利于人物，可以数计哉？夫事不患于不成，而患于易坏。盖作者未始不欲其久存，而继者常至于殆废。自古贤智之士，为其民捍患兴利，其遗迹往往而在。使其继者皆如始作之心，则民到于今受其赐，天下岂有遗利乎？此滕侯之所以虑，而欲有纪于后也。

滕侯志大材高，名闻当世。方朝廷用兵急人之时，尝显用之。而功未及就，退守一州，无所用心，略施其余，以利及物。夫虑熟谋审，力不劳而功倍，作事可以为后法，一宜书。不苟一时之誉，思为利于无穷，而告来者不以废，二宜书。岳之民人与湖中之往来者，皆欲为滕侯纪，三宜书。以三宜书不可以不书，乃为之书。

庆历六年某月某日记。

欧阳修（1007—1072），字永叔，号醉翁，晚号六一居士，吉州永丰（今江西省吉安市永丰县）人，景德四年（1007）出生于绵阳（今四川省绵阳市），北宋政治家、文学家。宋仁宗天圣八年（1030）以进士及第，历任仁宗、英宗、神宗三朝，官至翰林学士、枢密副使、参知政事。死后累赠太师、楚国公，谥号"文忠"，故世称欧阳文忠公。他是在宋代文学史上最早开创一代文风的文坛领袖，与韩愈、柳宗元、苏轼、苏洵、苏辙、王安石、曾巩合称"唐宋八大家"，并与韩愈、柳宗元、苏轼被后人合称"千古文章四大家"。他领导了北宋诗文革新运动，继承并发展了韩愈的古文理论。其散文创作的高度成就与其正确的古文理论相辅相成，从而开创了一代文风。同

欧阳修造像

时，对诗风、词风也进行了革新。在史学方面，也有较高成就。他曾主修《新唐书》，并独撰《新五代史》。有《欧阳文忠集》传世。看欧阳修的散文名篇《偃虹堤记》，其撰文的缘起与范仲淹的《岳阳楼记》全然相同，所写之事也是滕子京在岳阳所做之事，也是接到滕子京的信以后写的，滕子京在送信的同时，也送了一幅洞庭之图，文章写作的日期也是宋仁宗庆历六年。文章开头即交代说："有自岳阳至者，以滕侯之书、洞庭之图来告曰：'愿有所记。'"接着说："问其始作之谋，曰：'州以事上转运使，转运使择其吏之能者行视否，凡三反复，而又上于朝廷，决之三司，然后曰可，而皆不能易吾侯之议也。'"同时，还对"偃虹堤大小之制，用人之力"作了十分详尽的记述，曰："长一千尺，高三十尺，厚加二尺，而杀其上得厚三分之二。用民力万有

五千五百工，而不逾时以成。"因此，欧阳修在《偃虹堤记》中大赞其功绩："夫虑熟谋审，力不劳而功倍，作事可以为后法，一宜书。不苟一时之誉，思为利于无穷，而告来者不以废，二宜书。岳之民人与湖中之往来者，皆欲为滕侯记，三宜书。"这正如罗生在《一份研究〈岳阳楼记〉的珍贵史料——滕宗谅〈与范经略求记书〉初探》一文中写道：滕子京"为了保护岳阳，也为了解除舟民'风波之恐，覆舟之虞'，他不顾朝野物议，又筹集资金，广招民工，在岳阳楼至南津港之间滨水筑堤，这道堤就是欧阳修曾为作记的偃虹堤"⑥。

《偃虹堤记》的出现，引导了后世一些史料对偃虹堤的记录。北宋嘉佑年间的进士，曾受学于郑獬、官至司农少卿的王得臣（约1036—1115）在岳州任官达四年之久，曾对滕子京在巴陵期间修偃虹堤之事作了详细的考证，撰《麈史》说："岳州西濒大江，夏秋洞庭水平，望与天接，而州步无舣舟之所，人甚病之。庆历年间滕子京谪守是邦，尝欲巨堤以捍怒涛，使为弭楫之便，先名曰'偃虹堤'。求文于欧阳永叔（欧阳修），故述堤之利详且博矣，碑刻传世甚多。治平末（1067）予宰巴陵，访是堤，郡人曰：'滕子京未及作而去。'"从他的这部《麈史》来看，作者在《麈史·自序》中表白说："出夫实录，以其无溢美，无隐恶而已。"这位先生是以"实事求是"精神来著书的，具有真实可靠的特点。《中国人名大辞典》也称他"所著《麈史》于当时制度及考究古迹，极为精审"，可见史料价值甚高。而他在岳州做官的时间距庆历年间只有20多年，人们的记忆是不会很快淡忘的，说明这一记载当是可信的。又如北宋元符年间

（1098—1100）的进士范致明曾在岳州监收酒税时，对岳阳的名胜古迹、风土人情作了一些考证，写出了《岳阳风土记》一书，成为今天研究岳阳风土的重要历史文献。他说："滕子京待制欲为偃虹堤以捍之，计成，而滕移郡，后遂不果。"这些史料都说明滕子京没有修偃虹堤，就离开了巴陵。据《宋史·列传》曰："御史梁坚奏宗谅前在泾阳费公钱十六万贯（实际只用三千缗），及遣中使检视，乃始至部，日以故事犒赉诸部属羌，又间以馈遗游士故人。宗谅恐连逮者众，因焚其籍以灭姓名。仲淹时参知政事，力救之，止降一官，知虢州。御史中丞王拱辰论奏不已，复徙岳州，稍迁苏州，卒。"至于说他死于何时？苏舜钦《祭滕子京文》说："维庆历七年（1047）丁亥二月丙午朔二日丁未，武功苏某等，谨以清酌庶羞之奠，恭敬祭于知府待学士之灵。"滕子京享年只有58岁。

滕子京死后，既没有葬于人生做官的最后辉煌之地巴陵，也没有葬于他的死地苏州，更末葬于他的出生地河南洛阳，而是葬在池州府的青阳。这是为什么？一个原因是滕子京生前有言，百年后要葬青阳。滕子京在监池州酒税任上，邀请范仲淹来池州游玩，两人同登九华山，同游秋浦山水，饱赏贵池、青阳秀丽风光，滕子京流露百年后要卧青阳之心愿。滕子京死后，范仲淹为其撰写的墓志铭中写到"君昔有言，爱彼九华书契"。另一个原因是滕氏家族要让滕子京死后"归宗认祖"。景祐三年（1035），滕子京以言获罪，黜为监鄱阳郡榷酤（监酒税），知信州。子京因爱九华之胜，请改池州，迁葬其父于青阳县东十里之金龟源（又名金鸡岭），遂举家迁居墓南侧之滕家冲。翌年丁母忧，庐墓守孝逾年，服除知湖洲。这可能是滕子京归葬于青阳县的真正原因。因此，滕子京始葬苏州，后其子孙（是子还是孙无史据可考）和滕氏族人，按其生前"君昔有言，爱彼九华书契"，将其运回迁葬于青阳县城南金龟源。明清两朝敬仰滕子京的青阳人，在九华山云外峰下建造了"滕子京书堂"（又名滕司谏书堂、九华山书堂和谏堂山书堂），供后代子孙瞻仰凭吊，只可惜书堂遗址今已无处寻觅了。现在滕子京墓位于青阳，墓东的山岗上有块巨石，状如"金鸡登高"，也称"金鸡岭"；墓西北有一葱翠欲滴的孤山，形同绿色宝珠，名曰"抱珠墩"。滕公墓地周围，山峦起伏，墓后半里处，曾耸立巨碑一块，上刻12个径尺阴文"宋名臣天章阁待制滕公神道"。碑在"文革"中被推倒、砸碎。1981年，青阳县政府定滕子京墓为县重点文物保护单位。墓冢因紧靠318

滕子京墓，在安徽青阳县新河镇金鸡岭下。

国道，近年来国道拓宽，无法避让，迁葬于国道北侧抱珠墩，重建了墓碑。因为有滕子京，才有了范仲淹的《岳阳楼记》，后人应该好好谢谢滕子京。

关于滕子京是何时调离巴陵郡的呢？考滕子京离开巴陵的时间，一般的史书上都没有明确的记载，但我们可以从滕子京卒年时间推出他离开巴陵的大约时间来。据考证分析，滕子京离开巴陵大约在庆历七年二月以前的四五个月时间内。庆历七年二月二日是滕子京逝世的日子，据苏舜钦在《滕子京哀辞》载："维庆历七年（1047）丁亥二月丙午朔二日丁未，武功苏某等，谨以清酌庶羞之奠，恭敬祭于知府待制学士之灵。……呜呼哀哉！尚飨！"从他卒年之前的庆历六年来看，的确是滕子京在岳阳公务中最繁忙的一年。这年夏天重修岳阳楼竣工，又修岳阳文庙，还要向朋友求"三记"（《岳阳楼记》《岳州学宫记》《偃虹堤记》）等。当他收到范仲淹的《岳阳楼记》（作于庆历六年九月十五日）和尹洙的《岳州学宫记》（作于六年八月）时，分别离他逝世时只有四五个月时间，又请书法家苏舜钦和雕刻家邵餗同为《岳阳楼记》书丹、篆刻，然后嵌入岳阳楼中，也需要一些时日。又由于"迁徽州""迁苏州"，很可能顾不上修偃虹堤了。他离开巴陵，"迁徽州"又"迁苏州"的原因可能是随着《岳阳楼记》迅速传开来，在当时取得了极佳的政治效果。宋仁宗读过《岳阳楼记》《偃虹堤记》《岳州学宫记》后，对治理巴陵郡有功的滕子京顿生好感。1046年冬，滕子京调到"小汴京"之称的徽州任知府。接着，滕子京又调任江南重镇苏州任知府。滕子京能重振仕途，范仲淹、欧阳修和尹洙的"三记"可谓功不可没。"而滕移郡"不久，人们得到的不是滕子京又一曲振奋人心的"政通人和,百废具兴"的理想之歌,而是"忽此凶变,人亡师保,国失藩翰"的噩耗,他过早地离开了人世。虽然,北宋著名的散文家欧阳修为他写下了传世之作《偃虹堤记》,但他未能完成自己的千秋大业,使本文失去了它应有的史料价值,为历史留下了一桩滕子京修了偃虹堤的悬案。尽管如此,一方面欧阳修的《偃虹堤记》对我们今天研究滕子京其人是有一定的参考作用的;另一方面,也表明滕子京这种"虑于民也深,则谋其始也精"的思想是值得称赞的,竟被时人堪称"百姓的父母官"。拟筑偃虹堤,也应是他在岳阳的一大功德。

"千古文章四大家"之一的欧阳修的《偃虹堤记》,与范仲淹的《岳阳楼记》堪称姊妹篇,内容相得益彰。《岳阳楼记》"不以物喜,不以己悲""先天下之忧而忧,后天下之乐而乐"等名句体现了为官者忧国忧民的情怀。而《偃虹堤记》"虑于民也深,则谋其始也精",更是表现了"以民为本"的思想抱负,时刻把老百姓放在心坎尖上的悲悯情怀。要知道,滕子京是泾州任上一腔冤屈被一贬再贬才来到岳阳的。但即使是受此不公的对待,身处逆境之中,他还是心系百姓,在干好"重修岳阳楼"这样的"面子工程"的同时,也做好"里子"上的事情,为风波烟尘里来岳阳办事的各路官民修筑一个避风堤湾,努力地"为民添生计"——这种高尚的德行与情怀,是值得欧阳修这样的文章大家为之一记的。⑦至于说滕子京何时调任徽州,又何时调任苏州的具体时间,还有待进一步考证。

"滕侯志大材高,名闻当世。方朝廷用兵急人之时,尝显用之。而功未及就,退守一州,无所用心,略施其余,以利及物。"这是欧阳修在《偃虹堤记》对滕子京的评价。滕子京"谪守巴陵郡"为官三年中所创造的业绩，别的政绩不用提，仅他重修岳阳楼一项，即堪称功高盖世，惠及万代，就不难看出"滕侯之惠利于人物，可以数计哉？"实是当之无愧的。他这种在逆境中仍然勇于开拓，忧其君民的高贵品德，以"天下为己任"的"勤政"行为，对今日"在其位，谋其政"的共产党人无疑是很有教育意义的。岳阳人当然也一直记得，滕子京来此不到三年，在岳阳做官时间短，政绩多，名声大。可以说，岳阳的经历让滕子京的人生达到了一个新境界，岳阳之前他是滕宗谅，岳阳之后，他就是滕子京了！

现在，天下人都知道范仲淹的《岳阳楼记》，却鲜有人知道欧阳修的《偃虹堤记》，几乎是天壤之别。客观地说，欧阳修的才华和名气，一点也不比范仲淹低，但两篇文章还是有一些差距。《岳阳楼记》更显得磅礴大气，朗朗上口，直抒胸意，在时空中纵横驰骋，是一篇优秀的抒情散文。而《偃虹堤记》语言事实，不事雕琢，亦未写景，缺乏信马由缰的想象力，是一篇朴素的叙事散文。只能说，欧阳修当年没有范仲淹那么用心，也没有那么动情。当然《偃虹堤记》没有《岳阳楼记》出名，还有一个原因是偃虹堤并没有完工。庆历七年，滕子京被调往苏州任知府，修堤之事也就不了了之。后人无法睹物思人、睹物思文，因此在历史长河里逐渐被淡忘。这就是文章的命运。不管怎么说，《偃虹堤记》与《岳阳楼记》，依然是千古文章，值得被后人尤其是岳阳人铭记。⑧

由此可见，滕子京是个有功于国，有德于民而又有着廉洁操守的人。欧阳修称滕子京"不敬一时之誉，思为利于无穷"。尽管他一生坎坷，但难能可贵的是始终保持"不以物喜，不以己悲""先天下之忧而忧，后天下之乐而乐"的良好心态，不仅是范仲淹引为同道的"斯人"，也成为为政者的楷模。⑨

三、滕子京为什么要重修岳阳楼

岳阳楼早在唐代时就已闻名于世，成为一个名胜地。岳阳楼之所以能够成为一个吸引游人的名胜，不在于它的城廓或别的什么，而是在于登临者能俯瞰洞庭，饱览湖光山色。唐代大诗人杜甫作《登岳阳楼》一诗的首联"昔闻洞庭水，今上岳阳楼"就和盘托出了此中的秘密。人同此心，范仲淹在《岳阳楼记》里也说出了这个道理。滕子京为什么要重修岳阳楼，又为什么要请范仲淹为岳阳楼作记？我认为滕子京是一个很有思想、很有抱负、有很能力的人，是一个很想干一番事业，也是一个能干一番事业的人。

滕子京重修岳阳楼的目的，是想把岳阳楼，乃至岳阳建设成一个名胜。据滕子京《岳阳楼诗集序》和《求记书》分析，主要出自三个方面的考虑：一是认识到"楼观"对一个地方的发展意义重大。从滕子京的《求记书》（又称《（滕宗谅）上范文正公书》《与范经略求记书》）看，"窃认为天下郡国，非有山水环异者不为胜，山水非有楼观登览者不为显，楼观非有文字称记者不为久，文字非出于雄才巨卿者不成著"，意思是说，一个地方如果没有美丽的山水环绕，就不能成为名胜之地；有美好的山水而没有楼台亭阁供人游览，就不能成为名胜；有楼台亭阁而没有文字称赞它，记述它，就不能传之久远；有文章记述而不是出于大才大公卿（大师）之手，也不能成为著名的胜迹。接着又以全国著名的滕王阁、庾公楼、消暑楼、叠峰楼等实例进行了论证，它们之所以历经风雨、战乱而不废圮，就是因为有著名的记，才使这些楼阁获得了永久的生命。900多年前，滕子京就一步步分解，一层层论述了城市建设和文化建设的旨要，眼力的确不凡，见地委实深刻。这说明滕子京是一个很有思想的人。他这种传之久远的"千古"思想，值得我们学习和弘扬。比如，黄冈赤壁之于黄冈的意义，不在地理，而在人文；不在赤壁本身，而在苏东坡的赤壁词赋，一首词、两篇赋，让一座城市获得了巨大的光荣。二是体会到岳阳楼在"巴陵胜状"中的自然人文价值重大。滕子京在《岳阳楼诗集序》中说："东南之国富山水，惟洞庭于江湖名最大，环占五湖，均视八百里；据湖面势，惟巴陵最胜。濒岸风物，日有万态，虽渔樵云鸟，栖隐出没同一光景中，惟岳阳楼最绝。"可见，滕子京"览物之情，得无异乎？"就是登临赏景之后，体察到的地理形胜，比来比去，岳阳楼是洞庭湖皇冠上的明珠！三是感受到绝不能让岳阳楼毁在自己手上的历史责任重大。滕子京在《求记书》中写道："这些名胜古迹莫不兴于仁智之心，废于愚俗之手。"要守护好文物古迹，留住历史记忆。作为一个地方官员应有"仁智之心"，有责任、有担当、有义务，把一个地方的名胜古迹保护好、建设好、管理好，造福子孙后代。于是，滕子京要用实际行动践行自己的景观美学思想，决定重修岳阳楼。

重修岳阳楼的钱从哪里来？滕子京这次重修岳阳楼吸取了在西夏的经验教训，不用省库银，不花财政的钱，不搞集资摊派，而是巧妙地调动民间资本、向民间的"老赖"伸手、动员债主把收不回来的债捐给政府，欠钱的人怕得罪政府，只好乖乖还钱，一下子解决了资金来源，所得近万缗，一缗相当于一千个铜钱，也相当于一个银币多一点，也就是人民币100元，一万缗就是100万元人民币，这应该说是一笔不小的数目了。还得到了百姓的认可，"州人不以为非，皆称其能"。正如陈雨露、杨忠恕在《中国是部金融史·天下之财》一书中所说："我还要告诉大家，滕知府虽然因贪污发配岳州，重修岳阳楼确实既没有贪污也没有挪用公款，而是用了一招金融魔术——'资产置换'。"从滕子京修岳阳楼的资金筹集来看，滕子京是一个很有经济头脑的人⑩。滕子京就用这笔钱修楼，楼修得怎么样？范仲淹在《岳阳楼记》中说："庆历四年春，滕子京谪守巴陵郡。越明年，政通人和，百废具兴。乃重修岳阳楼，增其旧制，刻唐贤今人诗赋于其上。属予作文以记之。"从写"记"这一文体的规矩说，这是必要的"交代"，是写修岳阳楼的始末及其规模。表面上，它只是一段纯记述性的文字，但字里行间都充满了作者对朋友的品质和才能的赞扬。《涑水纪闻》也说："楼成，极雄丽。"岳阳楼修得很雄伟壮丽，说明滕子京是一个能力很强的人。

滕子京重修岳阳楼的时间在庆历六年。综合范仲淹《岳阳楼记》以及滕子京《求记书》《岳阳楼诗集序》三篇文献，可将涉及的时间节点列表如下（见表3）⑪。《岳阳楼记》中的"越明年"出自《求记书》中"又明年"，滕子京

表3 滕子京重修岳阳楼的时间节点表

时　间	事件	出处
庆历四年春	滕宗谅谪守巴陵郡	《岳阳楼记》
庆历四年秋	滕宗谅到岳阳贬所	《求记书》
庆历五年	重修岳阳楼	《岳阳楼记》《求记书》
庆历五年六月十五日	滕宗谅致书范仲淹，请撰《岳阳楼记》	《岳阳楼记》《求记书》
庆历六年七月十五日	滕宗谅编《岳阳楼诗集》成，准备刻石	《岳阳楼诗集序》
庆历六年九月十五日	范仲淹《岳阳楼记》成	《岳阳楼记》
庆历六年九月十五日以后	范仲淹《岳阳楼记》寄达岳阳，滕宗谅刻石	刻石始末无明确记载

于庆历四年秋到岳阳贬所，庆历五年春动工重修岳阳楼，六月十五日写信给范仲淹求记。根据《求记书》中所载范仲淹官职分析，他担任"邠府四路经略安抚、资政谏议"这一官职，自庆历五年正月至十一月，不满一年，这足以证明此信写于庆历五年六月十五日。而岳阳楼重修竣工，也当在庆历六年，所以岳阳的方志记载庆历六年重修岳阳楼。

岳阳楼重修后，滕子京丰富了岳阳楼的文化内涵。庆历五年春，岳阳楼开始重修后，经过精心收集，才发现"然古今诸公于篇咏外，卒无文字称记所谓岳阳楼者"，而一座著名的楼观没有一篇好的记，"曾不若人具肢体而精神未见也"，这问题可是相当严重的。怎么办呢？滕子京想起了范仲淹这支大手笔，"文章器业，凛凛然为天下之特望，又雅意在山水之好。每观送行还远之什，未尝不神游物外，而心与景接"，希望范仲淹"伏冀戎务鲜退，经略暇日，少吐金石之论，发挥此景之美"，以张其事，能传之久远，使后人知道我宋朝有人。写信的目的直截了当地表达出来了，那就是要请范仲淹"作文以记之"。正如清人全祖望《重葺〈岳阳楼志〉代序》所说："惟洞庭为湖南之胜，岳阳又为洞庭之胜。而其所以得文正之记以著于天下，则实自太守滕子京，乃志之所由始也。"

俗话说："睹物思人。"我们只要走进岳阳楼，就会想起了滕子京，只要一读《岳阳楼记》，也想起了滕子京，还要感谢滕子京，一方面感谢他不为贬谪而萎顿，励精图治，群策群力，带领众人重建了岳阳楼；另一方面感谢他"楼观非有文字称记者不为久，文字非出于雄才巨卿者不成著"的远见卓识，力邀千里之外的范仲淹为楼作记。如果再退一步说，其实重建岳阳楼算不了什么，只要有足够的银子就行，因为岳阳楼在1800余年的历史中屡修屡毁，又屡毁屡修，有史可查的修葺就有40多次。而范仲淹的雄文，那可是千年难求，百世无双，价值无可估量，是中华民族的精神瑰宝，使岳阳楼成了一座真正闻名天下的中国文化名楼。

四、滕子京为岳阳楼传之久远而请范仲淹作记

为保护和宣传好岳阳楼，滕子京主要做了三件事，即"重修岳阳楼，请范仲淹为岳阳楼写记、编《岳阳楼诗集》并

撰序。岳阳楼能够成为千古名胜，其主要功劳应归于滕子京。

范仲淹的《岳阳楼记》是大家非常熟悉的，历代被人传诵不绝。可是和这篇文章有着极为密切关系的一封信——滕子京致范仲淹的《求记书》却鲜为人知。范仲淹说滕子京"为文长于奏议，尤工古律诗"，《宋史》记载他"有谏疏二十余篇"，今天除了《求记书》以外，滕子京一篇文章也没有保存下来，只有《舆地纪胜》还提到他的《岳阳楼诗集序》和《樵桂亭记》，《能改斋漫录》收集了他的《临江仙》诗⑫。可见《求记书》弥足之珍贵。《求记书》全文如下：

六月十五日，尚书祠部员外郎、充天章阁待制、知岳州军州事滕宗谅，谨驰介致书，恭投于邠府四路经略安抚、资政谏议节下：

窃以为天下郡国，非有山水环异者不为胜，山水非有楼观登览者不为显，楼观非有文字称记者不为久，文字非出于雄才钜卿者不成著。今古东南郡邑，富山水者，比比是焉；因山水作楼观者，处处有焉。莫不兴于仁智之心，废于愚俗之手。其不可废而名与天壤齐固者，则有豫章之滕阁、九江之庾楼、吴兴之消暑、宣城之叠嶂。此外，无过二、三所而已。虽寖历于岁月，挠剥于风雨，潜消于兵火，圯毁于艰屯，必须崇复而不使隳斩者，盖由韩吏部、白宫傅以下，当时名贤辈各有记述，而取重于千古者也。

巴陵西跨城闉，揭飞观，署之曰"岳阳楼"，不知俶落于何代何人？自有唐以来，文士编集中无不载其声诗赋咏，与洞庭、君山率相表里。宗谅初诵其言，而疑且未信，心谓作者夸说过矣。

去秋，以罪得守兹郡，入境而疑与信俱释。及登楼，而恨向之作者所得仅毫末尔。惟其吕衡州诗云："襟带三千里，尽在岳阳楼"，此粗标其大致。自是日思以宏大隆显之，亦欲使久而不可废，则莫如文字之垂信，乃分命僚属，于韩、柳、刘、白、二张、二杜，逮诸大人集中，摘其登临寄咏，或古或律，歌诗并赋七十八首，暨本朝大笔，如太师吕公、侍郎丁公、尚书夏公之众作，榜于梁栋间。

又明年春，鸠材僝工，稍增其旧制。

然古今诸公于篇咏外，卒无文字称记所谓岳阳楼者，徒见夫屹然而踞，岈然而负，轩然而竦，伛然而顾，曾不若人具肢体而精神未见也，宁堪乎久焉？

恭维执事，文章器业，凛凛然为天下之特望，又雅意在山水之好。每观送行怀远之什，未尝不神游物外，而心与景接。矧兹君山、洞庭，杰然为天下之特胜。切度风旨，岂不撼遐想于素尚，寄大名于清赏者哉？伏冀戎务勘退，经略暇日，少吐金石之论，发挥此景之美，庶漱芳润于异时者，知我朝高位辅臣，有能淡味而远，托思于湖山数千里外，不其胜欤？谨以《洞庭秋晚图》一本，随书贽献，涉毫之际，或有所助。

干冒清严，伏惟惶灼。

这封《求记书》600余字，介绍了岳阳楼修葺前后的简要情况，倾吐了请求范仲淹作记的迫切心情，其目的是提高岳阳楼的知名度。正文可分为三部分：第一部分提出山水楼观须有文字称记而且必须是雄才巨卿的题记方能流传久远；
第二部分指出有唐以来，虽然有不少歌咏岳阳楼、洞庭湖的
诗文，但"卒无文字称记"，这就使"屹然而踞，岈然而
负，轩然而竦，伛然而顾"的"极雄丽"的岳阳楼就像一个
人徒有形体而没有灵魂一样，还是不能传之久远；第三部分
点明要写出传之久远的记文，非你范仲淹莫属的正意。读完
全信，我们不能不为其使传之久远的用心，恳切曲折的陈
情，形象生动的文笔，精细谨严的逻辑所折服。由于这封信
一直没有和《岳阳楼记》配合起来阅读，可以说，我们过去
读《岳阳楼记》是一种孤立和主观臆测的状况下理解它的。
对于这样一篇有名的《求记书》，我们必须认识它的价值意
义。滕子京向范仲淹《求记书》之函作于庆历五年六月十五
日，对应范仲淹知邠州兼陕西四路缘边安抚使，到庆历六年
九月十五日，《岳阳楼记》撰成时，则知邓州。他并没有亲
临其境，一览岳阳楼重修后的规制，故而叙述岳阳楼重修始末
本于滕子京《求记书》。为直观起见，今将范仲淹《岳阳楼
记》和滕子京《求记书》相关内容列表比对如下（见表4）。

　　由列表来看，范仲淹《岳阳楼记》一文缘起滕子京《求
记书》，可以说没有《求记书》就没有《岳阳楼记》。通过
文本比对，范仲淹《岳阳楼记》文缘起系本于滕子京《求记
书》，如"刻唐贤今人诗赋于其上"，所叙述的时间节点，
显然对应滕子京《求记书》的"榜于梁栋间"等等⑬。此外，
《求记书》的艺术价值也很大。清人全祖望在《重葺〈岳阳
楼志〉代序》文中说："滕公为安定先生高弟，其才跞跎千
古。读其上范公之书，以求此记，其词嶒崚鞈辖，笔力浩
大。世但知文正之记之工，足与少陵、襄阳之诗相配，而不

表4　范仲淹《岳阳楼记》文缘起滕子京《求记书》

范仲淹《岳阳楼记》（庆历六年九月十五日）	滕子京《与范经略求记书》（庆历五年六月十五日）
庆历四年春，滕子京谪守巴陵郡	去秋，以罪得守兹郡
越明年——乃重修岳阳楼，增其旧制	又明年春，鸠材僝工，稍增其旧制
刻唐贤今人诗赋于其上	乃分命僚属，于韩、柳、刘、白、二张、二杜，逮诸大人集中，摘其登临寄咏，或古或律，歌诗并赋七十八首，暨本朝大笔，如太师吕公、侍郎丁公、尚书夏公之众作，榜于梁栋间
属于作文以记之	伏冀戎务鄣退，经略暇日，少吐金石之论，发挥此景之美

知子京之书，亦足与文正之记相配。所谓山水之灵，非伟人之文不足以发之者，斯之谓矣！"无论在文学或历史上，都应该是很重要的。因为它提供了很多有关《岳阳楼记》的直接史料，对探讨《岳阳楼记》的许多问题，诸如范仲淹创作《岳阳楼记》的过程，《岳阳楼记》的思想意义，滕宗谅重修岳阳楼的时间等等，都不无助益。⑭

　　滕子京是个文武兼备的人。他认为"楼观非有文字称记者不为久"。这样一座楼阁，必须要有一篇名记记述，才能使岳阳楼传之久远。滕子京在《求记书》中说：我们这个地方的确非常好，岳阳从山川气势上都不会输给其他一些地方，但是我把岳阳楼的诗文查了一下，只有诗歌没有文章，包括白居易、孟浩然、杜甫、李白等著名诗人都写过诗，但是没有写过文章。现在就只有一座楼没有一篇文章来记述的话，就像一个人只有肢体没有精神，精神一定要通过文章来显示。文章找谁来写呢？滕子京找来找去觉得范仲淹最合适，把范仲淹推崇得很厉害。他觉得：你是大手笔，你给我写这篇文章那是最合适的，你写了这篇文章，那么我的岳阳楼就有精神显示出来了，就可以千古留名了。而且他又讲到范仲淹过去也写过好多有关山川风景的诗歌、文章，所以范仲淹是最适合写这篇文章的。大家看最后一句话："谨以《洞庭秋晚图》一本，随书挚献，涉毫之际，或有所助。"这是什么意思呢？就是说我这封信写给你，我同时请人画了一幅《洞庭秋晚图》，抄录了历代名士吟咏岳阳楼的诗词、歌赋，派人日夜兼程，一并送往范仲淹当时被贬的住地河南邓州，你写记的时候看到这幅画或许会有帮助。他这么说的意思就是，我也不想你老兄一定要到这里来看一看，你只要看了我的信，再看看这幅画，你就应该可以写得出文章了。滕子京在《求记书》中谈到的《洞庭秋晚图》，在有关研究岳阳楼图中一直从未发现过，据《〈岳阳楼记〉，远在他乡的名臣，仅靠想象完成的千古名篇》一文记载："九月十五日，范仲淹收到了好友滕子京的书信，……并绘制了《洞庭秋晚图》，一并寄（送）给了范仲淹，并邀请范仲淹为岳阳楼做记。虽然没有亲自到达岳阳楼，但是通过这栩栩如生的洞庭晚秋，范仲淹感受到了洞庭湖的磅礴的气势，霎时间，他又联想到岳阳楼的阴雨连绵、晴朗欢快，而之后，范仲淹又想到自己如今虽然被贬出京，但仍心系朝廷，经过一番思索酝酿之后，范仲淹提起毛笔，写就了这篇千古名作——《岳阳楼记》。⑮"作者在文中附有一幅《洞庭秋晚图》，

洞庭秋晚图

这是我多年研究岳阳楼，第一次见到的《洞庭秋晚图》，岳阳楼建造乃是于城墙之上，只有二层，孰真孰假，还有待考证。所以，滕子京这个人物是最不该忘记的，他不仅重修过岳阳楼，而重要的是他灵机一动，请老友范仲淹"作文以记之"。要不是滕子京"属予作文以记之"，不知范仲淹能不能写、何时才能写出这篇《岳阳楼记》。说滕子京"逼范仲淹作文也许有点不好听，而实际情形就是这样的，因为出自朋友之间的情谊，你能说不写吗？所以，范仲淹的《岳阳楼记》，就是好友滕子京"逼"出来的。没有滕子京的《求记书》，就没有范仲淹的《岳阳楼记》。但范仲淹写记时没有登岳阳楼，单凭着滕子京寄给他的一封《求记书》、一幅《洞庭秋晚图》和一些历代名人咏叹岳阳楼诗词，借景喻情，一篇名垂千古的《岳阳楼记》就此诞生了。

岳阳，因为一座岳阳楼、一篇《岳阳楼记》，让人们记住了一座岳阳城。

注释

①资料来源：岳阳楼"双公忧乐情展厅"。

②食堂：《〈岳阳楼记〉的秘密：滕子京被贬背后，揭示的是宋朝衰落的真相》，《朝文社》，2020年12月10日。

③大宋御史：《范仲淹的朋友滕宗谅为何焚烧账簿？解读因公款消费引发的滕子京案》，腾讯内容开放平台，2009年11月27日。

④宋来峰：《"越明年"辨》，《北京师大学报》，1980年第6期。

⑤何林福：《也说"越明年"——与宋来峰先生商榷》，《岳阳古今》，1989年第2期。

⑥⑫⑭罗生：《一份研究〈岳阳楼记〉的珍贵史料——滕宗谅〈与范经略求记书〉初探》，《云梦学刊》，1986年第1期。

⑦高建旺：《偃虹堤与〈〈偃虹堤记〉》，《光明日报》2016年6月24日。

⑧一清：《岳阳，欠滕子京一份公正，欠欧阳修一个千年道歉》，中国网，2016年4月12日。

⑨秋洋：《〈岳阳楼记〉姊妹篇：欧阳修〈偃虹堤记〉》，新浪博客，（今日头条）2020年2月21日。

⑩陈雨露、杨忠恕：《中国是部金融史：天下之财》，九州出版社，2014年3月版。

⑪⑬侯倩、李成晴：《唐宋诗板考：以〈岳阳楼记〉"刻唐贤今人诗赋于其上"新证为中心》，《江海学刊》，2020年第2期。

⑮且行且听风：《〈岳阳楼记〉，远在他乡的名臣，仅靠想象完成的千古名篇》，今日头条，2021年12月21日。

第四章

范仲淹应滕子京邀请而作《岳阳楼记》

滕子京和范仲淹是同年（同年就是现在同一年考进大学的人，当时就是同时考进进士的人，但年纪可以相差很大）、是同事、是朋友。一个求记，一个写记，给千古名胜岳阳楼留下了千古佳话。

一、范仲淹与滕子京的关系

范仲淹与滕子京两人的关系究竟好到什么程度？单从范仲淹《岳阳楼记》直接褒扬滕子京的政绩，就可以看出范仲淹与滕子京的关系绝对不一般。其实，滕子京正是由于这篇《岳阳楼记》而闻名于世。北宋中期，范仲淹和滕子京考上进士做官，但都不顺利。那么，是什么原因使范仲淹与滕子京的关系这么好呢？考察范仲淹的交友，可以说与其相知最深、关系最紧密之人，无疑首推滕子京。

1. 范仲淹与滕子京是知心好友

范仲淹、滕子京两人经历也基本相似，都是少年苦学才获得的官位，并且两人还同时考上进士，同时被贬谪。相同的遭遇自然让两个本来关系不错的好友，更加能够相互体谅，相互理解。正所谓"同是天涯沦落人，相逢何必曾相识"。范仲淹与滕子京同年考取进士，二人认识后一见如故，成了至交。范仲淹与滕子京都为人耿直，嫉恶如仇。同样的幼年丧父导致出身寒苦，同样的寒窗苦读最终考中。进入朝廷后因为性格关系，范仲淹被四招四贬，滕子京被三招三贬，真的可谓同是天涯沦落人。同朝为官多年，二人成了生死之交。范仲淹与这位比自己小一岁的同年交情确实非比寻常。大中祥符八年（1015），范仲淹的同榜进士有197人之多，与他有交往及诗文唱酬的有近30人，但与范仲淹相知最深、关系最亲密的同年是滕子京。滕子京与范仲淹、刘越举同科进士。初授泰州军事判官，范仲淹在西溪修筑捍海堤堰时，突发海啸，正是因为协助修堰的滕子京临危不惧，才能使局面很快得到控制。在此后的日子里，二人天各一方，但是不管范仲淹官职如何变化，也不管相隔多远，二人经常有诗书往来唱和。比如，范仲淹在润州（今江苏省镇江市润州区）期间，滕子京和魏介之两人相约一起涉过长江，亲自去看范仲淹。范仲淹撰有《滕子京魏介之二同年相访丹阳郡》一诗，记录了当时三人相见的欢乐场面，云：

长江天下险，涉者利名驱。

二公访贫交，过之如坦途。

风波岂不恶，忠信天所扶。

相见乃大笔，命歌倒金壶。

同年三百人，大半空名呼。

没者草如绿，存者颜无朱。

功名若在天，何必心区区。

英竟贵高路，修防谗嫉夫。

孔子作旅人，孟轲号迂儒。

吾辈不饮酒，笑杀高阳陡。

又比如，景祐元年（1034），滕子京被贬池州，范仲淹因为与吕夷简争执被贬去饶州。范仲淹经滕子京邀请来到池州一起同游，二人看到青山绿水翠绿环绕，感觉轻松自在，滕子京指着青阳一座葱茏的孤山说，这座山如金龟望北斗，他日我死后，请范兄做主，将我葬于此地，我再也不愿重回江湖去蹚浑水了！

范仲淹与滕子京亲若家人，曾去堂上拜望过滕子京的母亲。滕子京去世，范仲淹为他写过墓志铭，又主动负起教养遗孤的责任。他们生死不渝的情谊，为古今人际交往方式树立了楷模。

2. 范仲淹和滕子京有过一段战友的历史

范仲淹曾与滕子京同在边疆与西夏作战，滕子京临危不惧，有非凡之才。宋仁宗时期，我国西边有一个民族叫西

双公祠

范仲淹和滕子京

夏，它的中心就是现在的宁夏，但是当时内蒙古一部分地区、甘肃一部分地区、陕西一部分地区都是属于西夏。这个民族打仗很厉害。宝元年间，范仲淹接到宋仁宗任命，52岁的他率军在边关抵御西夏进犯，范仲淹巧妙布局，终于取得了暂时胜利。而后范仲淹上书请求老友滕子京协助自己，滕子京立刻启程，率兵连连攻克敌军，加上范仲淹的部署，二人节节胜利，终于击退了西夏。当时，范仲淹作为一个统帅部的前方指挥打仗，滕子京是作为前线的一名将官在带兵。所以两个人在那时就结成了战友式的深厚友谊。因为在打仗时还有很多少数民族，西夏人要争取他们，我们宋朝人也要争取他们。在这种情况下，滕子京花钱不太考虑，就把公家的很多钱花在送礼、请客吃饭上。虽然在他自己看来这是正确的，把人心收买过来了，但由于花的钱相当多，被政敌御史丞王拱辰告发他了，告到皇帝那里去了。宋仁宗皇帝认为这是为了战争的需要，请人吃饭，送点礼品给人家，虽然有点过头，但不算什么问题。后来，王拱辰揪住不放，非常坚持，说这是贪污，一定要法办不可。拖了很长时间，范仲淹还为滕子京说情，说这是正常的，很多次向皇上进谏说这件事不应该怪罪滕子京，但办案人员一再坚持。最后没有办法，滕子京就离开了这个地方，被贬到小小的庆州做官去了。这样一来，滕子京本来抱负很大，想做点大事，现又打了胜仗反倒被人指责，他就想不开了。又过了一段时间，滕子京又被贬到巴陵郡（今岳阳市）。随后，范仲淹也遭到别人的指责，他在当时是改革派，在庆历新政中提出了很多建议，被皇帝采纳了其中的一部分，但最后没办法进行下去。他从西夏的前线贬到了河南邓州。这说明滕子京和范仲淹有着同样的遭遇，同样的命运，同为"贬官"。

3. 范仲淹非常认同滕子京体恤百姓的做法

范仲淹在泾州做知州时，滕子京镇守边关时遭遇西夏入侵，爆发了"定川寨"一战。为了能守住边塞，滕子京一方面集结民众一起共同抵抗敌军来犯，另一方面则向范仲淹请求调兵支援。这一战很快就以宋军的胜利结束了。

这次战争胜利后，滕子京看到一起浴血奋战的民众和百姓很多都不在了。于是下令使用公款来犒劳边关将士，发放抚恤金。可这件事很快就被朝中大臣得知，上报朝廷："泾州过用公款，数万贯不明。"很快朝廷议论纷纷，皇帝下令从重处罚。范仲淹得知事情原委后，被滕子京的事迹所感动。于是极力斡旋，才使滕子京只是落得一个"谪守巴陵郡"的处罚。他却是由于在泾州任职时"贪腐"而获罪，最后还是自己的老朋友范仲淹尽力斡旋才力保滕子京得救，如果没有范仲淹，滕子京恐怕早就不会出现在史书当中了。

一年之后，因为范仲淹发起了"庆历新政"损害了权贵们的利益。于是有好事者旧事重提，以此弹劾滕子京滥用公款。宋仁宗派人前去调查时，滕子京竟然私下将账本销毁了。其实为官多年的滕子京，怎么可能不知道，销毁账本等于不打自招。但滕子京更明白，现在正是"庆历新政"的重要时期，贵族官僚必是会用他来做文章，以此挟制范仲淹等人，那么势必会影响新政的施行。所以为了避免牵涉好友，影响新政，他便独自承担下所有罪责。好在范仲淹和欧阳修等人纷纷为其奔走，甚至不惜以自己的官途作保，才让滕子京免于处刑，转为"谪守巴陵郡"。

4. 范仲淹在朝廷提携和力保滕子京

滕子京因为跟范仲淹为同榜进士，而相识相知。后来还是范仲淹推荐他才得以进入学士院担任官职。不管滕子京的为官之路如何坎坷，范仲淹和他的关系一直很好。两人共同进退，引为平生知己。范仲淹在朝廷总是提携和力保滕子京。西夏战争耗费长时间，国库告急，一时间民不聊生。宋仁宗紧急拨款16万贯救济一方水火，没想到此钱被滕子京拿到后全部拿去慰问了军营兄弟，改善军队伙食等，从他的考虑来看，军队打仗多年辛苦，给些安慰是应该的。然而，从大局来考虑，百姓们又有何错呢？没了救命钱，所以当时更加水深火热。因此，滕子京遭到了很多言官的弹劾。滕子京自己害怕，又将账目全部烧毁，导致无证可查。这时遭到弹劾的滕子京有个力保的人就是范仲淹。范仲淹在朝堂上力挺老友，以性命和人格做担保，最终加上无证可查，此事竟然不了了之了。滕子京有错，于是被贬去了岳阳。①他在与范仲淹朝夕相处的日子里，早就跟范仲淹成为"知己"。范仲淹知道朝廷中只不过是想借机除掉滕子京而已，而滕子京一生清贫，即便是在死后也落下一个"好施与，及卒，无余财"的评价，又怎么可能挪用公款呢？这可能也是范仲淹看重滕子京的原因。

范仲淹在泰州、润州、越州、邓州等地均和滕子京有唱和之作，可见范仲淹和滕子京则成心心相印，得以知己足矣的生死之交。两人在宦海风波中，情同手足，其真挚情谊称得上是"此意久而芳"。

二、范仲淹写《岳阳楼记》的目的

范仲淹《岳阳楼记》的写作目的？历来众说纷纭，归纳起来，主要有五种说法：

一说是"规劝"。范仲淹认为滕子京有才，但性格直傲，他谪守岳阳，百废具兴，重修岳阳楼。岳阳楼是当时过往官员迎进送出的地方，滕子京在楼前为自己的政绩感到欣慰，又为遭贬的事忿忿不平，心情十分复杂。庆历六年（1046）夏天，滕子京重修岳阳楼竣工后的心情怎样呢？宋人周辉《清波杂记》卷四记载，当他重修岳阳楼毕，有人写信祝贺他工程落成。滕子京复信道："落其成，待痛饮一场，凭栏大恸十数声而已"，才解心头之怨。看来，滕子京真是一个有为之士，但他的心胸并不开阔，总觉得自己在西北的那些事儿是冤枉的，钻在里面解脱不出来。后来，在岳阳楼竣工之日，他悲喜交集，感慨万千地写下《临江仙》一词云："湖水连天天连水，秋来分外澄清。君山自是小蓬瀛。气蒸云梦泽，波撼岳阳城。帝子有灵能鼓瑟，凄然依旧伤情。微闻兰芷动芳馨。曲终人不见，江上数峰青。"这首《临江仙》上片的"气蒸云梦泽，波撼岳阳城"，是搬用了唐代诗人孟浩然《望洞庭湖赠张丞相》诗中的名句，他把自己有志难申，有才难展的"愤郁"心情潜藏在其中，使人自然会联想起全诗中"欲济无舟楫，端居耻圣明。坐观垂钓者，徒有羡鱼情"之句来。下片是隐括了唐代诗人钱起的《湘灵鼓瑟》诗，并引用了原诗的"曲终人不见，江上有奇峰"，也是深有其意的，从而抒发了滕子京"苦调凄金石"，"楚客不堪闻"的谪居心情，是多么悲伤啊！传说词毕后，滕子京凭栏痛哭，并印证了他自己说过的诺言。我想滕子京也是想向那些对他不满的官员展示他的所为。范仲淹看出他内心的这些想法，生怕滕子京忘乎所以再遭人嫉恨，闯出祸来，又不能明说，于是借《岳阳楼记》规劝滕子京要"以天下为己任"的胸怀，不要过于计较个人得失，像迁客骚人那样。据南宋范公偁《过庭录》记载："滕子京负大才，为众忌疾，自庆阳帅谪巴陵，愤郁颇见辞色。文正与之同年，友善，爱其才，恐后贻祸。然滕豪迈自负，罕受人言，正患无隙以规之。子京忽以书抵文正，求《岳阳楼记》。故《记》中云：不以物喜，不以己悲，先天下之忧而忧，后天下之乐而乐，其意盖有在矣。"②因滕"豪迈自负，罕受人言"，范仲淹故而借作记之机规劝之。此说对后世影响很大，我国著名的大学者张中行、霍松林等人撰有谈《岳阳楼记》的文章，都持此说。

　　二说是"自勉、勉滕、策励宣言"。吴小如在《范仲淹〈岳阳楼记〉考析》中写道："范仲淹写作《岳阳楼记》……这是自勉，实也勉滕，……这是作者在政治上失意后对自己的同志发出的策励宣言，也是对那些战胜自己的保守派官僚们的一次信心百倍的示威。"肯定自勉或勉滕是学术界比较通行的看法。杨海明《〈岳阳楼记〉是"传道"之文》认为，滕子京"也是属于范文中那种'以物而喜''以己而悲'的人物，还不能达到范仲淹心目中的理想人物（古仁人）的思想境界。同时，我们也知道范仲淹自己在遭受吕夷简集团排挤之后，心中不会没有一点儿的牢骚情绪的。因此，他写《岳阳楼记》，一方面是劝勉滕子京要跳出个人得失的圈子，一方面也勉励自己，要做一个"富贵贫贱毁誉欢戚，不动一心"的"仁人志士"。③

三说是"言志、劝友、警世"。蔡毅《〈岳阳楼记〉新探》一文认为"范仲淹身处逆境而不易，其节，以'古仁人'自励，确乎做到了'富贵不能淫，贫贱不能移，威武不能屈'"。因此，他不取"自勉说"，而把本文的写作目的概括为"言志、劝友、警世"。

四说是提倡"先忧后乐精神"。明代徐文华认为文如其人，借作记倡导一种精神，在《岳阳楼诗集序》云："范公三代以上人物，早年即以天下为己任，而先忧而后乐，实于是《记》发之，则所以为斯楼重者，非独以其文也。"

五说是"赞扬滕子京精神"。主要见于何益明《范仲淹和他的〈岳阳楼记〉》："作者交代作记的原由，字里行间洋溢着对滕子京的赞许颂扬之情……强调滕在处'江湖之远'以后的作为、业绩，为的是说明滕是作者心目中效法古仁人'进亦忧，退亦忧'的典型人物，为突出全文的中心思想服务。"赞扬滕子京在逆境中重修岳阳楼的作为，提倡滕在岳阳表现出的德操与精神。④

根据范仲淹和滕子京的相关文献分析，范仲淹写《岳阳楼记》的主要原因有四点：

一是滕子京写信希望有一篇"记"，以张大其事，"属予作文以记之"，我能不欣然接受吗？这种接受写记是心甘情愿的。

二是好友滕子京"重修岳阳楼"是值得写记歌颂的事。范仲淹以"记"祝贺岳阳楼落成，也正要借机规劝滕子京。

《岳阳楼记》说："嘱予作文以记之。"滕子京是受了不白之冤被贬官岳阳的，但他并不因为个人的遭遇而消极颓废，而是在很短的时间便取得了很大的政绩：政治清明，人民和乐，把各种当而荒废了的事情都兴办起来了，并且重修了岳阳楼。修古迹名胜本身就是一件值得歌颂的雅事，但他又不仅是重修而已，并且"增其旧制，刻唐贤今人诗赋于其上"，使之蔚为壮观，富有文采。文物是历史和现实载体，具有承载灿烂文明、传承历史文化、维系民族精神不朽的价值。文物和文化遗址奠定的是一座城市的文化基调，彰显的是一个地方的文明厚度。保护文物功在当代，利在千秋，是不朽的政绩。这就表明滕子京绝非一般的庸俗官吏，在这样的逆境中，难道不值得点赞和称赞吗？

三是范仲淹有写记的爱好和长于写记的本事。正如滕子京所说，他请范仲淹作记不单是因为他的文章"凛凛然为天下之时望"，更重要的是，范仲淹本人也有"雅意在山水之好"。所以，我们说范仲淹的《岳阳楼记》是滕子京请他写的。

四是范仲淹借写记规劝滕子京。众所周知，历来对《岳阳楼记》的解读有"五说"："规劝"说、"自勉、勉滕、策励宣言"说、"言志、劝友、警世"说、"提倡先忧后乐精神"说和"赞扬滕子京精神"说。五说皆有一定道理。我认为主要还是借写记规劝滕子京、作者自勉和为刻石记功。我国传统有所谓贬谪文化，优秀官员几乎毫无例外地被贬过，韩愈、苏轼、朱子、王阳明等等，不一而足。像岳阳楼这个地方，仿佛成了当时贬官灵魂的栖息地。王象之《舆地纪胜·岳州》引《岳阳风土记》说："岳阳楼，城西门楼也，下瞰洞庭，景物宽广。"自唐朝以来，就成为誉满天下的名胜古迹了，岳阳又为通往西南的必经要冲，唐宋时代，朝廷贬官，大多远贬西南，这样久负盛名的岳阳，又有楼观胜景，便成了历代失意的官吏与诗人游会登临之所了。正如文中所说"迁客骚人，多会于此。"这些文人才士，到此一游，触景生情，能不援笔振辞、泼墨为文吗？故尔，以岳阳楼为题材的优秀诗文，当然是琳琅满目、美不胜收的，单是在唐代，自张说谪守岳州与宾朋登岳阳楼唱和以后，诗人李白、杜甫、孟浩然、韩愈、刘禹锡、白居易、李商隐等等大家名流，就都曾到此，留下了题咏名篇。如今，范仲淹受友之拜托，为岳阳楼作记，前人有诗作熠熠，要想不为贬笔，范仲淹还是相当有勇气的。李白先有过类似的情况，当他登到黄鹤楼上，美景唤起了他的诗兴，使他又要吟出诗来时，然而他抬头望了崔颢的《登黄鹤楼》，便慨然唱道："眼前有景道不得，崔颢题诗在上头。"只好敛平叹之而去。像李白这样的文学巨匠，对崔颢这样尚且退避三舍，而范仲淹在"前人之述备矣"的情况下来写《岳阳楼记》，的确不是一件轻而易举的事情。然而，范仲淹不蹈前人窠臼，不拾他人牙慧，而是别开生面，另辟蹊径，写出了《岳阳楼记》，无论是思想内容，还是艺术造诣，都能在岳阳楼诗文中独占鳌头，成为千古一文。

我们知道，范仲淹少时有大志，虽吃粥度日，仍苦读不倦，慨然"以天下为己任"。举进士后，曾带兵边塞，屡建大功，西夏称他"胸中有数万甲兵"，相戒不敢犯边。在朝廷中，他积极主张改革朝政。为当时的政治家，宋仁宗庆历五年（1045），范仲淹因提倡改革被贬知邓州。他的朋友滕子京，也是一个锐意革新的有才能的人物，被人诬告"前在泾州费公钱十六万贯"（《宋史》卷三百三），于庆历四年（1044）春天，降官知岳州。滕子京生平好学，"为文长于奏议，尤工古律诗，积书数千卷"。他对其"名以召毁，才以速累"的坎坷深为惋惜，对其因"御史风言""投抒之际，迁遇巴陵"的遭遇，极为感慨。但滕子京在逆境中并未沉沦。在岳州"政通人和，百废具兴"之余，重修岳阳楼，将唐宋前贤关于此楼的诗赋汇为一编《岳阳楼诗集》，并择优者刻于其上。作为一个封建文人，遭到贬谪，不能不产生"去国怀乡，忧谗畏讥"的愤懑、颓丧情绪。宋人周辉在《清波杂志》中曾说："放臣逐客，一旦弃置远外，其忧悲惟悼之叹，发于诗作，持为酸楚。滕子京守巴陵，修岳阳楼，或赞其落成，答以落甚成，只待凭栏大恸数场！"范仲淹深知这位平素"尚气，倜傥自任"（《宋史》卷三百三）的朋友的性格，便担心他闹出事来，经常想劝慰他，却一直无此机会。现在，滕子京知岳州，两年时间，政绩卓著，"乃重修岳阳楼"，便驰书前往邓州请范代笔，作文以记之。这样一来，范仲淹受朋友邀请为岳阳楼作记，就成了规箴知己的绝好机会。同时，自己也在遭贬中，亦有抒发自己理想之必要。范仲淹写《岳阳楼记》时已经57岁，完整经历了基层官员、边关将领、宰辅重臣、贬谪外出的丰富经历，人生思想体系已经成熟。范仲淹的《岳阳楼记》中反映出知识分子的纠结："不以物喜，不以己悲。居庙堂之高则忧其民；处江湖之远则忧其君。是进亦忧，退亦忧，然则何时而乐耶？"其必曰："'先天下之忧而忧，后天下之乐而乐'乎？噫！微斯人，吾谁与归！"人无时没有忧乐，为什么而忧，为什么而乐，何时何处当忧，何时何处当乐？范仲淹自己被贬，此文即为他的朋友、被贬的滕子京而写，同病相怜，有感而发。他们"去国怀乡，忧谗畏讥，满目萧然，感极而悲"，以"心旷神怡，宠辱皆忘，把酒临风，其喜洋洋"来麻醉自己⑤。其中"不以物喜，不以己悲。居庙堂之高则忧其民；处江湖之远则忧其君"既是他对贬谪岳阳的滕子京的劝勉，也是对自己的自勉。"先天下之忧而忧，后天下之乐而乐"两句也表达了自己的理想情怀，更是成为千古名句，堪称中国传统文化思想的黄钟大吕，文人才生，奉为圭臬，是中国知识分子千年来为之奋斗的理想。因此，范仲淹便把这篇文章的主题定为抒发自己的胸襟怀抱，达到规劝朋友和自勉的目的。

　　大多数评价《岳阳楼记》的文章都指出了劝慰滕子京和作者自勉这两点，却忽视了写这篇记的另一目的是刻石记功。鲁守民写《〈岳阳楼记〉一文"记"的特点和景物描写典型化》一文认为，作为一个主事人，不会想要人写记来教训自己一通，写记人也不会扔掉颂扬的主题，洋洋洒洒去表白自己的志向。二者结合才能看出水平，但颂扬是出发点。我们从诸多的对滕子京的介绍中知道，滕子京是一个既实干，又有牢骚的耿直人，文章是通过对称赞来达到规劝的目的，使滕子京在颂扬中体会到自己的差距，从而更加注重自我修养和捡点自己。最后又通过说明像滕子京和"古仁人"这样的人才是自己志同道合的朋友。这一点，表达了自己在逆境中的心迹。结论是：当登上岳阳楼的时候，我们不光要看到建筑的雄伟和洞庭景色的奇丽，更要想到扩建者的榜样和学习"古仁人"的精神啊！⑥据清人姚鼐在《古文辞类纂》一文中说："杂记类者，亦碑文之属。碑主于称颂功德，记则所纪大小事殊，取义各异，故有作序与铭诗全用碑文体者，又有为纪事而不以刻石者。"这对杂物、书画记、山水游记来说，并不适用，但台阁名胜记却大多能看到"碑铭"的痕迹。而《岳阳楼记》则是高级功德碑的又一例证。

显然可见，范仲淹写《岳阳楼记》之目的，主要是劝勉滕子京、作者自勉和为滕子京"刻石记功"。

三、滕子京如何发挥《岳阳楼记》的作用

滕子京得到范仲淹的《岳阳楼记》后，非常高兴，如获至宝，大做《岳阳楼记》的文章，把它的作用充分发挥出来。

一是在书法上，滕子京追求名人效应，选合适的人做合适的事，请国内书法大家书《岳阳楼记》。书丹的是苏子美，即苏舜钦，字子美；篆额的是邵𫗧。苏舜钦（1008—1048），北宋著名词人、书法家，祖籍梓州铜山（今四川中江县），曾祖时迁河南开封。曾任县令、大理评事、集贤殿校理等职位。因支持范仲淹的庆历革新，为守旧派所恨，御史中丞王拱辰让其属官劾奏苏舜钦，劾其在进奏院祭神时，用废纸之钱宴请宾客。罢职后，在苏州买水石作沧浪亭，闭门读书，隐居不出。后来，复起为湖州长史，但不久就病故了。又以书名传，与其兄苏舜元风格大同小异，时人称"二苏草圣，独步本朝"。邵𫗧为何人？他乃宋代有名的篆书大家。范仲淹在请邵𫗧为其书《严先生祠堂记》的信中写道："今先生篆高四海，或能枉神笔于片石，则严子之风，复千百年未泯。"于此可见邵𫗧在书法界的地位和名气。

篆额，不是篆刻，而是用篆体字书写《岳阳楼记》文题于碑首。滕子京对他们两位推崇敬慕是很高的，请国内当时享有盛名的书法大家苏舜钦书丹和篆书大家邵𫗧"篆额"便是很自然的事了。

二是在保存上，滕子京聘名匠、选石材，把《岳阳楼记》铭刻于石碑，要达到比纸质、比木料，更能长期保存之目的。从范仲淹《岳阳楼记》和滕子京《求记书》、《岳阳楼诗集序》三篇文章可以看出，庆历六年七月十五日滕子京编成《岳阳楼诗集》并作序，当时尚未刻石，此与范仲淹《岳阳楼记》撰成仅隔两个月时间，且当时范仲淹在邓州，并且相关史料并没有滕子京二度致书的记载，故而并无证据证明范仲淹写《岳阳楼记》时知悉滕子京欲"镵石置于南北二壁中"的计划。我们重新审视范仲淹《岳阳楼记》一文，其叙述时间次第为：乃重修岳阳楼，增其旧制——刻唐贤今人诗赋于其上——属予作文以记之。据此则范仲淹心里默认滕子京"刻唐贤今人诗赋于其上"的时间节点在滕子京写《求记书》之前。《求记书》作于庆历五年（六月十五日），信函中只提及了"榜于梁栋间"，那么范仲淹默认的"刻"自然在庆历五年（写《求记书》）之前。至于滕子京诗赋刻石的想法，应当是后来的起意。⑦这样做才能真正达到《岳阳楼记》成为"刻石记功"之目的。但据宋代黄庭坚登岳阳楼时见过邵𫗧书写的《岳阳楼记》石碑，称其字"清瘦劲健"。可惜在元丰元年（1078）十月的一场大火，"石刻皆地而裂"，被火神吞噬了！

三是在传播上，滕子京把《岳阳楼记》石刻碑，陈列在岳阳楼夹楼，既装点岳阳楼，又方便游人阅读品赏，从范仲淹的《岳阳楼记》的撰写到《岳阳楼记》石刻碑的陈列，我们可以看出滕子京对求到的《岳阳楼记》态度十分认真，把《岳阳楼记》的文化做足了，打造成了艺术精品，处处体现自己的"千古"思想，使范仲淹的《岳阳楼记》成为岳阳楼的镇楼之宝，并得到世人的充分肯定。宋元丰二年（1079），时任岳州知府郑民瞻又主持重修岳阳楼，并撰有《重修岳阳楼记》云："庆历中，滕子京作而新之，时人以范记、苏书、邵篆与兹楼，号称'天下四绝'。"不久，王辟之于绍兴二年（1095）作《渑水燕谈录》云："庆历中，滕子京谪守巴陵，治最为天下第一，政成，增修岳阳楼，属范文正公为记，苏子美书石，邵餗篆额，亦皆一时精笔，世谓之'四绝'云。"南宋王象之《舆地纪胜》又云："四绝碑，滕宗谅守岳，取岳阳楼古今赋咏刻石于上，范文正公为之记、苏舜钦子美书丹、邵餗篆其首，时称四绝碑。"又据《岳州记》载：岳阳楼时以滕子京造楼，范希文为记，苏子美书丹，邵餗篆额，号称"天下四绝"，有人树立了一块石碑，称为"四绝碑"。由此可知，岳阳楼"四绝碑"由来已久，影响巨大，起到一传十，十传百的作用，不仅扩大了《岳阳楼记》影响，而且提高了岳阳楼的知名度。

关于岳阳楼"四绝碑"，苏子美书丹，邵餗篆额的《岳阳楼记》雕屏，我们今天已经看不到真迹了，被记录进入典籍的只是清代张照代为书写的。因为宋元丰二年（1079）一场大火，岳阳楼几乎毁于一旦，苏子美、邵餗书法真迹也再无法目睹了。总之，因为一篇《岳阳楼记》而催生了"宋代四绝"，在当时是一段文人之间相互交往的佳话，在现在则是一种无法企及的人生境界。

　　这篇《岳阳楼记》的文章虽然仅有368个字，但是内容博大，哲理精深，气势磅礴，语言铿锵，其中"先天下之忧而忧，后天下之乐而乐"成为传世名句。其实，《岳阳楼记》之所以能历代传颂，主要是由于它把一个重大的思想命题，极其巧妙而生动简洁地把人带入对优美景物描写之中。它启迪人们："不以物喜，不以己悲。"昭示了"先天下之忧而忧，后天下之乐而乐"的人生哲理。范仲淹那高尚的情操和宽阔的胸怀，不能不令人扼腕浩叹。先忧后乐，掷地有声，它激励着一代又一代的人想人生、思荣辱、知使命。作为一种中华民族优秀知识分子崇高人格文化的积淀，《岳阳楼记》以其至高至上的思想内容和艺术魅力，流传千古而不朽，滋养着人们的心灵。从那以后，岳阳楼的名声大震，传扬中外，这就是人们所说的"文以楼存，楼以文传"。⑧

　　岳阳楼名传天下，全凭了一篇《岳阳楼记》，《岳阳楼记》之所以产生，是因为出了一个滕子京。没有滕子京的《求记书》，就没有范仲淹的《岳阳楼记》。我们看到岳阳楼，就应该想起滕子京；读起《岳阳楼记》，就应该想到范仲淹。正如中央文献研究室主任冷溶2009年到岳阳楼参观后颇有感慨地题词所说："千年古楼、千载佳句、千古一人。"岳阳楼因这篇《岳阳楼记》更加出名，滕子京因这篇《岳阳楼记》为后人所熟知，这是滕子京始料不及的，已经实现了"三赢"（岳阳楼、滕子京、范仲淹），大大超越了滕子京致范仲淹《求记书》之目的。一篇《岳阳楼记》的文章，成就了一座楼两个人，即岳阳楼和范仲淹，还有岳阳楼的重修者滕子京！

　　这就是范仲淹《岳阳楼记》诞生的前因后果。

注释

①清平乐：《〈岳阳楼记〉也有滕子京的功劳》，《无计读史》2020年4月29日。

②（宋）范公偁：《过庭录》，《四库全书》，上海古籍出版社，1997年第1版。

③杨海明：《〈岳阳楼记〉是"传道"之文》，《湖南师院学报》，1984年第6期。

④陈湘源：《也说范仲淹〈岳阳楼记〉》，《洞庭名郡》（铅印本），2020年12月。

⑤郭齐勇：《忧患意识与乐感文化》，《光明日报》，2018年4月25日。

⑥鲁守民：《〈岳阳楼记〉一文"记"的特点和景物描写的典型化》，《丹东师专学报》1981年第2期。

⑦侯倩、李成晴：《唐宋诗板考：以〈岳阳楼记〉"刻唐贤今人诗赋于其上"新证为中心》，《江海学刊》，2020年第2期。

⑧南北情缘：《滕子京与〈求记书〉的内容和意思》，《导游栖息地》，2007年12月5日。

第五章

邓州花洲书院：《岳阳楼记》诞生地

　　古代写景的绝世文章或者诗词等作品，大多数是作者游览景物的时候心生感概，借兴而作，但也有一些作者并没有去过自己著作中的地方。按照宋人的习惯，写"记"以及散文一类的文章，本人并不一定要身在其地。古时，邀人作记通常要附带一份所记之物的样本，也就是画卷或相关文献之类的资料，以供作记之人参考。范仲淹没有亲临岳阳楼写出了《岳阳楼记》又是一例，能够仅凭自己的想象写出一篇佳作令岳阳楼成为著名的打卡地，则是少之又少。关于范仲淹的《岳阳楼记》写作地点目前尚有争议，历来有三说，即邠州（今陕西彬县）、岳阳和邓州。但事实上作为《岳阳楼记》诞生地，只可能有一处，我对这三种说法进行了比较研究，认定范仲淹的《岳阳楼记》写在邓州花洲书院。

一、追溯《岳阳楼记》写在邠州说之非

范仲淹的《岳阳楼记》写在邠州一说的主要依据是《求记书》。持这种说法的学者们认为滕子京的《求记书》开篇就写明去信地址："恭投邠府四路经略安抚、资政谏议节下。"信中还说："伏冀于戎务鲜退，经略暇日，少吐金石之论，发挥此景之美。"据宋代《范文正公年谱》记载："庆历五年范仲淹知邠州时，兼任四路经略安抚使，是年十一月，罢四路安抚史，改知邓州。"《岳阳楼记》落款是"时六年九月十五日"，此时范仲淹已不再在邠州兼管"戎务"，而在邓州了。据范仲淹《陈乞邓州状》载：庆历五年（1045）正月，范仲淹被罢参资政事，以资政殿学士知邠州，并兼任四路经略安抚司。但在半年后，西夏与宋讲和，边境上贸易也将恢复，四路安抚司"今后别无事务"，范仲淹请皇帝撤销这个机构，把他调往"善地"工作，也便于就医。就这样，朝廷于庆历五年十一月，趁机罢了范仲淹"四路经略"之官，让范仲淹来到了邓州这个"善地"。①因此范仲淹的《岳阳楼记》写在邠州一说已经不再争论了。目前，主要集中争论的是《岳阳楼记》是写在邓州，还是写在岳阳？

二、《岳阳楼记》写在岳阳吗

范仲淹的《岳阳楼记》写在岳阳，其核心问题是范仲淹

在写《岳阳楼记》时是否到过岳阳。关于这个问题，曾经有过一场争论。

从20世纪80年代开始，叶石健《范仲淹从未到过岳阳吗？》一文称：范仲淹不仅到过岳阳，而且不止一次。宋明道二年（1032）八月，范仲淹奉命安抚江淮"灾伤"，到湖北黄岗，有可能顺流而上，到近在咫尺的洞庭湖观光一番；范氏"守邓凡三岁"，也完全有条件到岳阳一游②。后来直接引发争议的双方，一边是散文家余秋雨，另一边是《咬文嚼字》的编辑金文明。缘起是余秋雨根据《岳阳楼记》写过一篇散文《洞庭一角》，记载范仲淹时而登楼眺望，时而在洞庭湖徘徊，绘声绘色，情景逼真。金文明则说，根据《范文公年谱》，范仲淹根本就未到过洞庭湖，况且庆历六年（1046），范仲淹已经五十八了，年老体衰，不可能从邓州到岳阳楼如此长途跋涉。争议的双方在当时，都未曾看过滕宗谅的《求记书》，所以各说各话，不了了之。尽管我们不知道此前、此后范仲淹是否去过岳阳楼，但我们读过滕宗谅的《求记书》就知道了，范仲淹在作文的当时确实并没有去岳阳楼。而是应滕子京的邀请，对着《洞庭秋晚图》而写的一篇按图作文。换句话说，《岳阳楼记》不是一篇游记，而是一篇杂记文。③接着，何培金、何光岳、杨一九合编《岳阳楼志》认为："根据邓州离岳阳较近，范仲淹出守邓州时又是休闲等情况分析，范仲淹出守邓州时，最有可能到岳阳一行。"何培金的《范仲淹究竟到过洞庭湖没有》也说，他在中晚年，不仅可能到过洞庭湖、岳阳楼，而且可能有两次之多。一次是明道二年（1033）安抚江淮之时，一次是庆历六年（1046）撰写《岳阳楼记》之时④。关于范仲淹作《岳阳楼记》是否来过岳阳，陈湘源在《解读宋代岳阳楼"天下四绝"·范仲淹千古雄文》认为，范仲淹作《岳阳楼记》不仅来过岳阳，而且《岳阳楼记》就是写在岳阳。后来，他在《范仲淹〈岳阳楼记〉的确写在岳阳》一文中陈述了三大理由：一是时间问题和滕子京对《岳阳楼记》思想内容的高标准要求，与严峻的现实需要是范仲淹亲临实地的主要原因。二是范仲淹《岳阳楼记》的文字表述此记写于岳阳的内证。比如，首先"登斯楼也"是范仲淹现身的说法"予观乎"，意为我站在岳阳楼上仔细查看，看到了什么："增其旧制""极宏丽"的岳阳楼。其次是景物描写地方特色鲜明。洞庭湖吞长江、"虎啸猿啼"等。再次是全文的关键词"谪"的精辟议论于落款，是他亲临现场的有感而发和刻意的记述："迁客骚人""古仁人"。落款这是一个非常值得纪念的日子，那就是他亲临岳阳作记的日子。三是范仲淹在岳阳市云溪区置有田庄、乃其亲赴岳州作记的重要旁证。看毕"付约"，可知这是一座很大的庄园，有几十间庄屋，有水田旱地，有茶山柴山，还有湖两个。购置这么大的一份私产，范仲淹能委托他人办理？范公素来节俭，入仕后"非宾客不重肉"，逝于徐州时，衣箱中竟找不到一好衣物用于殡殓；且一生办事严谨，购置这么大的一笔家业，他能不亲临实地？⑤浙江萧山人陈泽来读到这篇文章后，写下了《〈岳阳楼记〉并非写在岳阳》一文，明确提出反对意见，说很多人望文生义，想当然，大相径庭，河南邓州花洲书院才是《岳阳楼记》的诞生地⑥。

综上所述，范仲淹《岳阳楼记》写在"岳阳说"的理由不够充分。我的理由：范仲淹到过洞庭湖、岳阳和岳阳市云溪置有田庄，只能说明他曾经到过岳阳和洞庭湖，不等于他作文的当时来过岳阳，并在岳阳写下了《岳阳楼记》。

三、范仲淹在邓州写作《岳阳楼记》

范仲淹的《岳阳楼记》写在河南邓州，这是大多数学者认真探讨历史文献后得出的结论。《范文正公年谱》记载："庆历六年丙戌，年五十八岁……在邓……九月十五日作《岳阳楼记》。"《范仲淹传》《范仲淹新传》将《岳阳楼记》写作地点定在邓州。郭锡良等主编、王力校订的《古代

花洲书院

汉语》也明确写作地点是"作者贬官邓州时写的"。初中《语文》教科书和大学《中国古代义学作品选》亦说"本文作者贬居邓州期间，应好友滕子京的要求写的"。中国范仲淹研究会、河南省范仲淹文化研究会将《岳阳楼记》写作地点定在邓州花洲书院。何善周主校点《曾国藩精选经史百家文·〈岳阳楼记〉题解》："庆历六年"（1046）春，被贬往岳州（今岳阳）的好友滕宗谅重修岳阳楼，写信给范仲淹，请他为岳阳楼写一篇记文。范仲淹就在邓州花洲书院写了这篇著名的《岳阳楼记》。"⑦《求记书》能证明范仲淹的《岳阳楼记》写在邓州。从《求记书》可以看出，一方面，滕子京"谨以《洞庭秋晚图》一本，随书赘献，涉毫之际，或有所助。"这就明摆着不劳您大驾光临了，不必亲历其地。另一方面，"谨驰介致书，恭投于邠府四路经略安抚、资政谏议节下"。据四部丛刊《范文正集》所附《年谱》记载，范公于庆历五年正月罢参知政事，除此官，知邠州。十一月，诏以边事宁息，盗贼衰止，罢公陕西四路安抚使，改知邓州。范仲淹自署《岳阳楼记》作于宋仁宗庆历六年（1046），而其时作者遭贬邓州（治所在今河南省邓县）。程应缪《范仲淹新传》在《范仲淹事迹著作编年简录》中，亦将《岳阳楼记》的写作地点定在邓州。又如，《中国书院辞典》"春风书院"条："在河南邓县（今属邓州）。北宋庆历六年（1046）知府范仲淹创建于县东南百花洲，并重建古迹春风阁，览秀亭诸名胜，故亦称百花洲。范仲淹常携友往游，赋诗抒文，留有千古佳作《岳阳楼记》，并亲讲学于春风堂。"⑧可见范仲淹写《岳阳楼记》的具体地点早就有定论了。金文明在《〈岳阳楼记〉传千古写者不在岳阳楼》一文中，用洋洋数千年考证，《岳阳楼记》写于邓州。其主要证据是朱东润教授主编的《中国历代文学作品选》和匡亚明先生主编的《范仲淹评传》。学术界明确指出范仲淹写《岳阳楼记》的具体地点是邓州花洲书院⑨。

　　而杨德堂的《〈岳阳楼记〉出邓州——与陈湘源先生商榷》一文说出了此记写在邓州的四点理由：历史记载写于"邓州"、时间定论不在"岳阳"、挥就名篇素材多和《记》文学写法是佐证。他在论述"时间定论不在'岳阳'"的理由中指出：陈湘源先生在《〈岳阳楼记〉写于岳阳》一文中写道："二者一拍即合，范仲淹欣然前往岳州实地考察"。"与老友聚会"，"将早已'袖手于前'的《岳阳楼记》一挥而就"云云。这只能是猜想和推论，有史（诗）为证，范仲淹庆历六年九月十五日不在岳州，更没有与老友聚会。依据有三：一是从范仲淹《览秀亭》诗的写作时间看，庆历六年九月十五日范仲淹根本没去岳阳写《岳阳楼记》。这年八月十五日和九月九日（重阳节）范仲淹两次邀文人学子于百花洲的览秀亭相聚，并写下了200字的长诗《览秀亭》以记之。如果说《岳阳楼记》写于岳阳的话，那么九月十五日范公就应在岳阳"登斯楼"了。这从时空上说，是不可能的。因为，即使从九月初十日算起，到九月十四日，只有五天。邓州去岳阳若走水路，由邓州湍河乘船，经白河，入汉水，达武汉，沿长江逆水而上，再入洞庭湖，至岳阳，足有2000里的路程。若每天行200里，也需10天时间。若水陆兼程，最近距离是由邓州骑马到荆州，再由荆州乘船去岳阳，5天时间也是到不了的。由此可证，庆历六年九月十五日，范仲淹不可能在岳阳。二是从范仲淹严以律

岳陽樓記

慶曆四年春滕子京謫守巴陵郡越明年政通人和百廢具興乃重修岳陽樓增其舊制刻唐賢今人詩賦于其上屬予作文以記之予觀夫巴陵勝狀在洞庭一湖銜遠山吞長江浩浩湯湯橫無際涯朝暉夕陰氣象萬千此則岳陽樓之大觀也前人之述備矣然則北通巫峽南極瀟湘遷客騷人多會于此覽物之情得無異乎若夫霪雨霏霏連月不開陰風怒號濁浪排空日星隱耀山岳潛形商旅不行檣傾楫摧薄暮冥冥虎嘯猿啼登斯樓也則有去國懷鄉憂讒畏譏滿目蕭然感極而悲者矣至若春和景明波瀾不驚上下天光一碧萬頃沙鷗翔集錦鱗游泳岸芷汀蘭郁郁青青而或長煙一空皓月千里浮光躍金靜影沉璧漁歌互答此樂何極登斯樓也則有心曠神怡寵辱偕忘把酒臨風其喜洋洋者矣嗟夫予嘗求古仁人之心或異二者之為何哉不以物喜不以己悲居廟堂之高則憂其民處江湖之遠則憂其君是進亦憂退亦憂然則何時而樂耶其必曰先天下之憂而憂後天下之樂而樂乎噫微斯人吾誰與歸時六年九月十五日

范仲淹《岳阳楼记》书影

己，爱民如子的民本意识上看，他决不会在大旱之时离开邓州，去岳阳写《岳阳楼记》。庆历六年，邓州自秋至冬大旱无雨。至降瑞雪后，范公有两首喜雪诗以记其事。他在《依韵和提刑太博嘉雪》诗中，开篇就对奉使至邓的河东提刑张焘说："南阳风俗常苦耕，太守忧民敢不诚。今秋与冬数月旱，二麦无望愁编珉。"他在《依韵答贾黯监丞贺雪》诗中曰："今之刺史古诸侯，孰敢不分天子忧。自秋徂冬渴雨雪，旬奏空文惭转邮。"这两首诗中除了记述百姓发愁外，还透露出范公忧心如焚，每10天向朝廷奏报一次灾情，并深深地自责，反省检查自己为政是不是有做得不好的地方。作为以"先天下之忧而忧"为信条的范仲淹，在这大旱的数月内,是绝对不会不顾邓州百姓死活,去岳阳游山玩水的。三是从范仲淹当时所处的政治背景看,他不能擅自离开邓州,去岳阳会友写《岳阳楼记》。庆历三年(1043),范仲淹受命主持庆历改革,遭到了保守派的极力反对。宰相章得象支持一些谏官诬蔑他结"朋党"。反对派夏竦更勾结宦官蓝元震在仁宗耳边吹风,攻击范仲淹等人"以国家爵禄为私惠,胶固朋党"(毕沅《续资治通鉴》),要把范仲淹等人置于死地。虽有宋仁宗的庇护,范仲淹还是落得了个自请外放,继而以疾求知邓州的结局。从政30多年,第四次被赶出朝廷的范仲淹,在这种政治背景下,岂能擅离职守,去岳阳会见"朋党"⑩,去写作《岳阳楼记》呢?范仲淹的《岳阳楼记》写在邓州由此可见。

概而言之,当代范仲淹研究者为范仲淹《岳阳楼记》写在邓州提供了翔实的历史文献资料,通过多种方式,挖掘历史事件背后的内涵,证实其写在邓州,并得到了学术界的认可。

花洲书院因范仲淹而驰名,作为古代文学经典《岳阳楼记》的写作地,它既是范仲淹在邓州工程政绩的缩影,也与《岳阳楼记》本身构成一种互文关系。范仲淹是一代儒宗,极为重视教化,尤重书院讲学。知邓州后,他深感邓州学校不兴,遂创办书院以昌学术与文教。因书院东侧有百花洲,故名花洲书院。书院成立后,范仲淹亲自到书院讲学,为学子们传道授业解惑。此后邓州文运大兴。其书院坐北朝南,中轴线上的五进四院是书院的具体部分,由讲堂、春风堂、藏书楼等建筑组成。清代建筑春风堂、万卷阁、范文正公祠和景范亭等保存完好。历史曾记得庆历六年九月十五日,秋风轻扬,日光朗照,范仲淹忽然百感兴发,神思泉涌,在春风堂前，他以如椽之笔写下了千古绝唱《岳阳楼记》。就这样，《岳阳楼记》不仅成就了滕子京，也成就了花洲书院。时至今日，花洲书院仍是河南邓州的一张名片；而《岳阳楼记》诞生地，则是花洲书院永不过时的亮点和卖点。正如春风堂前一副对联生动传神，写尽后世对范仲淹的崇敬，曰："未至岳州，亦描烟雨洞庭，一篇妙记传千古；甫临邓郡，便创芬芳书院，十亩幽湖泛百花。"后世始终感念范仲淹，感念他的千古绝唱《岳阳楼记》。2019年10月，花洲书院被列入第八批全国重点文物保护单位名录。而花洲书院，更因范仲淹在此写下《岳阳楼记》成为文人雅士景仰的一处文化高地。可以说，范仲淹留下了花洲书院，留下了一世清名，也在花洲书院留下了彪炳千秋的名篇《岳阳楼记》。因为有了范仲淹，因为有了《岳阳楼记》，邓州和花洲书院也随之盛名远播，成了国内外游客朝拜的圣地。

注释

①④何培金主编：《岳阳楼志》，湖南人民出版社，1997年第1版。

②叶石健：《范仲淹从未到过岳阳楼吗？》，《湖南日报》，1994年3月26日。

③徐心华主编：《名篇品读三千年》，经济日报出版社，2008年8月第1版。

⑤陈湘源：《〈岳阳楼记〉的确写在岳阳》《长江信息报》，2004年3月3日；《人民政协报·学术家园》，2005年6月13日。

⑥陈泽来：《岳阳楼记并非写在岳阳》，《萧山日报》，2009年1月3日。

⑦何善周主校点：《曾国藩精选经史百家文·〈岳阳楼记〉题解》，时代文艺出版社，1995年版。

⑧季啸风主编：《中国书院辞典》，浙江教育出版社，1996年版。

⑨全文明：《〈岳阳楼记〉传千古，写者不在岳阳楼》，收入《石破天惊逗秋雨——余秋雨散文文史差错百例考辨》一书，书海出版社，2003年版。

⑩杨德堂：《岳阳楼记出邓州——与陈湘源先生商榷》，《人民政协报》，2005年11月28日。

第六章

一篇《岳阳楼记》368字
竟写了一年三个月

　　范仲淹《岳阳楼记》的巨大影响，古往今来《岳阳楼记》的研究者，多言及滕子京《与范经略求记书》，由于滕子京只在信的末尾写上"六月十五日"，未注明何年。那么，滕子京《与范经略求记书》写于何年？目前，学术界也有两派意见争论不休：一派意见是认为滕子京《与范经略求记书》写于庆历六年六月十五日，范仲淹写作《岳阳楼记》的完成时间距滕子京向他写信求记只有三个月。另一派意见认为滕子京《与范经略求记书》写于庆历五年六月十五日。一篇《岳阳楼记》368字为何写了一年三个月呢？他们都是依据滕子京《与范经略求记书》和范仲淹《岳阳楼记》等历史文献比较分析的，为什么一篇《岳阳楼记》的写作时间长短有这么大的差距，这是一个很值得探讨的问题。

一、《岳阳楼记》究竟有多少字

关于《岳阳楼记》的字数问题，本来不是一个问题，而目前已众说纷纭，莫衷一是了。何钦法在1983年主编的《岳阳市文物志·滕子京与范经略求记书》中说"全文364字"；贵州省京剧《范仲淹》编剧陈泽凯在《为范仲淹立像》中写道"再读《岳阳楼记》，通篇376字"；湖南美术出版社1985年出版的《巴陵胜状》说"360余字"；何光岳在1990年编写出版的《民间故事·岳阳楼真假雕屏的故事》中讲到"《岳阳楼记》雕屏的字数为464字"；李欣1996年11月18日在《岳阳晚报》发表《〈岳阳楼记〉究竟有多少字》一文中，"援引自己逐字相加的结果，说《岳阳楼记》只有368字的结果，才是准确的"。造成一篇《岳阳楼记》的字数有多有少的原因，主要是选择《岳阳楼记》的版本和计算内容问题。因此，我们必须从这两个方面着手来寻求合乎情理的答案。

一方面，《岳阳楼记》版本的选择。范仲淹的《岳阳楼记》有多种版本，这是客观存在的。《岳阳楼记》的不同版本在南宋便已出现，明清以后就更多了，不仅字数有多少之别，文字也略有异同。从文字异同看，各代刻本、铅印本的差异，集中反映在三个句子的三个字。北宋《范文正公集》刻本和多数元明清刻本是："连月不开""浮光跃金""其必曰先天下之忧而忧，后天下之乐而乐乎"。对这三句中的"月""跃""乎"，不少刻本则有异同。对第一句，明《隆庆岳州府志》是"连日不开"；对第二句，《古文观止》是"浮光耀金";对第三句,明弘治《岳州府志》和前述两宋的三个版本、《古文观止》是"其必曰先天下之忧而忧,后天下之乐而乐欤"。依笔者看,在诸多版本中应以北宋《范文正公集》刻本为佳,因为它离范仲淹在世不久,时近则迹真①。从目前大学中国古典文学教材和中学《语文》课本看,也是选自《范文正公集·岳阳楼记》一文,并得到了国家最著名的专家们认可,可见其权威性和规范性。因此,我们计算《岳阳楼记》的字数,就应该以北宋《范文正公集》和教材所选的《岳阳楼记》作为标准。

另一方面,《岳阳楼记》字数范围的计算。作为一篇完整的文字作品,它包括几个要素,文章题目、作品署名、正文、写作日期。但写作日期并没有硬性规定。那么,就范仲淹《岳阳楼记》有多少字而言,早在宋代就有了明白、准确的答案。据宋人雷震《和张秋崖韵》中写道:"范公三百六十字,便是东陵山水图。此老不先天乐,斯楼所以世间无……"从字数来看,各代刻本、铅印本、教材《岳阳楼记》正文的字数全部相同为360字,如将末尾的"题签"加上,全文的字数便不一样了。北宋刻本《范文正公集》和中学教材中的《岳阳楼记》,其"题签"为"时六年九月十五日"。按此计字数,《岳阳楼记》的全文是368字,其中题目,"岳阳楼记"4字;作者署名,范仲淹3字;正文,360字;写作日期,"时六年九月十五日"8字。文章最后这样署名如同一种定式是司空见惯的。

至于以清代张照为代表的书法大家所书写的《岳阳楼记》,是不能作为标准计算《岳阳楼记》字数的。从历代书法名家书写《岳阳楼记》作品看,在正文中多字、少字则都有之。比如，明代董其昌"滕子京谪守巴陵郡"，就少一"谪"字，明代祝枝山书的"静影沉璧"，在"璧"字前多一"碧"字；清代张照将"多会于此"写成了"都会于此"，诸如此类，不一而举。从《岳阳楼记》书法作品"落款"看，历代书法家也各不相同。张照在《岳阳楼记》雕屏"落款"为"乾隆八年六月既望岳州守黄公略嘱余书文正文张照"22字；当代启功在书《岳阳楼记》作品的"落款"是"北宋人范仲淹之千古佳篇岳阳楼记也，……"143字。这样，不同的书法家"落款"的字数是不同的。它只是书法艺术的不同表现形式，与范仲淹《岳阳楼记》一文本身没有关系，它们字数多少是不能计算在《岳阳楼记》字数之内的。

基于此，我们说《岳阳楼记》一文368字，才是准确的。俗话说："处处留心皆学问。"只要我们对有关应注意的问题，留了心注了意，再加上认真求实的态度和不懈的努力，任何问题都是可以找到正确答案的。

二、滕子京《求记书》写于庆历五年
　　 六月十五日

滕子京庆历四年春被贬到巴陵，庆历五年春动工重修岳阳楼，为了给岳阳楼题"记"，给好友范仲淹写了一封信，即《求记书》，信中标记的时间是"六月十五日，尚书祠部员外郎、充天章阁待制、知岳州军州事滕宗谅，谨驰介致书，恭投邻府四路经略安抚、资政，谏议节下"，有月、日，但无年份，而滕子京不可能一到岳州就给范仲淹写信求记，因此该信只可能写于庆历五年或庆历六年，其中某一年的六月十五日。那么，《求记书》是写在庆历五年还是庆历六年呢？

一种观点是滕子京写《求记书》的时间为庆历六年六月十五日。范仲淹写作《岳阳楼记》的时间是庆历六年九月十五日，由于滕子京的《求记书》没有标明年份，只注明"六月十五日"，由此，人们便自然形成一种观点，范仲淹既然受老朋友之托，不可能在收到《求记书》一年以后才写成此文，于是便推断出滕子京写《求记书》为庆历六年六月十五日。人民教育出版社九年义务教育三年制初级中学语文第五册《教师教学用书》的观点便是如此：第二年六月，滕子京重修岳阳楼行将落成，函请范仲淹作记，并附上《洞庭秋晚图》。千古名篇《岳阳楼记》就是在这年九月十五日写的。人教版义务教育课程标准实验教科书语文八年级下册《教师教学用书》中则是"滕子京犹觉不足"，"于是请名家作《洞庭秋晚图》，连同亲拟《求记书》一并寄好友范仲淹。范欣然命笔，遂有《岳阳楼记》传诵千古"。这虽然不像前者那么明确表明年份，但从"范欣然命笔"上，也暗含了范仲淹收到《求记书》后便很快写成的意思。

李伟国在《范仲淹〈岳阳楼记〉事考》一文中说："滕子京致范仲淹的《求记书》中有"去秋以罪得兹郡"之语，滕宗谅于庆历四年谪知岳州，由此推论，《求记书》应写于庆历五年六月十五日，范仲淹的《岳阳楼记》则肯定写于庆历六年九月十五日，其间相差一年零三个月。难道范仲淹写《岳阳楼记》用了那么长的时间吗？抑或范仲淹在收到《求记书》以后陷入了长时间的思考未能动笔？并非如此。我

表5 滕子京求"三记"写作时间表

时间	《求记书》	《岳阳楼记》	《祭同年滕待制文》	《岳州学记》	《偃虹堤记》
庆历四年	去秋《岳阳楼记》谓庆历四年春，去秋可以说是前年之秋吗？）以罪得兹郡	庆历四年春（《求记书》谓去秋，是实际到任的时间吗？），滕子京谪守巴陵郡		滕公凡为，必兴学见诸生以为政先。庆历四年守巴陵	
庆历五年	及登楼，而恨向之作者所得仅毫末尔，惟有吕衡州诗云，"襟带三千里，尽在岳阳楼"，此粗标其大致。自是日思以宏大隆显之，亦欲使久而不可废，则莫如文字，乃分命僚属，于韩、柳、刘、白、二张、二杜，逮诸大人集中，摘其登临寄咏，或古或律，歌诗并赋七十八首，暨本朝大笔如太师吕公、侍郎丁公、尚书夏公之作，榜于梁栋间（《岳阳楼诗集序〈岳阳纪胜汇编〉》）	越明年（一般理解为第二年），政通人和，百废具兴			

（续表）

时间	《求记书》	《岳阳楼记》	《祭同年滕待制文》	《岳州学记》	《偃虹堤记》
庆历六年	又明年春（为何不写今年，是否可以理解为上述诸事完成于庆历五年，又明年则为庆历六年？），鸠材僝工，稍增其旧制	乃重修岳阳楼（亦可理解为庆历六年），增其旧制，刻唐贤今人诗赋于其上。属余作文以记之。时六年九月十五日		庆历六年八月日记	庆历六年六月日记
庆历七年			维庆历七年三月日，具位某谨致祭于故天章阁待制滕同年侯子京之灵		

们来看一张《滕子京求"三记"时间表》（见表5）：我认为，"又明年"的"又"字说明是又一个明年。《岳阳楼记》《岳州学记》《偃虹堤记》是同一年写成的，从季节和月份来说，《岳州学记》八月，《岳阳楼记》九月，《偃虹堤记》待考，几乎是同月的。而且岳阳楼之重修，实际完成于庆历六年。故滕宗谅给范仲淹写《求记书》的时间，应该是庆历六年六月十五日，三个月以后，范仲淹写成《岳阳楼记》②。

如果《求记书》写于庆历六年六月十五日，就是滕子京不知道范仲淹已经调到邓州。范仲淹于庆历五年十一月移知邓州，次年正月到任。何以滕子京六个月后仍未知，把信送到邠州呢？有人说可能是因为古代交通不方便，信息比较滞后造成的。一束光撰《〈求记书〉与〈岳阳楼记〉的形成过程之〈求记书〉的写作时间考》一文，他认为滕子京至少有四个渠道能知道范仲淹去了邓州。第一，唐代开始就已经建立了邮驿制度，信息往来相对来说是比较通畅的。对于知名人物，经常来往于各地的驿卒一定会有最新的消息（类似于现在的坊间传闻）。滕子京完全可以通过正常的书信来往或从驿卒口中打听范仲淹的最新去向。第二，宋代还建立了一套完整的公文发布制度，由枢密院负责处理消息，进奏院负责发布至各州。进奏院由百余名各州驻京师的进奏官组成，类似于现在的"驻京办"。这些进奏官虽在京师任职，但人事关系仍属地方，而且是要轮换的，仍受地方官的控制，对地方官而言是重要的信息渠道，很多消息进奏官能先于朝廷发文打听到并提前告知地方官。地方官关心什么呢？是"切欲闻朝廷除改及新行诏令"，那么，像范仲淹这种副宰相级别官员的人事调动，他们肯定也是很关心的，何况范仲淹又是滕子京的老友，岳州进奏官肯定会把这一消息尽早传递给滕子京。第三，北宋已经开始发行官方的报纸，称为"邸报"。邸报是由进奏院负责面向全国发行，内容涵盖各种时政要闻及人事变更、奖惩决定等。各级官员的人事变动消息在邸报中占很大比重。范仲淹曾在给韩琦的信中写道："昨日得邸报，知仲仪（指王素）为人攻之不已，至于夺职，奈何奈何！"又一信写道："邸报云，某（指范仲淹）有恩命，改职增秩。"所以，范仲淹曾官至参知政事（副宰相级别），其调任邓州的决定，邸报中必然会有的。第四，范仲淹移知邓州与一桩所谓的政治谋反案有关。滕子京与范仲淹、富弼、石介等都是好友，而且谋反案一旦定性，必然是要诛连一大批人的，关系到好友乃至自己的生死，滕子京不可能在岳州不闻不问、收不到半点风声。所以，这件"谋反"案的起因、经过以及最后范仲淹等人被解除军职移官别处的处理结果，滕子京应该是非常清楚的。因此，滕子京在庆历六年六月十五日仍不知道范仲淹到了邓州，把《求记书》错投到邠州是不可能的③。这种假设也是不成立的。

另一种观点是将滕子京写《求记书》的时间认定为庆历五年六月十五日。这是根据滕子京《求记书》得出的。《求记书》，据《湖南通志》载，滕子京专门给范仲淹写了一封信，名《与范经略求记书》，"经略"是官名（宋有经略安抚史），范仲淹做过此官，"范经略"就是范仲淹。根据岳阳现存最早的明弘治元年（1488）。《岳州府志》、明《隆庆岳州府志》收录的《与范经略求记书》、范仲淹《岳阳楼记》和《范文正公集》所附年谱记载，范仲淹帮助仁宗推行新政，遭受政敌攻击，自请外调，于庆历五年正月知邠州（今陕西彬县），至十一月又改知邓州（今河南邓州）。由此可以间接知道，滕子京的信应该写于庆历五年六月十五日，因为当时范仲淹正在邠州经略安抚资政任上。如果写于庆历六年六月十五日，范仲淹在邓州，就不可能"恭投邠府"了。滕子京重修岳阳楼的时间，信中也有记述："去秋以罪得兹郡，……又明年春，鸠材僝工，稍增其旧制。"这句中"去秋"的意思应该是"去年"，写信在庆历五年，这年的"去秋"是庆历四年。"去秋以罪得兹郡"与"庆历四年春，滕子京谪守巴陵郡"，所述正好吻合。"明年春"的"明年"，是相对"去秋"而言的，指的应该是庆历五年。这就很清楚了，滕子京庆历四年春被贬，庆历五年春重修岳阳楼，这年六月十五日写信给范仲淹，求范仲淹写文章，庆历六年九月十五日，范仲淹写成《岳阳楼记》④。由此可知，范仲淹担任"邠府四路经略安抚资政谏议"这一官职，是庆历五年正月至十一月，所以，由滕子京信中所称范仲淹官衔，我们也可以推定此信写于庆历五年六月十五日。

　　至于范仲淹在滕子京求记一年后才写成《岳阳楼记》的问题，滕子京在《求记书》中已表明："又明年春，鸠材僝工，稍增其旧制。"也就是说，滕子京在庆历五年只是做重修岳阳楼的筹备工作，真正重修岳阳楼本来就是下一年（庆历六年）的事；另外，从时间上看，滕子京六月十五日写成《求记书》，范仲淹十一月便改知邓州，恰逢动荡之际，一年之后才写成《岳阳楼记》也是情理之中的。由此可见，滕子京《求记书》写于庆历五年的说法才符合历史的真实。

三、范仲淹写《岳阳楼记》为何用了一年三个月

滕子京《求记书》写于庆历五年六月十五日，而范仲淹是进士出身，写这么一篇368个字的《岳阳楼记》，为什么用了一年三个月，之所以出现这种现象，其主要原因有四点：

一是滕子京去函求记时，范仲淹是在邠州（今陕西彬县）任上，而他写《岳阳楼记》时，则已徙邓州了。滕子京《与范经略求记书》云："恭投邠府四路经略安抚、资政谏议节下"和"冀戎务斁退，经略暇日，少吐金石之论，发挥此景之美，庶漱芳润于异时者，知我朝高位辅臣，有能淡味而远托思于湖山数千里外，不甚胜欤"。又据《范文正公年谱》记载"庆历五年范知邠州，兼任了四路经略安抚使"，但在这一年十一月，朝廷就以"边事宁息"为名，罢了范仲淹的官，并改知邓州了。古时交通不便，从湖南岳阳至陕西邠州，又路途遥远，单程送信，也要历经数月，耗费了一些时间。范仲淹在邠州时，一是工作忙，一是心里烦，他在这里根本就没有心思去为滕子京写《岳阳楼记》。比如，他在邠州时，曾择地扩建郡学，工程未竣工而调任邓州，后在邓州撰有《邠州建学记》。

二是范仲淹的身体和心情都不好。庆历五年正月，范仲淹被罢去参知政事，任西北邠州兼陕西四路经略安抚使。十一月，又向仁宗上书，求解边任，请知邓州说："伏望圣慈，恕臣之无功，察臣之多病，许从善地，就访良医，于河中府，同州或京西襄邓之间就移一知州，取便路赴任，示君

亲之至仁至，从臣子之所望，实繫圣造，得养天年。"范仲淹以疾情请知邓州，还有其他无法言表的内在原因，即朝廷内保守派对革新派的围剿，迫害不择手段，范仲淹觉得自己继续留在西北，挂着军职，无疑祸多福少。当年十一月乙卯（十四日），仁宗同意他的请求，仍保留资政殿学士的馆阁职称，转给事中知邓州。范仲淹遂带着病残的长子纯佑，从邠州南下，到邓州赴任。北宋的邓州，又称南阳郡，下辖穰、南阳、内乡、顺阳、淅川五县。据史载，此地"六山障列，七水环流，舟车会通，地称陆海"，堪称中原重镇。范仲淹赴任邓州，也算得偿所愿，躲开了政治旋涡，所以心情大好，身体也有所好转。正如范仲淹自己所说："查臣之多病"，"实繫圣造，得养天年"。

三是范仲淹"知邓州"一时政务繁忙，无暇顾及写《岳阳楼记》。范仲淹到邓州时，已经58岁了。他自己27岁中进士为官，四起四落，奔波了三十一年，不但政治上遭受打击，而且身体上受到严重的摧残，但忧国忧民的抱负却坚定不移。范仲淹知邓州三年，重农桑，兴水利，除恶扬善，政简刑清，重点干了复仰前政，体察民情，寻泉凿井，兴教昌文，整修花洲书院和揽秀亭等名胜古迹，深受老百姓的爱戴。《嘉靖邓州志》把它高度概括为"孜孜民事，政平讼理"。这说明邓州出现了经济繁荣，社会稳定，百姓安居乐业的太平景象。

四是范仲淹有了好心情才写出了好文章。范仲淹到任后，撰《邓州谢上表》一文说："（邓州）风俗旧淳，政事绝简，心方少泰，病宜有瘳，实系宽大之朝，将幸康宁之福。"于是，范仲淹有了更多的时间去读书著述，去深刻思考作为地方长官如何治理好脚下的这片土地。同时，他把寄养在京城妻兄李纮家的二儿子纯仁、三儿子纯礼及女儿也接到邓州一起生活。庆历六年（1046），他的新婚妻子张氏夫人，又为他生下了第四个儿子范纯粹。从此，合家团圆，其乐融融。在张夫人的精心照顾和诸子随侍的亲情中，在众多文雅幕僚的陪伴下，度过了一生中极为难得的三年惬意时光。因此，范仲淹不仅在百花洲上与民同乐，还经常在这里宴请客人，唱酬叙怀。范仲淹在邓州三年创作了大量的诗文，据不完全统计，他写于邓州的诗文、书信，保存下来的有76首（篇），从而出现他人生中最重要的一次创作高潮。

简而言之，范仲淹在邓州"政通人和"和家庭其乐融融的氛围中，身体好了，心情也好了，有时间也有精力坐下来，认真回顾总结自己的一生的宦海风云和进退得失，也自然会想起滕子京求记之事。当他再次阅览滕子京的来信，一定是心情澎湃，思绪万千。从同年参加科举到泰州共事，从同朝为官到西北御敌，从新政失败遭谪远乡，还能干出一番大事业，重修岳阳楼……一幕幕往事浮现在眼前，他决心借为岳阳楼写记的机会，明确向世人宣示自己的政治主张。于是，范仲淹在深思熟虑了15个月后，于庆历六年九月十五日在邓州花洲书院春风堂，参考滕子京派人送来的《求记书》《洞庭秋晚图》介绍描绘洞庭湖的文字和绘画，回忆曾经游历过的洞庭湖景象，并联想所熟悉的太湖（范仲淹曾知苏州，苏州临太湖）、鄱阳湖（范仲淹曾知饶州，饶州临鄱阳湖）等江南湖泊的风光，展笺挥毫，洋洋洒洒状物，淋漓尽致抒怀，一气呵成写出了经过充分酝酿，反复琢磨的千古名篇《岳阳楼记》。实际上，范仲淹写《岳阳楼记》的时候，就是根据图画、诗词、想象，完成了这篇名文。应该说，滕子京于庆历五年春天开始重修岳阳楼，以当时的建筑水平，完工可能到了庆历六年了。所以范仲淹完成《岳阳楼记》的时间，前前后后花了一年零三个月，在情理之中，也算不得很久。这进一步说明好文章是"磨"出来的，从而使《岳阳楼记》焕发出夺目的光彩！

注释

①李欣：《〈岳阳楼记〉究竟有多少字》，《岳阳晚报》，1996年1月18日。

②李伟国：《范仲淹〈岳阳楼记〉事考》，《中国范仲淹研究文集》，群众出版社，2009年4月第1版。

③一束光：《〈求记书〉与〈岳阳楼记〉的形成过程之〈求记书〉的写作时间考》，岳阳楼君山岛，2017年8月8日。

④侯盈：《"越明年"到底指哪一年》，《中学生阅读》，2015年第4期。

第七章

范仲淹写《岳阳楼记》之前到过洞庭湖

　　楼因文名，是中国文化特有的传统特色。江西南昌滕王阁，得益于王勃的《滕王阁序》；湖北武昌的黄鹤楼，得益于崔颢的《黄鹤楼》；山西永济的鹳雀楼，得益于王之涣的《登鹳雀楼》；而岳阳楼的名声大噪，当然要归功于范仲淹的《岳阳楼记》。最为奇特的是，写前三楼的名篇，都是作者亲临现场的由景生情，掩卷成文，而《岳阳楼记》的诞生则完全是范仲淹想象的结果。南宋理学家朱熹《江陵府曲江楼记》："予于此楼，既未得往寓目焉，无以写其山川风景，朝暮四时之变，如范公之书岳阳也。独次第敬夫本语，而附以予之所感者如此。后有君子，得以览观焉。"至于范仲淹将《岳阳楼记》写得如此真切，身临其境，有没有写作的生活体验，是否先前到过洞庭湖？可是，过去读《岳阳楼记》的人很少谈到这个问题①。到了20世纪80年代，才开始有人注意这个问题。这个问题有正反两种不同意见。一派以江立中为代表，主张范仲淹到过洞庭湖。他在1982年就撰有《范仲淹到过洞庭湖》一文②，发表在《湖南师院学报》上，并引发争论。接着，何培金在1997年撰有《范仲淹究竟到过洞庭湖没有》一文③，发表在《云梦学刊》上，进一步坚持这一说法。另一派以孙云清为代表，1983年撰《范仲淹没有到过洞庭湖》一文④，也发表在《湖南师院学报》上，他对安乡这个历史地名作了考证，得出了范仲淹没有到过洞庭湖的结论。曾志雄在《谈滕宗谅的〈求范仲淹撰岳阳楼记书〉》一文中认为，从两人的论证看，似乎后者的结论比较合理。因为后者的证据和理由都很充分，而且还把对方的论点一一推翻。……范仲淹没去过洞庭湖的可能性是很大的。⑤《岳阳楼记》以它高尚的忧乐情怀和精湛的写作笔法，成为传统教学篇目，过去有许多教师不了解作者范仲淹同洞庭湖的密切关系，只凭范仲淹写作《岳阳楼记》时并不在岳阳的现象，就揣测他完全凭借一幅《洞庭秋晚图》去想象虚构此文。这种看似正确的臆测，不知误导了多少学子！而我是持"到过论"者，根据各种文献记载，认为范仲淹写《岳阳楼记》之前到过洞庭湖和岳阳。

一、范仲淹小时候在安乡生活和读过书

根据《岳州府志》《安乡县志》和《范仲淹新传》《范仲淹传》记载，范仲淹在安乡生活过，并读过书。目前也有

两种截然不同的说法：

关于范仲淹小时候在安乡读过书的说法，最早见于《岳州府志》："宋范仲淹，苏州人，幼孤，从其母归朱轼，轼宰安乡也，仲淹随之。稍长，筑室鹳江北读书焉，今曰书台。"清代《安乡县志》："丙申宁宗庆元二年（1196），知县刘愚新建先儒范仲淹祠，置祭田。"（县纪）"朱轼，淄川长山人。端拱中莅任，官至朝散大夫"（宦迹）。此书记载朱轼是端拱中（端拱共两年，988—989）莅任，而范仲淹端拱二年（989）才出生，其父未死，其母亦未改嫁，也根本上谈不到安乡来读书。范仲淹的父亲范墉，从吴越王钱俶归宋，历任成德、武信、武宁节度使掌书记，淳化元年（990）卒于任所。淳化四年（993），范仲淹的母亲谢氏贫困无依，带着四岁的他，改嫁山东淄川长山（今邹平县长山镇）朱文翰。朱文翰是范仲淹的继父，范仲淹也改从其姓，取名朱说。而历史学家邓广铭先生认为，范仲淹生于苏州，两岁丧父后，谢氏携之改嫁淄州长山（今山东邹平县）朱氏，他被改名朱说。20岁举学究，后即读书于长山醴泉寺（不是洞庭湖畔）数年。一日惊闻本是苏州范氏子，乃发愤自立，27岁进士及第，为亳州节度推官时上表陈请归宗，改名范仲淹。据载，范仲淹声名远播之后，拉他作"乡贤"便古已有之，以至南宋后期有关范仲淹青少年时期的居址与就读处就存问题了。这与诸葛亮身后的"南阳""襄阳"之争颇为类似。⑥这一说对"范仲淹小时候在安乡生活和读过书"的说法持否定态度。

另一种说法，对"范仲淹小时候在安乡生活和读过书"的说法持肯定态度。

范仲淹的继父朱文瀚在至德到咸平间在安乡任过县令，年少的他随母到朱氏任所生活读书，是顺理成章的事。明确记载范仲淹同安乡关系的《宋史·刘愚传》。刘愚于南宋宁宗庆元二年（1196）由江陵教授调任安乡县令，他除了勇于任事、政绩卓著之外，还办了一件大事，即"邑有范仲淹读书地，为绘像立祠兴学"。史书是将这件事作为刘愚的政绩记载的。这时虽然是南宋，离范仲淹去世只有100多年，其记载应该是可信的⑦。事实上，范仲淹曾写有《和僧长吉湖居五题》⑧的组诗，其中有两首诗寄托了他对洞庭湖西岸安乡和武陵（今常德）的怀念之情。

其一《湖山》诗云：
　　湖山满清气，赏心甲吴越。
　　晴岚起片云，晚水连初月。
　　渔父得意归，歌诗等闲发。

其二《渚莲》诗云：
　　武陵谁家子，波面双双渡。
　　空积心中丝，未成机上素。
　　似共织女期，秋宵苦霜露。

安乡范仲淹读书遗址至今仍存，代代受人瞻仰。1918年夏，毛泽东和蔡和森游学洞庭湖区时，两人还在岳阳楼上吟诵过杜甫诗《登岳阳楼》。1921年，28岁的毛泽东以湖南督学的身份考察洞庭湖区几个县的教育工作，他们到了安乡。他在安乡有两个一师的同学，一个是住在安障乡的周夏藩，一个在安全乡的潘能源。毛泽东来到岩剀口周家。周夏藩很热情，为了招待毛泽东等人，专门请了本地有名的厨师做饭，毛泽东等人在这里住了两天，周夏藩不仅跟毛泽东谈教育，也谈安乡的掌故。既然毛泽东是从岳阳来的，没有少聊岳阳楼。当时，有个叫易礼容的问道，范仲淹写《岳阳楼记》并没有到过岳阳，怎么会写得如历其境的千古名作？夏周藩就给他们讲范仲淹小时候在安乡读书的故事，并说清康熙年间安乡进士张明先写了一首《书台夜雨》一诗，写到了范仲淹写《岳阳楼记》前在安乡的日子，很好地回答了这个问题。诗曰：

> 胜状高楼记岳阳，谁知踪迹始安乡。
> 荒台夜夜芭蕉雨，野沼年年翰墨香。
> 事业当时留史册，典型此地是官墙。
> 梦中遥意潇湘景，鹳港悠悠澹水长。

这首诗概括了范仲淹少年在安乡有过读书生活，也就是说范仲淹最起码经过了岳阳楼。

听后，毛泽东考察了范仲淹读过书的书院洲上的兴国观。据荷叶撰《范仲淹没去过岳阳楼，他怎么写出〈岳阳楼记〉呢？》一文，记叙了当时的情况。这天晚上，周夏藩说："润之，你要是想了解得更多，我们明天就去安乡城北的书院洲看看。"毛泽东一听来了兴趣，欣然同意。第二天，周夏藩陪着毛泽东到了安乡的书院洲，此时有当地的两个老教员潘能源和袁东山在等着了。几人见面稍作寒暄，潘能源就和毛泽东讲起了少年范仲淹在安乡读书的经历。潘

能源说："昔日，这书院洲有个兴国观，范仲淹少年时就在
这里读书。当时，观里还有个司马老道士，他看到范仲淹年
少志大，刻苦读书，便热情照料，每逢范仲淹读书遇到不理
解之处，他便从中指点，司马老道士陪着范仲淹度过了五年
的时光。"还没等毛泽东开口，潘能源旁边的袁东山却开口
了，他说："你讲的这个只是个传说，历史文献里并没有记
载这段内容。"毛泽东听到袁东山这么说，也来了兴趣，他
讲了自己的看法："袁先生讲范仲淹少年时在安乡读书的史
实是没有问题的。昨天，我跟老同学周夏藩聊天，他给我讲
到清康熙年间曾出土了兴国观的残碑，残碑上清晰地记载
着：范文正公读书安乡县时，司马道士尝羽翼之。至于范仲
淹本人和后人不愿提及此事，我想只有一个理由，那就是为
'尊者讳'。也就是说，范仲淹少时寄人篱下，跟着继父朱
文翰来安乡读书，纯属个人隐私，没必要公开，而后人也不
愿意提起这段历史。"袁东山看着眼前这个青年后生，眼睛
仿佛冒出了光，点头道："对对，毛先生分析得对，我想一
定是这样。"袁东山又和毛泽东讲起了范仲淹在安乡读书的
日子："范仲淹到安乡时大约6岁，并在此呆了5年时间。5年
里，范仲淹博览群书，立下了以仁人志士为榜样，济世救民
的志向。范仲淹并不是死读书，他关心民间疾苦，为此还有
意翻阅一些医书，采集识别一些药草。当时司马老道问他：
'你将来要做一个医生吗？'范仲淹说：'不为良相则为良
医。'如今，这书院洲一带还流传着范仲淹揭榜行医、重修
兴国观的民间故事。范公小时候就有这样的抱负，长大后写
出《岳阳楼记》一点也不奇怪了。范公有安乡的生活经历，
是以洞庭湖的万千气象，他早已了然于胸，而'先天下之忧

而忧，后天下之乐而乐'的志向，却是早已在范公幼小的心灵里埋下的，而《岳阳楼记》的伟大之处正在于此。"⑨

　　又比如，今人解黎晴撰《范仲淹读书台》一文进一步探讨了范仲淹与读书台的关系。现援引全文如下：

　　"先天下之忧而忧，后天下之乐而乐"——范仲淹在《岳阳楼记》中歌吟的独步古今的布衣情怀和宽博恢弘的政治抱负，被千百年来的仁人志士所推崇，成为脍炙人口的千古绝唱。其实，警句之思初萌于湖南安乡县城西北的虎渡河畔，书院洲上，兴国观里——范文正公在这里的读书台。

　　关于范仲淹读书的掌故，《宋史》有两处明确的记载。一为《宋史·范仲淹传》："仲淹二岁而孤，母更适长山朱氏，从其姓，名说。少有志操。既长，知其家世，乃感泣，辞母去之应天府，依戚同文学。昼夜不息，冬月惫甚，以水沃面；食不给，至以糜粥继之，人不能堪。仲淹不苦也。"

　　范仲淹系范墉和续妻谢氏所生第五子，两岁时，父亲病逝。其母迫于家贫改嫁朱文翰；宋真宗至德至咸平年间朱出任安乡县令，范仲淹"侍母偕来"，被寄放在书院洲兴国观读书，"寒暑不倦"。

　　兴国观，又名南相寺，雄踞在鹳江（澧水别称）之心的书院洲上，建于北宋太平兴国年间。观之后院东侧耸峙书舍，舍前卧一石台，人称读书台。此地很少有前来跪拜的香客，高墙边的钟声也飘到云外，窗前丛丛芭蕉，绿叶如伞，每当"骤雨来集，秋风送响，飒然可听"。范仲淹"少有志操"，以天下为己任。一日薄暮，背诵诗文渐入佳境，忽然天上乌云滚滚，秋风飕飕，淅淅沥沥的雨点洒在身上，竟浑然不晓，直到观中的司马道士送来雨伞。后"书台夜雨"成为名垂后世的胜地，勤奋好学的典故。

五度寒暑，范仲淹的足迹也踏遍了澧州。除了在兴国观读书，澧州城西也曾一度借居求学。即"适来武子之乡，尝慕文山之学"，"效囊萤于早岁，诵读弥勤"，屋前的两口池塘，铜镜新磨，云影徘徊。他固定在一口塘里醮水磨墨洗砚，固定在另一口塘里荡涤朱笔。日久天长，这两口池塘里的水和虫虾也被分别染成了淡墨色和朱红色（"其池水中水石草虫尽为墨、赤之色"）——足可量取范仲淹励志苦学的韧劲和毅力。后来，人们就把一池池水如墨的池，叫洗墨池；一池池水似丹的池，叫朱池。

澧州百姓对范仲淹苦读、志操、善政等懿行极为敬慕、推崇，并以之为法度，不仅留存荡漾丹心映照的千古名池等古迹，在他辞世不久的宋仁宗皇祐四年（1052）兴建祠堂纪念，而且根据传说在书舍遗址重建范文正公书台。宋宁宗庆元二年（1196）范仲淹逝世一百四十四周年，范处义以殿中侍御史持节荆湖北道，巡视安乡，见"文正范公读书堂在焉"，晓谕县令刘愚，将"读书堂"扩为"范文正公读书台"，并置祭田四十余亩以敷开支。"邑有范仲淹读书地，为绘像立祠，兴学，士竟知劝。"——《宋史·刘愚传》将此事作为刘愚的政绩进行称颂。刘愚由江陵教授调任安乡县令后诸多善政，其中为范仲淹建祠、绘像、兴学是很重要的一项。

范仲淹逝世后谥为"文正"——九五之尊的皇帝决不会将大臣的最高谥号轻易地诏赐，因为这是唐以后文人做官一生的终极梦想。在文学上，范仲淹写过著名的《岳阳楼记》，雄视千古，广为传诵；在词赋上，范仲淹却是北宋初年词坛中"言志"一派的开创者，东坡居士豪放词风的先驱，他的《渔家傲》（塞下秋来风景异）表现士大夫的壮烈意志和逸怀浩气，使词具有较多的社会内容和开阔的风格。因此，"问学精勤，立大志于穷约者，莫如范公；成大勋于显用者，亦莫如范公"。而范仲淹少时就读于安乡，不仅是溇陵的荣幸，更是武陵的荣耀。

这篇文章引用《宋史·范仲淹传》说明范仲淹在安乡生活读书5年，足迹踏遍了澧州。同时引用《宋史·刘愚传》为范仲淹修祠、绘像，将"读书堂"扩建为"范文正公读书台"等建筑纪念范仲淹。这些关于范仲淹安乡遗迹的最早记载，翔实地叙述了安乡"范仲淹读书台"的来龙去脉，所以我们认为范仲淹在安乡度过了其少年生涯。⑩

还比如，今人周宗奇《忧乐天下：范仲淹传·范仲淹简明年表》记载："淳化三年（992）四岁，母谢氏改适时在苏州为官的朱文翰。仲淹遂改姓朱，名说至二十二岁，朱文翰先后在苏州、湖南安乡、安徽青阳、山东淄州等地为官，仲淹随母侍行，并在各地就学受教。安乡兴国观司马道士是蒙师之一。安乡读书台、青阳读山、博山秋口、长白山醴泉寺俱传为范仲淹读书之地。"朱文翰一生为官，都待过什么地方？史料记载多不详、不确。根据朱文翰三十世孙朱鸿林的《范仲淹与邹平》记述，朱文翰"后被贬出京，曾知宿州、池州、安乡等地，又摄河中府事"。程应镠《范仲淹新传》载：朱文翰"在澧州安乡县（今湖南安乡县）做过县官，范仲淹跟着他经过岳州越洞庭而西"到安乡县来生活。这么说来，他还涉足过家乡山东之外的安微、湖南、山西等地。但朱文翰曾经宦游湖南安乡县，至今虽然还有质疑，但绝大多数专家学者认定属实。如此看来，继父朱文翰把范仲淹带来安乡，对日后撰写《岳阳楼记》大有裨益。问题是这两种说法中，范仲淹的继父一个叫朱轼，一个叫朱文翰，虽然都是今山东淄博市淄川区（古称淄川、淄州）人，但这两个人是否是同一个人？还有待进一步研究。

关于这一问题，学界在文献发掘和解读上几乎已经穷尽，如果没有发现新的文献和考古资料的"铁证"，恐怕再讨论下去意义就不太大了。据《范仲淹事迹著作编年简录》记载：范仲淹幼年时曾经跟随继父到过安乡县，安乡县位于洞庭湖畔，那时经过洞庭湖，但当年范仲淹仅两三岁，即使有印象，也不可能留下太深刻的印象，洞庭湖只能给他留下幼年时的模糊记忆……

二、范仲淹的诗文记载他曾经到过洞庭湖

对于《岳阳楼记》的写作，有一论题为文史学界讨论之热点，即范仲淹是否到过洞庭湖？有人说去过，也有人认为

没有去过。持未到论的观点有三：一是滕子京写给范仲淹一封《求记书》，并附有一幅《洞庭秋晚图》，范仲淹据此信中介绍及画意，"神游物外，心与景接"，挥毫写成。二是说范仲淹是模拟太湖而写。三是说根据鄱阳湖风光加以联想而描绘以成⑪。其实这一问题不难解决，通读关于范仲淹的文献自可明了。根据范仲淹写有很多首关于洞庭湖、岳阳楼、岳州人的诗文和滕子京的《求记书》，说明范仲淹在写《岳阳楼记》之前到过洞庭湖和岳阳。主要理由有三：

第一，从范仲淹写的诗来看，范仲淹到过洞庭湖和岳阳楼。

比如，明道二年（1033），范仲淹受命出京安抚江淮，顺便考察湖南船运，从湖北黄冈经武汉，沿长江而上，又经岳阳入洞庭到长沙，在岳阳作了短暂的停留。同年十二月十五日，他在《送韩读院出守岳阳》一诗中云："仕宦自飘然，君恩当欲偏。才归剑门道，忽上洞庭船。坠絮伤春目，春添废夜眠。岳阳楼上月，清赏浩无边。"这首诗形象逼真地写到了洞庭涛、古楼月。最后两句"岳阳楼上月，清赏浩无边"，正是《岳阳楼记》中所描述的"浩月千里"。由此可断定范仲淹在不久前登过岳阳楼，也不为无据。

又比如，景祐元年（1034）正月，范仲淹被贬知睦州（今浙江建德），途经淮北时又写了《新定感兴五首》《赴桐庐郡淮上遇风三首》等诗，对洞庭湖所属的水系，因屈原投水而著名的汨罗江有所回忆。前者之四首："去国三千里，风波岂不赊。回思洞庭险，无限胜长沙。江上多嘉客，清歌进白醪。灵均良可笑，终日著离骚。"后者之一首："圣宋非强楚，清淮异汨罗。平日仗忠信，尽室任风波。舟楫颠危盛，蛟鼋出没多。斜阳常无事，沽酒听渔歌。"既是"回想洞庭险"，必然经历了洞庭险；既然将"清淮"与"汨罗"相比较，必定涉足了汨罗江。如果没有经历洞庭湖、汨罗江的自然风波，那么他在经历政治上的波折时，恐怕是难以与它们挂上钩来的。

再比如，在滕子京被贬到岳州不久，范仲淹有《和延安庞龙图寄岳阳滕同年》诗云："优游滕太守，郡枕洞庭边。几处云藏寺，千家月在船。疏鸿秋浦外，长笛晚楼前。旋拨醅头酒，新炮缩项鳊。宦情须淡薄，诗意定连绵。迥是偷安地，仍当饱事年。只应天下乐，无出日高眠。岂信忧边处，胡兵隔一川。"值得注意的是《舆地纪胜》卷69收录了范仲淹写给滕子京的这首诗。其中"几处云藏寺，千家月在船。疏鸿秋浦外，长笛晚楼前"，惟妙惟肖地写出了岳阳楼的位置和景物宽阔之状。"宦情须淡薄，诗意定连绵。迥是偷安地，仍当饱事年。只应天下乐，无出日高眠"，其语含规劝之意，又与"先天下之忧而忧，后天下之乐而乐"的思想相吻合，此诗与《岳阳楼记》有异曲同工之妙，可视为范仲淹曾到过洞庭湖之明证。还有《听真上人琴歌》云："陇头瑟瑟咽流泉，洞庭萧萧落寒木。"这些诗句对洞庭湖景观的描绘，应该是他经历了洞庭湖所见、所感留下印象的记录。

从范仲淹写的这些诗文来看，为范仲淹早年就读安乡，时时瞭望洞庭和岳阳楼又多了一个力证。因为很难设想，一个没有见过洞庭湖胜景和岳阳楼雄伟的诗人，能创作出如此迷人的诗文来。可见，范仲淹写作《岳阳楼记》之前曾到过洞庭湖。

第二，从范仲淹的《岳阳楼记》中"予观夫"三个字来看，是作者交代所写洞庭之景是他的耳闻目睹。《岳阳楼记》中共有30多句描绘了洞庭湖和岳阳楼一带的20多种地理风物特征，种种写实，句句皆真。特别是"吞长江"一句，更写出了洞庭湖不同于太湖、鄱阳湖的特点，是无法从它们那里借鉴而来的，因为太湖、鄱阳湖地面均高于长江，无吞吐长江水的地理现象。

第三，从滕子京的《求记书》来看，说明滕子京是知道范仲淹曾经到过洞庭湖的。滕子京在《求记书》中写道："矧兹君山、洞庭，杰然为天下之特胜。切度风旨，岂不撼遏想于素尚，寄大名于清赏者哉？"这"素尚"就是平时的一些兴趣，是否可以理解为以往的观感，来说明滕子京对范仲淹到过洞庭湖是十分了解的。滕子京写《求记书》本来就没有要求范仲淹亲自到岳州跑一趟。范仲淹写《岳阳楼记》是收到了滕子京的信和画，又查了很多有关资料，同时把自己过去对洞庭湖、岳阳楼的印象调度出来，从而有了一种思想的升华，想规劝滕子京，然后写成的。由此看来，范仲淹在邓州写下《岳阳楼记》，是可以肯定的了。正因如此，没有滕子京的《求记书》，这一切也许至今还是一个谜。

另外，范仲淹之所以对洞庭湖十分熟悉，写出了千古奇文《岳阳楼记》，这和与他共事多年的湖南临湘人张尚阳的介绍也密不可分。张尚阳（1011—1078），出生于今湖南临湘市聂市镇，曾被仁宗皇帝看中，挑选为驸马，与升平公主结为伉俪。康定元年（1040），范仲淹以龙图阁直学士出任陕西经略安抚副使（即现在的西部战区副司令员），皇上命29岁的张尚阳以驸马都尉（参谋长）随往，协助范仲淹主持西北防务。从1040—1043年的4年间，范仲淹和张尚阳在共

同驻守西北边防的过程中，结下了深厚的友谊。在此期间，
他们相互都介绍过自己的家乡，都对彼此的家乡有较深的了
解。范仲淹写作《岳阳楼记》恰好是他们共事之后不久的
1046年。所以，张尚阳向他介绍过家乡岳阳有关景物，就为
他创作提供了很大的帮助。⑫

通过范仲淹很多诗文中都描写过洞庭湖，以及滕子京的
《求记书》的文献记载，应是范仲淹到过洞庭湖的明证。

三、范仲淹在岳阳云溪置有田庄

关于"范仲淹在岳阳云溪有田庄"的问题，据岳阳市
的岳阳县、临湘县民间多次重修的《毛氏族谱》记载：范
仲淹在岳州府临湘楚里冲（今属岳阳市云溪区的云溪乡、
岳阳楼区的梅溪乡境内）购有田产……后来，范仲淹的孙女
（范纯仁的女儿）同苏州太守、岳阳人毛斌公的儿子祥公
结婚，范仲淹就将这份田产作了陪嫁物。1994年，何培金在
撰写《岳阳楼志》时，对此事十分关注，曾到实地进行过调
查，写有《范仲俺与岳阳的有关史料》一文，对"云溪庄
田"之事说得比较清楚。在岳阳县熊市西冲白竹坡毛绍冲，
收藏有毛氏旧谱，岳阳毛氏已九修其谱，最早的是宋绍熙元
年（1190），六修谱于民国三十六年（1947），据《毛氏族
谱》载，宋真宗景德四年（1007），十二世"毛许公"（字
九鼎）因官入籍长沙；十五世"毛试公"（字风章）生于宋
仁宗景祐三年（1036），神宗熙宁时任吏部主事，出任苏州
太守，殁于宋徽宗宣和五年（1123），在苏州任官时，其子

"祥公"（字长发）随往，范仲淹的儿子范纯仁于宋哲宗元祐八年（1093）元月将女儿嫁给毛长发，并用范仲淹置于湖南临湘的一所田庄作为陪嫁物写有付约。现录该谱对毛长发、范氏及其付约的记述如下：

> 斌公次子祥公，字长发，生于宋神宗熙宁四年辛亥（1071）十月初九日巳时，哲宗朝举进士，语授御史，隐而不仕。殁于高宗绍兴十二年壬戌（1142）十月初三辰时，葬昆山城东，伴父母西边，百山卯向。
>
> 妣范氏，诰封夫人，吴县忠宣公尧夫之女，生于宋神宗熙宁四年辛亥（1071）六月初一日巳时，殁于高宗绍兴十三年癸亥（1143）七月初九日子时，葬合公冢，生子一，松。

附外家范氏付约字

约立陪嫁付约字人，苏州府吴县范纯仁：今将先父文正公遗业，坐落土名湖南岳州府临湘县楚冲里太平桥之庙湾庄田一所，请凭亲族人等到场，付与子婿毛长发名下管业、收租、耕种，以此为据。

计开庙湾庄屋共二十间，门前水田一连四石，计二十丘；范家垅水田一连四石，计十丘；毛家巷水田二石，计五丘，共种十石、合计三十五丘。

又冷木湖，上抵太平桥，下抵苏州湖。又柴山五处，马家坡东边齐岭分水，栗山垅、栗山塘、老贯嘴及庙湾屋后虎形山，又孙家旁旱地一连十块；尹家巷茶园花地，一连十二块；金付嘴旱地、茶园，共二十块。总共四十二块。

又苏州湖一个，上抵庄古潭，下抵芭蕉湖边，南抵大港、双港口、阴蓬嘴、雷公嘴一带，北抵拖蓬嘴、天鹅嘴、长旖嘴、熟坳一带，湖内有虾子墩、盐包潭、千汉湾、双港嘴、琵琶湖等处。

所有上列应纳粮米，推入毛长发户，子孙当差。所推是实，当凭李千一、刘伯四、毛天祐、毛天中、范祖吕、范德种。

宋哲宗元祐八年（1093）癸酉正月初十日，范纯仁笔立。

通过实地调查，得知契约中言及的近30个地名，虽经"沧海桑田"之变，仍皆为实有。现在隶属岳阳市岳阳楼区五里乡红光村，岳阳市云溪区松阳湖街道办事处，岳阳市云溪区云溪乡桃李村、建军村、新民村，有的地名至今仍沿用其旧名，有的地名改变了但据其四界可辨出⑬。对"范仲淹在岳阳云溪置有庄田"之事，范章撰《范文正公云溪庄田考》一文，根据《范文正公生母谢观音》《范仲淹〈岳阳楼记〉事考》《范仲淹与岳阳的有关史料》三文，参考《范氏家乘》《范仲淹全集》及其他史籍，发现有信的、可疑的，也有错误的⑭。我认为《毛氏族谱》所载范仲淹"云溪庄田"和"范纯仁陪嫁付约"之事，有契约为证："今将先父文正公遗业，坐落土名湖南岳州府临湘县楚冲里太平桥之庙湾庄田一所。"这些都是历史古人之笔，并非今人杜撰，是可以作为旁证的。"由此可以推测，范仲淹置于临湘楚冲里的田庄，很可能是他在知邓州任上，滕子京在岳州任上购买的。

范仲淹既然在岳阳购有田庄，那么他在购置田庄之前，或者在购置田庄之后，是有可能到过岳阳的。"⑮

综上所述，这些事例都符合现实的地理现象，我们一方面大量地运用范仲淹的作品"以诗证史"，以范仲淹的诗文证实自己的历程，说明范仲淹在写《岳阳楼记》之前曾到过岳阳、岳阳楼和洞庭湖。另一方面，"以史证诗"，将《岳阳楼记》放在具体的历史条件下，引用大量的史料来提示作品真实的内涵。它为范仲淹写《岳阳楼记》等诗文奠定了生活基础，所以都写到了洞庭湖的景色，而且都写得很美。事实上，滕子京虽然被贬岳州，但他在任期间，做了重修岳阳楼、新修岳阳文庙、拟筑偃虹堤等三大工程。为了提高知名度，其当时写了三封信分别邀请好友为他写记，其中一封《求记书》就是写给范仲淹，请他写《岳阳楼记》；一封是写给尹洙，请他写《岳州学记》；还有一封是写给欧阳修，请他写《偃虹堤记》，时间都是庆历五、六年。结果呢？这三篇记都求到了。从尹洙、欧阳修的两篇"记"看，多次运用了滕子京信里的材料，看上去并没有到岳阳看过，文章都写成了。所以说，宋代人写记不一定到实地去可能是一个惯例。比如，宋代理学家朱熹写《江陵府曲江楼记》就是一例，他在《江陵府曲江楼记》中说："予于此楼，既未得往寓目焉。无以写其山川风景、朝暮四时之变，如范公之书《岳阳（楼记）》。独次第敬夫本语，而附以予之所感者如此。后有君子，得以览观焉。"由此看来，范仲淹没有亲临岳阳都写出了《岳阳楼记》属于一件非常正常的事情，何况滕子京还有他写有《求记书》并附上《洞庭秋晚图》作参考呢？

范仲淹为何能写出《岳阳楼记》这么形象逼真、语言佳妙的文章，这与他一生经历了许许多多的风风雨雨分不开。
不讲他宦海沉浮"四进四退"，就是他工作过的地方也与水
有缘。他在泰州见过海浪破堤，家破人亡，于是组织筑堰。
他徙之越州观钱塘潮，巨浪排天，樯倾楫摧。他被贬睦州，
淮上遇见，波浪汹涌，几成险事。何况他在写《岳阳楼记》
之前，在洞庭湖畔的安乡读过书，工作时又到过洞庭湖和岳
阳呢？对洞庭湖有过一些体验，加之范仲淹非常熟悉太湖和
鄱阳湖。作者是苏州人，对太湖的熟悉自不必说。北宋景祐
三年（1036），作者因反对吕夷简而贬出知饶州（今江西上
饶），曾在鄱阳湖上流连了不少时日，当然对这一景物还是
具有足够的认识的。这些都是他写《岳阳楼记》的创作源泉
和生活基础，凭借滕子京随信附赠的一幅《洞庭秋晚图》，
融入自己的情感，通过文章表达出来。因此，范仲淹笔下描
写的实际上是自己心中的人间山水，而不是客观存在的自然
山水。不管是来过或没有来过洞庭湖，对他来说，都无所
谓。借自然景写心中景，这才是游记的最高境界，也是《岳
阳楼记》名垂千古的根本原因[16]。范仲淹在邓州花洲书院写下
《岳阳楼记》，不但成了千古雄文，连带着岳阳楼也成了一
处文化胜地，这估计是滕子京意料之中、范仲淹意料之外的
事情了。

注释

①张军：《花洲书院与〈岳阳楼记〉》，《学习时报》，2020年5
月15日。

②江立中：《范仲淹到过洞庭湖》，《湖南师院学报》，1982年第4期。

③何培金：《范仲淹究竟到过洞庭湖没有》，《云梦学刊》，1997年第2期。

④孙云清：《范仲淹没有到过洞庭湖》，《湖南师院学报》，1983年第4期。

⑤曾志雄：《谈滕宗谅的〈求范仲淹撰岳阳楼记书〉》，《范仲淹研究文集（四）》，人民出版社，2003年11月第1版。

⑥金桂云、张远琴编著：《长江流域的楼台亭阁》，长江出版社，2015年9月。

⑦梁颂成：《岳阳楼"先忧后乐"人文精神的形成和影响》，《零陵学院学报》，2003年第1期。

⑧《全宋诗》，卷164。

⑨荷叶：《范仲淹没去过岳阳楼，他怎么写出〈岳阳楼记〉呢？》，个人图书馆，2021年2月1日。

⑩解黎晴：《范仲淹与读书台》，《中国青年报》，2017年11月20日。

⑪吴小如：《范仲淹〈岳阳楼记〉考析》，《语文教学通讯》，1990年第1期。

⑫刘晓瑜：《〈岳阳楼记〉背后的湖南临湘人》，《湖南工人报》，2016年11月9日。

⑬⑮何培金：《范仲淹与岳阳的有关史料》，《岳阳楼志》，湖南人民出版社，1997年10月第1版。

⑭范章：《范文正公云溪庄田考》，《忧乐天下》，2012年第3期。

⑯千年历史千面游：《范仲淹没去过洞庭湖，靠什么写出的〈岳阳楼记〉？答案就在文章中》，百度，2021年11月19日。

第八章

《岳阳楼记》的"思想三境界"

　　《岳阳楼记》是一篇著名的散文。它一问世，便争相传诵，被人誉称为岳阳楼"天下四绝"之一。它好在什么地方，拿什么标准来衡量和评价？好文章的衡量、评价是一个极为复杂的课题，有些方面的指标是共同的，可以衡量的，但有些方面是不同的，难得衡量。但是，好的文章不仅要有外显的"形"，更要有内在的"魂"，而这些"形"和"魂"，没有也无法用统一的国际标准来衡量，也没有一致的路径可以选择，需要读者（评论家）根据各自的思想、文化艺术水平和时代要求来探寻。过来我们通常用的是政治标准和艺术标准。政治标准是什么，是政治思想；艺术标准是什么，是写作方法。好的评论标准，应该是政治与艺术相结合。这应该是一个不变的标准。1957年以后，剑走偏锋，评论标准由政治第一发展到政治唯一，作品图解生活，政治图解作品。文章是思想的载体、艺术的表现。好文章，应该体现着作者丰富的知识积累、生活积累以及深刻的思考和准确的判断力。或者说，好文章是一个人在一定的时代背景下，全部知识和阅历的结晶，是他生命的写照。梁衡说过文章为思想而写、为美而写，既要有思想，又要有美感①。说白了，就是要坚持政治标准和艺术标准，但是不要搞政治标准第一，艺术标准第二，两者能结合最好，单项也行。现在，我们拿政治和艺术相结合的标准来衡量和评价《岳阳楼记》。要弄清楚《岳阳楼记》的文章之美，必须从思想家、政治家的角度，探寻作者的思想世界。何为思想性？思想性就是对人和物的具体想法，体现在文章的每一个论点或观点中。这些想法不是凭空捏造的，而是立足实际，反复思考、反复认证得出的，是有深度的，有实践性的。而思想境界，就是一个人所有的精神和思想领域所达到的最高境界和平均水平的综合体现。作为今人，我们在阅读文章时就必须将古人的名言与今天的人生观、道德观作必要的区别，赋古代名言以全新的思想意义，这是理解文章题旨时所要注意的。从思想上分析，范仲淹在《岳阳楼记》中提出的思想境界非常崇高。如同范国强在《〈范仲淹忧患意识研究〉序》中所说："多少年来我一直在思考这样一个问题，在范仲淹的精神世界里，'不以物喜，不以己悲'仿佛是一种'出世哲学'，而'居庙堂之高，则忧其民；处江湖之远，则忧其君'，则更像是'入世哲学'。入世和出世是对立的，正如现实主义和理想主义是对立的一样。但是'范公精神'令人信服的恰恰是在这两极对立中寻求到一种完美的综合。"②我把它归纳为"思想三境界"，即悲喜观、进退观、忧乐观。这三种境界，在认识和方法论上，拾阶而上，层层递进，始觉山重水复，最后柳暗花明，集中形成了范仲淹的忧乐思想。思想的不同境界，它们所表现、所追求是不一样的。

一、"不以物喜，不以己悲"的悲喜观

"不以物喜，不以己悲"。此乃第一思想境界也。物，指外部世界，不为利动；己，指内心世界，不为私惑。不以物喜，就是不以客观景物的美好而欢乐。不以己悲，就是不以自己的境遇而哀怨，以一己之感受为基础的悲欢是不值得炫耀的。古仁人的悲和喜，不决定于环境的好坏或个人的得失。个人不能以环境的美好而欢乐，也不能只为自己的坎坷而哀怨。就是说要有目标，有精神追求，有道德操守，不以物喜，不以己悲。超越物外和控制好自己的情绪，顺境中不要春风得意，逆境中不要悲观自哀，才是做出一番大事的

不以物喜 卫知立/刻

不以己悲 高正贤/刻

态度！以什么作为立身的依据呢？以实际情况，以国家利益为依据。用现在的话说，就是实事求是，无私贡献。人能超然物外，克服私心，就是一个大写的人，就是君子，不是小人。陈云同志讲："不唯上，不唯书，只唯实。"我们读《岳阳楼记》时，就会联想到周围的现实。"不以物喜"，就是不随波逐流，立人格的追求，仍然是我们现实最需要的。"不以己悲"，就是抛弃个人利益，不患得患失。正确处理公与私的关系，是判断一个人道德水平高下的基本标准。

　　"古仁人之心"是怎样的？就是"不以物喜，不以己悲"。毫无疑问，这是一句千古名句，写得是特别的好，虽然只有短短的8个字，但是却包含着深奥的道理。从字面上看，这句话的意思是，人们不要因为外界的好坏以及得失从而影响到自己的喜和悲；从深层上看，这句话其实是在教我们做人，应该做一个旷然豁达，不沉迷于金钱和利益的人。

　　纵观我们的人生，总是会感受到悲与喜，同时也经历得与失，无论是哪个人在何种领域，总是一定程度上受到一定的"束缚"。对于这种"束缚"，几乎每个人都会遇到，但是我们可以通过领会"不以物喜，不以己悲"去减少"束缚"。"不以物喜，不以己悲"可以说是《岳阳楼记》思想精髓之一。这句话的内涵，前半部分"不以物喜"主要想告诉我们，人生要讲究淡然平静的心态；后半部分"不以己悲"又告诉我们，古人的思想境界，就是古代修身的要求，也就是说，无论外界或自我有何种起伏喜悲，都要保持一种豁达淡然的心态。人生在世就要懂得修身养性，要学会忘记，应该活得洒脱一点，活得开心一点。无论是在人与人相处之际，还是在面对自身的工作与学习时，"不以物喜，不以己悲"也能够为我们带来益处。或许很多人觉得范仲淹的思想境界太过于旷达，不是一般人能够达到的，其实并非如此，每个人都是可以达到的。"三思而后行""退一步海阔天空""遇事冷静"等等，这些行为就是我们身边的细节，它们都是"不以物喜，不以己悲"大智慧的体现。

"不以物喜，不以己悲。"把握当下，内心安宁，才是王道。人的一生就像一辆列车，总是在不断向前行驶，如果我们总是因为外界事物好坏或得失而受影响，那么我们岂不是将会错过人生中不少美丽的景色。愿我们在成长的旅途中，多一点自由少一点束缚，多一点明智少一点愚蠢，多一点快乐少一点痛苦吧！

二、"居庙堂之高则忧其民；处江湖之远则忧其君。是进亦忧，退亦忧"的进退观

"居庙堂之高则忧其民；处江湖之远则忧其君。是进亦忧，退亦忧。"此乃第二思想境界也。"古仁人"的忧乐观是怎样的呢？先讲"忧"："居庙堂之高则忧其民；处江湖之远则忧其君。""先天下之忧而忧"。后讲"乐"，"后天下之乐而乐"。

"居庙堂之高则忧其民"与"处江湖之远则忧其君"，其意思是在朝廷做官就为老百姓忧虑；不在朝廷做官而处在僻远江湖就为国君忧虑。他们进入朝廷做官也忧虑，退处江湖也忧虑。人的地位在一生中也是会变化的，不管处在好的位置，还是被别人打压到朝廷以外的地方，都要有忧患意

识，不是为自己，而是为众生，这叫作心怀天下，情系苍生。是进亦忧，退亦忧。不管是步步高升，还是败退连连，都要保持忧患意识。不管在政治上得意还是失意，都是忧虑的。不管是为君主而忧虑，还是为老百姓而忧虑，人不能为一己之忧而忧，为一己之乐而乐。在庙堂、在黎民百姓未能解忧，未能安乐之前，就不能有自己的喜怒哀乐，不管是进是退，不管是在悲景还是在乐景面前，都不能欢乐。不但处在朝堂之上，要为民而忧；就是遭遇不当的处境，处在江湖之野，也要忧其君。比如，天圣八年（1030），范仲淹因直谏被逐出京城任河中通判，听说朝廷打算修太乙宫，要耗费巨额资财时，立即上疏反对。庆历三年（1043）四月，范仲淹因西北战功而擢升枢密使，后又升参知政事，但他反而更加忧国忧民。应诏上《答手诏条陈十事》，提出措施并主持全面改革，史称"庆历新政"。这次改革虽然仅进行了16个月便夭折了，但是范仲淹留下的改革举措和精神遗产，却成为20多年后王安石变法的先声。庆历新政失败谪知邓州后，他仍坚持"救民疾于一方，分国忧于千里"。正是这种忧患意识，才使范仲淹在近40年的政治生涯中，为国家、为民族、为黎民，呕心沥血，奋斗不息，创造了伟大的业绩，也塑

居庙堂之高　张士东/刻

则忧其民　王莉鸥/刻

处江湖之远 王莉鸥/刻

则忧其君 卫知立/刻

是进亦忧 周玛和/刻

退亦忧 程质清/刻

造了自己的高大形象。我认为范仲淹忧乐思想的基础和本质也是一种忧患意识。

范仲淹对政治文明的贡献,主要体现在一个"忧"字。作者生于忧患,成于忧患,倾其一生来解读这个"忧"字。他的忧国思想,最忧之处有二,即忧民、忧君,是留给我们的两笔政治财富,就是忧患百姓忧患党,要处理好干群关系和上下级关系,这是每个政治家都面对的问题。

"忧民",范仲淹在《岳阳楼记》中写道:"居庙堂之高,则忧其民"。当高居庙堂之上做官时,就为人民忧虑,唯恐人民饥寒。我们现在当官仍然不要忘了老百姓,要爱民、养民。其忧民思想主要体现在三个方面,即为民办事(权为民所用),为民请命(情为民所系)和为民除弊(解放思想，改革创新）。

"忧君"，《岳阳楼记》中的"处江湖之远，则忧其君"，意思是当退居江湖之间远离朝政的时候，就为国君所忧虑，唯恐国君有阙失。封建社会的君，即是国，范仲淹的"君"，实际上就是国。忧君的实质，是忧君所代表的国事，而不是忧君个人的私事。范仲淹忧君主要体现在两个方面：一方面是敢说真话，犯颜直谏。用范仲淹的话说："士不死不为忠，言不逆不为谏"，"直辞正色，面争庭对"，"敢与天子争是非"。另一方面是大胆改革，付诸行动。毛泽东说："政治路线确定之后，干部就是决定因素。"干部制度向来是政权的核心问题。治吏，历来的政治改革，都把治吏作为重点，不管是忧君、忧国、忧民，最后总要落实在"忧政"施政，怎样施政上。

思想是具有不同境界的，不同的思想境界对问题的认识是不一样的。因此，我们要深刻领悟范仲淹的进退观，不同的思想境界影响着我们所达到的文明、和谐程度。愿我们都能独立思考成为有思想的人！

三、"先天下之忧而忧，后天下之乐而乐"的忧乐观

"先天下之忧而忧，后天下之乐而乐。"此乃第三思想境界也。这种思想境界是范仲淹《岳阳楼记》的核心思想，任何思想的形成都不是一蹴而就的，都要经过酝酿到成熟，再到深化发展的过程。第一、二重思想境界与"古仁人之

心"很有关系，到了第三重思想境界，范仲淹作为政治家，在憧憬中步入政坛，在痛苦中磨炼、接纳，最后又在精通中又欢喜升华，形成了范仲淹"忧乐"观，其核心价值就是以天下为己任。今天，我们如何理解《岳阳楼记》中"忧乐观"的思想意义？

1. 什么是范仲淹的"忧乐观"

从《岳阳楼记》来看，范仲淹把洞庭湖景物的一阴一晴，逗引出心情的一悲一喜，这时的悲喜是局限于一己一身的。而作者都抛弃了这种悲喜观，提出"不以物喜，不以己悲"的一种超越个人利益的悲喜观，以及"居庙堂之高

赵朴初/书

范 曾/书

先天下之忧而忧　卫知立/刻　　后天下之乐而乐钦　程质清/刻

则忧其民；处江湖之远则忧其君。是进亦忧，退亦忧"的
"进退观"，并进一步升华为"先天下之忧而忧，后天下之
乐而乐"的"忧乐观"，体现了这位古代为官者忧国忧民的
情怀，是范仲淹《岳阳楼记》的最高思想境界，即高尚的忘
我境界。怎样理解"先天下之忧而忧，后天下之乐而乐"？
忧什么，乐什么？忧的是国家的不幸，人民的苦难；乐的是
国家的强盛，人民的幸福。这是作者假托"古仁人"的政治
理念，含蓄地表达了作者自己的政治理想，以治国安邦为己
任，忧在天下人之前，乐在天下人之后，这种先忧后乐的思
想，是对儒家传统的"与民同乐"观念的发展，更具有居安
思危的忧患意识和苦己为人的奉献精神。

　　作为一个人，不是不应该有自己的忧和乐，而是个人的
忧和乐，只能在天下人的忧和乐之前之后，这就构成了高
度纯粹化的人生哲理。高度的哲理，就是高度的理性。从形
式上，正反两方面讲到了、兼顾了，很全面。"先天下"和
"后天下"，那就是在天下人还没有感到忧虑的时候就忧虑
了；在天下人都已经感到快乐之后才快乐。从内容说，它仍
然是很绝对的，很感情用事的。什么时候才能确定天下人都

感到快乐了？有谁能确定这一点？缺乏这样的确定性，就是永远也不可能快乐。至于天下人还没有感到忧愁，就应该提前感到忧愁，倒是永无限制的。从这个意义上讲，实际上先天下之忧，是永恒的忧，后天下之乐，是绝对的不乐。这不像是哲理上的全面性，而是抒情的绝对性。不过这种情，也就是志，是和哲理（也就是所谓"道"）结合在一块的。不过这种志和道互渗，和通常所说的情景交融不同，而是情理交融。也正因为这样，所以文以载道，实际上这个道，并不纯粹是主流的意识形态，而是其中渗透着范仲淹对情感理想的追求，是志和道的高度统一。范仲淹曾以"不以物喜，不以己悲"，"居庙堂之高则忧其民；处江湖之远则忧其君。是进亦忧，退亦忧"，"先天下之忧而忧，后天下之乐而乐"，为艰辛的奋斗之路找到了做人之所在，无不体现着这位既是"办事之人"又是"传教之人""忧乐思想的光辉"。从"悲喜观""进退观"到"忧乐观"，我们可以看出范仲淹深刻的思想、博大的情怀和高尚的人格，对待人生"两极"的态度和追求，给我们留下了一位中国政治家的最优美的身影，也为中国士大夫阶层留下了为官的最高境界。同时，范仲淹的《岳阳楼记》赋予了岳阳楼的人格价值意义和"忧乐"情怀，使岳阳楼成为"忧乐"楼，即思想楼。

2. 范仲淹的"忧乐"思想产生的渊源

"忧乐思想"的核心是"先忧后乐"，究其渊源，即是儒家的仁爱、仁德思想。

《岳阳楼记》写于范仲淹知邓州时期，写作此文时范仲淹已58岁，相对于其64岁的一生而言已步入晚年，其实是借此文抒写自己仕宦一生的际遇，对自己仕宦生涯始终践行"先天下之忧而忧，后天下之乐而乐"这一精神的高度总结。范仲淹对唐代的韩愈非常推崇，在韩愈看来，唯有仁义才是儒学的核心价值，才是儒家标志性的思想。范仲淹继续韩愈道统之说，以毕生的文治武功终使儒家纲常由隐而显，由微而著。范仲淹在河南商丘应天书院求学期间，埋头读书，"大通六经之旨，为文章论说必本于仁义"。所谓"仁义"，就是"己欲立而立人，己欲达而达人"和"己所不欲，勿施于人"，这既是范仲淹继承和发展儒家基本精神的重要方面，也是范仲淹仁德思想的集中体现。孟子宣扬儒家思想为"穷则独善其身，达则兼善天下"，范仲淹仕途沉浮30余年，四进四退，无论是"穷"是"达"，他"忧国忧民"的心始终未改。欧阳修撰写的《范公神道碑铭》云："公少有大节，于富贵贫贱毁誉欢戚，不一动其心，而慨然有志于天下，常自诵曰：'士当先天下之忧而忧，后天下之乐而乐也。'"可见，"先天下之忧而忧，后天下之乐而乐"，这正是范仲淹一生尤其是仕官生涯中始终奉行的行为准则。

范仲淹的"先忧后乐"思想来源于孟子的"同忧同乐"思想，所表达的"忧乐"思想境界远远超过了孟子。范仲淹的这个观点，并不完全是他自己的凭空创造，而是对孟子思想的继承和发展。儒家文化到孟子时期对忧与乐的阐述就更加明确，他在《孟子·梁惠王下》中说："乐民之乐者，民亦乐其乐；忧民之忧者，民亦忧其忧。乐以天下，忧以天下，然而不王者，未之有也。"这样的理念将个人的忧思正式与国事民生结合起来，这也形成了范仲淹心中"先天下之

忧而忧，后天下之乐而乐"思想的直接来源。孟子主张的仁
政王道，始终贯彻着关注同情平民大众的基本立场，始终以
平民大众的生存状况作为衡量政治好坏的最高标准，体现了
一种人民性的政治理念，形成了"以人为本"的优良政治
传统。范仲淹著名的"先天下之忧而忧，后天下之乐而乐"
的忧乐观，其思想源泉出于孟子。乐民之乐，忧民之忧，这
是"忧乐精神"的核心所在，先忧后乐正是其价值的呈现。
但问题是，范仲淹的名言为什么比孟子的更为家喻户晓呢？
这是因为：从理念上来说，孟子主张的是同忧同乐，而范仲
淹提出的更为彻底，不是同忧同乐，而是先民而忧，后民而
乐。从情感上来讲，孟子以逻辑的演绎见长，所说的完全是
道，而范仲淹的情感和理性，情与志的交融见长。从句法上
来看，孟子"乐以天下，忧以天下"的句法还比较简单，句
子结构相同，只有开头一个字，在语义上是对立的。而范仲
淹的在结构上也是对称的，但语义的对立是双重的。第一重
是"先天下"和"后天下"，第二重是"忧"和"乐"，意
味更为丰富，强化了情理交融，情志互渗，构成了该文的最
亮点、最强音，一唱三叹的抒情韵味。在评价历史得失时，
人们往往把官员道德水平的高低作为衡量一个时代政治文明
程度的重要标准。司马光在《资治通鉴》里分析智伯无德而
亡时写道："才德全尽谓之圣人，才德兼广谓之愚人，德胜
才谓之君子，才胜德谓之小人。"范仲淹从"古仁人之心"
的角度出发提出了"先忧后乐"，并且自己一生执着追求。
"先天下之忧而忧，后天下之乐而乐"，这是范仲淹对孟子
宝贵思想的高度总结。他将"乐以天下，忧以天下"的思想
进一步发展为"先天下之忧而忧，后天下之乐而乐"，就是

要超越个人的忧乐，以天下为己任，以利民为宗旨，不论外界环境如何变迁，心中这份永恒的信念始终不会动摇。

3. 如何看待范仲淹的"先忧后乐"、孟子的"同忧同乐"和石煌远的"先乐后忧"

有一种财富叫精神，有一种高贵叫文明。一个国家的强盛，离不开精神的支撑；一个民族的进步，有赖于文明的成长。而一个国家、一个民族的富强和进步，则需要精神、文明双支撑。现在，我们如何看待宋代范仲淹的"先忧后乐"、孟子的"同忧同乐"和当代石煌远的"先乐后忧"的思想呢？

先忧后乐：这是范仲淹在《岳阳楼记》中写的，也是范仲淹一生的追求。正如欧阳修为范仲淹写碑文时所说，他从小就有志于天下，常自诵曰："士当先天下之忧而忧，后天下之乐而乐。"这是范仲淹一生的行为准则。"宁鸣而死，不默而生"，身处高位也不为私而放弃直言劝谏的处事方法，这就是范仲淹的朝学哲学。一个人要做到先忧，必须有胆、有识、有志，固然不容易，而一个先忧之士，当他建立了功勋之后才能后乐，才更加可贵。范仲淹的忧与乐能够尽显君子之风和哲学之思，他的忧，忧的是天下百姓之苦；他的乐，也是为百姓安定、生活富足的欣慰之乐。但同时，也表述了忧与乐的相互转化的想法。在《上执政书》一文中，他就阐述了自己对二者的辩证看法："否极者泰，泰极者否，天下之理，如循环焉。"贪图享乐则乐而生忧，常忧民事则因民安而生乐，这是范仲淹对帝王的劝谏，更是他对天下官员和文人士子的劝告。但是这里的人生哲理，是很理性的，而且是带着哲学形态的，忧和乐是对立的，但在一定条件下，矛盾是可以转化的，也就是先天下和后天下。"忧"是永恒的，"乐"是有限的，在一般情况下，个人乐是没有合法性的，但是天下人乐了我就可以乐了。所以从忧愁和欢乐在一定条件下走向反面来说，这种正反两面都兼顾到了，很全面，很辩证，很具有哲理性④。当然范仲淹所说的"先天下之忧而忧，后天下之乐而乐"，他的具体政治内容，他的忠君思想是时代和阶级的局限。但这两句所体现的精神，那种吃苦在前、享受在后的品质，在今天仍有教育意义。这是作者的政治理想，也是其待人处世的人生哲学，充分体现了中国古代正直文人和有作为的政治家的胸怀和操守，给人一种深沉、凝重的人格力量和积极奋发的进取精神。这应该是一个人，特别是共产党人做人处事的最高准则。

同忧同乐：这是孟子仁政思想的重要内涵。孟子说："古之人与民偕乐，故能乐也。"（《孟子·梁惠王上》）认为只有与民偕乐，才是真正的乐。又云："今王与百姓同乐，则王矣。"（《孟子·梁惠王下》）君主只有与百姓同乐，才能真正实现王天下。他认识到国家的治乱，天下的安危，其根本所系既不在天，也不在君，而在民。其思想大致有三个层面，首先是与民共享，否定君王的独享特权，使经济发展的成果与民同乐；其次是保民所有，保障人民的合法财产；最后是恤民疾苦，关爱弱势群体。所谓"与民同乐"，最基础的便是物质上的共享。"乐"字，是说一种情感，物质共享化的最终目的也是情感的共享化。他常与王言乐，劝其与众乐乐，以管籥之音、羽旄之美的例子来述"与民偕乐"的重要性。但就孟子的立场而言，"与民同乐"更多的是为了国家的稳定、君主政权的巩固，为了树立起君王的威信，借民做水载舟，使社稷富强长久。可见，孟子的"与民偕乐"思想是中国传统政德思想的宝贵财富。时至今日，人生到底为什么要奋斗？这是经常听到不少人说到的一个话题，人活着是需要努力奋斗的，不奋斗就难以生存。关键是为谁奋斗？为自己活得快乐、为家庭过得幸福、为社会和谐而奋斗，如此奋斗才是有意义和积极的人生。这类人"为谁奋斗"的思想中所蕴含着孟子"同忧同乐"的价值和内涵，既是理想的，又是现实的，既是宏大的，又是具体的，既有其时代特征，又具有永恒价值。千百年来，孟子"同忧同乐"的思想深入人心，并对中国人产生了非常深远的影响。所以，孟子"同忧同乐"的思想，即使我们今天做人为官处事都要从中吸取有益的智慧和营养。

先乐后忧：这是湖南著名的词作家石煌远（1946—2019）在为2007年湖南旅游节主题歌《千古岳阳楼》中提出来的："先忧而后乐，先乐而后忧，洞庭天下水，岳阳天下楼。"⑤ 石煌远是湖南沅陵县人，是著名歌曲《八百里洞庭我的家》的歌词创作者，应该说是一个名人。他的这首歌词也写得很好，歌词优美，意境深远，回味深长，继承发扬了范仲淹《岳阳楼记》中的"先忧后乐"的思想精神，对现实做出了新的思考，借景抒情，借古述怀，是思想和时代碰撞的产物。问题是歌词中的"先乐而后忧"错了没有？当时有一些争议，我们想请作者修改一下。作者认为，"先忧而后乐，先乐而后忧"，这是对两个不同层次人群的要求，对要求高一点的人群要做到"先忧而后乐"，对要求低一点的人群，则要做到"先乐而后忧"。对人要因人而异，分别要求。毛泽东曾给同学邹蕴真写信时说过："世界上有三种人，损人利己的，利己不损人的，可以损己以利人的，自己的母亲便属于第二种人。"⑥"先乐后忧"的人，应属毛泽东讲的第二种人。我对"先乐而后忧"理解和认识的基础有四点：俗话说，"人不为己，天诛地灭"；"上半夜想自己，下半夜想别人"；"人人为我，我为人人"；"先富帮后富，让少数人先富起来，然后再共同致富"。应该说，"先乐后忧"最起码的要求是利己而不损人。孔子说："君子坦荡荡，小人长戚戚。"我们怕的是乐了不去想别人，没有一点"忧"的意识，只考虑自己，而不考虑别人的死活，甚至丧失自己的良心去想事，去干损害别人的事情。因此，这"先乐后忧"应该是一个普通人做人处事的道德标准和行为底线。

　　这启示我们：不能孤立片面地看待"忧乐"中谁先谁后的问题，而应"因人而异"，找准发力点，必须从一点一滴做起，成为每个单位、每个家庭、每个人的自觉行动，将点滴努力凝集起来，才能收获显著的社会生态效益。无论是"先乐后忧"，还是"同忧同乐"和"先忧后乐"，"忧"和"乐"的顺序排列，实际上都成了检验一个人、一个官好与坏的试金石，也成了一个永恒的政治话题。范仲淹以其伟大的一生与千古绝唱的《岳阳楼记》，在中国历史上塑造了关心国家命运、情系百姓忧乐的光辉形象，先忧后乐思想成为引领当代社会和谐的宝贵精神财富。那么，就让我们把"先乐后忧""同忧同乐"的忧乐观提升到"先忧后乐"的思想境界上来，一个人做人把"先乐后忧"做到恰如其分是真君子，把"同忧同乐"做到恰到好处是大智慧，把"先忧后乐"做到恰如其分，是高境界。总之，我们无论做一个什么样的人，都应该有益于人民和有益于社会。

4. 范仲淹《岳阳楼记》"思想三境界"的时代价值和现实意义

"不以物喜，不以己悲。""居庙堂之高则忧其民；处江湖之远则忧其君。是进亦忧，退亦忧。""先天下之忧而忧，后天下之乐而乐"三重思想境界组合成了范仲淹的"忧乐思想"，或"范公精神"。这三重思想境界不只在文学层面茹古涵今，丰富多彩，从政治思想角度来看，也是内涵丰厚，风姿绰约，兼具了政治与文学的两重内涵与双向价值。我认为他对我们今天做人做事做官至少有四点极其重要的现实意义和价值。

新时期弘扬范仲淹"忧乐思想"，对于我们党在新的历史时期不忘初心，发扬先进经验，保持纯粹性，永葆自身的朝气和活力，无疑具有极其重要的现实意义和价值。从《岳阳楼记》可以看出作者范仲淹的为人，《岳阳楼记》也是他的品行的写照。写此文的时间是1046年，是他逝世前6年。这时他被免去参知政事（副宰相）的职位，出知邓州。从此转徙职，没有再回朝廷。但他一生以天下安危为己任，正如他在《岳阳楼记》中所说："居庙堂之高则忧其民；处江湖之远则忧其君。"这时正是他"退亦忧"的时候，北宋王朝建立已将百年，社会矛盾日益尖锐，积弊深重；在辽和西夏的威胁下，内外交困，锐意改革的他却遭到了政敌的攻击和排挤。对于一个志士仁人来说，个人的升沉事小，国家人民的艰危不能不使他忧心忡忡。因此，他在《岳阳楼记》中发出"噫！微斯人，吾谁与归！"的深长叹息，倘若没有这种人，我追随谁去呢？这叹息也是对有志于匡世救民的人士的深情呼唤，表示了对这种人的向往和敬慕。不仅如此，他本人还躬身实践，据《宋史》记载，他为官清廉、生活简朴，一生中确实为老百姓做了很多有益的事情，以至"死之日，四方闻者皆为叹息"。这说明他是这么说的，也是这么做的，言行一致。我们从范仲淹的身上得到了有益的启示：这样一个封建官吏，当他受到打击时，尚能不改变初衷，毅然守志，今天我们共产党人那就更应该以天下为己任，把党和人民利益放在首位，把自己的一生献给党和人民的事业。

新时期弘扬范仲淹的"忧乐思想"，对于我们坚持以爱国主义为核心，事事以国为本，以国为重，牢固树立国家利益高于一切的观念，也具有十分重要的意义和价值。范仲淹心忧天下，以身许国，自从成为朝廷命官，"每感激论天下事，奋不顾身，一时士大夫矫厉尚风节，自仲淹唱之"。但范仲淹和滕子京一心为国却遭谗被贬的共同体验，是形成范仲淹《岳阳楼记》中爱国主义"忧乐情怀"的现实基础。可见，"先忧后乐"观有着强烈的爱国主义情怀，自古至今仍然发挥着超时代的思想光辉。自古以来，在不少的志士仁人中涌现了很多忠君、爱国、忧民的典范，从先秦时代的弦高救郑、屈原投江，到宋明时期的岳飞抗金、史可法殉国，再到近代的林则徐焚鸦片、谭嗣同英勇就义、孙中山和共产党人革命救国、抗日战争时期中国人民英勇奋斗，留下了无数可歌可泣的爱国事迹，值得我们后人敬仰。今天，我们应该怎样爱国？爱国从来不是抽象的，它包含着丰富的内容，而且每个时代都有不同的要求，对于今天的中国人来说，爱国最起码的就是热爱国家的领土，最核心的就是要热爱中国人民，最重要的就是拥护中国共产党的领导，热爱社会主义，最基本的就是要全面深入培育和践行社会主义核心价值观。只有这样，才能算是一个真正的爱国者。

新时期弘扬范仲淹"忧乐思想"，对于我们为党尽责，为人民服务，甘于奉献，也无疑具有极其重要的现实意义和价值。"先天下之忧而忧，后天下之乐而乐"这两句话，好就好在一个"先"字，妙就妙在一个"后"字上，它的本义是：应当在天下人忧愁之前就先忧愁，在天下人都享乐之后才享乐。用现在的话说，就是苦在人先，甘在人后。这应当是当今共产党人最本质的特征之一，是诠释为人民服务的具体行为体现。共产党人是为人民服务的，中国共产党从诞生之日起，就把奉献鲜明地写在自己的旗帜上，党的历史就是一部奉献史。为人民服务不是一句口号，关键是"为"。作为一个共产党人，一要培养为人民服务的情怀。人民情怀是中国共产党最鲜明的执政本色，只有不断涵养"为人民服务"的情怀，服务就意味着奉献，没有奉献精神，服务就没有积极性、主动性和创造性。要做好为人民服务的工作，没有吃苦耐劳的作风，没有无私奉献的精神是难以胜任的。必须要有一种不图名、不图利、默默无闻、忘我工作的精神境界，才能做到奋斗目标奔人民而去，手中权力为人民所用，根本利益为人民所谋，为人民群众办实事、做好事、解难事，只要是有益于人民的事，就要勇于担当，勤勤恳恳，任劳任怨，做党和人民的"骆驼"。二要树立为人民服务的理念。为官者要坚持群众路线和群众观点，时刻保持一心为民、心系群众的公仆情怀，心中常思百姓之苦，脑中常思富民之策，真心实意为百姓谋福祉，抓住人民群众关心和期盼的事，防范和纠正人民群众反对和痛恨的事，力求达到人民群众拥护、赞成、高兴，使党和人民的事业永远顺应民心民意。三要提高为人民服务的自觉性。空谈误国，实干兴邦。一方面要立足当下，解决群众"急难愁盼"的具体问题，从最困难的群众入手，从最突出的问题抓起，从最现实的利益出发，一个难题一个难题地攻克，一个问题一个问题地解决，不贪虚功，务求实效。另一方面要着眼未来，完善民生保障体制和机制。积极采取针对性更强、覆盖面更广、作用更直接、效果更明显的举措，帮助群众解决难题，为群众增福祉，让群众得实惠。一句话，为人民服务没有终点，只有连续不断的新起点。在新的时代，共产党人理应继承前贤的思想精神，涵养新时代的忧乐精神，把这种时代忧乐精神内化于心，外化为谋事创业、改革创新的具体行动，努力创造经得起实践、人民、历史检验的实绩。从而报效祖国，造福人民，无愧于这个伟大时代。

新时期弘扬范仲淹的"忧乐思想"，对于我们始终树立忧患意识，淡泊名利，加强廉政建设，也具有十分重要的意义和价值。范仲淹虽然历任多职，但对自己及家人生活严格要求，一生清贫。他用自己的实际行动践行了其"忧乐思想""不以物喜，不以己悲"，这既是积极的人生态度，又是淡泊人生的境界。"后天下之乐"体现了为官者无私奉献的精神，为官者手中的权力使得他们更有机会和便利优先获得物质享受，不"先天下"而乐已属不易，还要做到"后天下"而乐，这其实就是对为官者清廉奉献的道德要求。一个国家，一个地方经济越是发展，为官者越要弘扬艰苦奋斗的精神，廉洁奉献的精神过去是，现在是，将来也是一个为官者立党为公、执政为民的基本保证，他们只有涵养良好的心态，提升人生境界，才能始终保持定力，不为物欲所动，不因小利失节，在为党和人民事业中成就精彩人生。可是，当前少数为官者由于缺乏淡泊人生境界，耐不住寂寞、守不住清贫、经不住诱惑，为政不廉，窝案、家族式腐败现象频出，收受贿赂数额巨大，结果一失足成千古恨，教训极为深刻，严重损害了党在人民心中的形象。因此，范仲淹"忧乐思想"中"后乐"精神是当前官德教育急需加强的内容，领导干部只有加强自律，廉洁奉献，始终牢记"两个务必"，才能坚决抵制奢靡之风。我们应当习惯于过一种简单的生活，追求精神上的富足。要有一颗平常的心，做一个普通的人，以豁达的胸怀看待进退，以超然的境界对待名利，"不以物喜，不以己悲"，得之怡然，失之泰然，做一个有境界、知进退的人。

思想就是力量，真理力量跨越时空。一篇好的文章不仅要有思想，而且一定要有教育意义。但这种教育不是说教，不是唱高调，而是能启发人的哲学思考，这正是梁衡所说的"散文的哲理之美"。法国作家巴尔扎克说过："一个能思想的人，才真是一个力量无边的人。"思想对个人的成长和进步有着重要的意义，思想的力量决定和影响着人生。《岳阳楼记》虽是为岳阳楼题记，实则是范仲淹在立言传道。对于《岳阳楼记》"思想三境界"的不同解读，引发出对文章主题及意义的不同阐释。可以说，所有这些阐释，从不同角度、不同方面，共同构成《岳阳楼记》的思想文化内涵和主题，即"先天下之忧而忧，后天下之乐而乐"成为传世经典之言。作者的思想境界往往决定了作品的高度，看看范仲淹

《岳阳楼记》所体现的精神追求，就能推测出，也许只有范仲淹这样"有史以来天地间第一流人物"，才能写出《岳阳楼记》这样的旷世绝唱。《岳阳楼记》的著名，主要在于思想境界的崇高，真是范公忧乐思想在，光芒万丈长。从而为《岳阳楼记》注入了思想，为岳阳楼注入了灵魂。由此可见，我们无论是做人、做事、做官都要铭记范仲淹的"思想三境界"。

注释

①梁衡：《文章为思想而写》，《我的阅读与写作》，北京联合出版社，2016年3月第1版。

②牟永生：《范仲淹忧患意识研究》，南京大学出版社，2014年5月第1版。

③上官木：《宁鸣而死，不默而生：透过〈灵乌赋〉看范仲淹的"忧乐"思想》，《爱读书》，2020年3月2日。

④孙绍振：《审美阅读十五讲》，北京大学出版社，2013年8月第1版。

⑤石煌远：《千古岳阳楼》，2007年湖南省旅游节主题歌。

⑥见微知著防微杜渐：《俄罗斯解密的这份毛主席的个人履历表，纠正了我们的那些错误认识》，今日头条，2022年1月19日。

第九章

《岳阳楼记》的艺术成就

范仲淹的《岳阳楼记》是为思想而写，也是为美而写的。写文章的人分为两类，文章也有两类，即"道德文章"和"文人文章"。中国的传统很重视"政治文章"。政治家为文，是用个性的话说出个性的思想（如诸葛亮说出的"鞠躬尽瘁，死而后已"，毛泽东的"帝国主义和一切反动派都是纸老虎"）。文人文章往往求"美"而不求"理"，是以个性的语言说出常态"美"有余而理不足（如王勃的"落霞与孤鹜齐飞，秋水共长天一色"，《滕王阁序》也是名传千古之作）。我相信，美的力量丝毫不亚于思想的力量，有时甚至比思想的力量更加强大。真正的文章大家，由政治家、思想家出身的多，而专攻文章，以文为业的反而少。范仲淹是一个政治家、思想家、学者，也许他从来就没有把自己当作一个作家。后人在排唐宋八大家时，他也无缘入列，但却给了我们一个启示：每一个政治家都有条件写出大文章。《岳阳楼记》既是一篇"道德文章"，又是一篇"文人文章"。就艺术而论，《岳阳楼记》是一篇绝妙的美文，既吸收了前人好的写法，又有发展变化，又因有创造，并取得了很高的艺术成就，所以成为名篇。主要有五大特色：

一、角度新颖，避熟就生

文贵创新，文贵独创。岳阳楼之大观，前人为之抒情赋文已经说尽了，再重复那些老话还有什么意思呢？遇到这种情况有两种方法：一个方法是做翻案文章，别人说好，我偏说不好；另一个方法是避熟就生，另辟蹊径。别人说烂了的我不说，换一个新角度找一个新的题目，另说自己的一套。范仲淹选择后者，开拓新的写作角度，说出新话，写出"古仁人"不同于"迁客骚人"的宏大抱负。突出表现在三个方面：

一是由正而反，写出"迁客骚人"的人生态度。清人余诚云：此篇"通体俱在谪守上着笔"，提出了从"贬谪"来解读本文的角度。滕子京当时贬知巴陵郡，而范仲淹亦谪居邓州，均属"迁客"兼"骚人"。从贬谪文学所表现出来的心态看往往是复杂矛盾的，作者们常在愤懑之余，徘徊于超世和用世之间，重新思考自己的人生观、价值观。从历史上看，古仁人在朝做官高居要职，则为人民忧虑，去职为民退处江湖，则为国君担忧：他们进也忧，退也忧，"不以物喜，不以己悲"，不论在什么境遇下，都为国为民担心忧虑；迁客骚人见哀景则"忧谗畏讥"，见乐景则"宠辱偕忘"。两种思想境界，谁高谁低，谁堪效法，谁不足为训，泾清渭浊，何其鲜明！在社会生活中，确有不少的迁客骚人油然流露对退守独善、洒然尘外生活的向往；而范仲淹的《岳阳楼记》则属另一类。文章既有忧谗畏讥的痛苦郁愤，也抒发了忘怀人事的出世之想，但占主导的是一种强烈的责任心和自觉的使命感。在仕途失意，报国之志难伸的情况下，文中没有流露出怅然寄情山水的情怀，仍一如既往保持积极的人生态度，进入对作者奉为楷模的"古仁人之心"，以"居庙堂之高则忧其民；处江湖之远则忧其君"发一声长感慨，"是进亦忧，退亦忧"，始终不离一个"忧"字，说明作者的主观感受和体验高人一筹。作者就是根据这样的"忧"写出了忧国忧民之心的"乐"，体现了这位古代正直政治家坚定不移的信念和博大的胸襟。

二是由宾而主，写出"迁客骚人"的览物之情。历史上绝大多数的迁客骚人在文体上也往往与山水亭阁记相结合，寓情于景，通过细腻独到的写景，来一吐心中之块垒。而范仲淹却巧妙地避开楼不写，而去写洞庭湖，写登楼的迁客骚人看到洞庭湖的不同景色产生的不同感受，以衬托最后一段所有"古仁人之心"。范仲淹的别出心裁，不能不令人佩服。一篇写景的散文怎么能离得开自然风物的描绘呢？文章虽题为记，但重点不在于此。作为大手笔的范仲淹，是不肯让这个使岳阳楼之所以成为胜地的洞庭湖不放在描绘的中心位置的。于是，他立足岳阳楼，将洞庭湖置于楼的视野之下，这样使楼湖一体，楼成为望湖之楼，湖成为附楼之湖。

文章铺陈排比，瑰丽奇濡，将洞庭湖上景象写得精彩纷呈，淋漓尽致。这种浓墨重彩的描写和第一段简括约略、惜墨如金的笔法形成明显的反差。第三、四两个自然段盛赞湖光山色的文字，从表面看，中间三段花如此多的笔墨描写洞庭湖，似乎有喧宾夺主，本末倒置之嫌，其实并不然。这些不但确是楼头远眺之景，而且绾以两句"登斯楼也"，牢牢抓住了题目，显出楼是主、湖是宾，喧宾不夺主，反而突出了主。从全文看，这些景物描写和感情刻画实际上起到了具体论据的作用，是为揭示主题服务的。这便是《岳阳楼记》写景所取角度上的特点。

三是由记而论，写出"迁客骚人"的政治主张。《岳阳楼记》名为记，应为"纪事之文"，实际上是议论文——独特的议论文。本文只有第一段是"纪事"，中间几段大部分是"写景"，最后一段是"议论"，范仲淹把"纪事""写景""议论"冶于一炉，是作者的一大创新。写议论文通常先提出论点再摆论据，而这篇文章的论点却在最后，即"先天下之忧而忧，后天下之乐而乐"①。他把丰富的思想熔铸到短短的两句话中，字字有力。这个论点是通过反对"情随物迁"，对迁客骚人的否定树立起来的，正显示了作者的创造性。全文记叙、写景、抒情、议论，动静相生，明暗相对，文词简约，音节和谐，用排偶章法作景物对比，成为杂记中的创新。

这些新角度的选择，范仲淹避开了别人这样说这样写，而他就偏偏不这样说这样写，让逆向思维产生出了比顺向思维更大的艺术冲击。由此可见，逆向思维使文章更具有生命力。

二、立意高远，意蕴深刻

精于立意，凡文以意为主。文章优劣关键取决于思想内涵的深度和高度，即立意是否高远，意蕴是否深刻？写作需要思想、需要情感，光有情感而没有思想，文章的高度上不去，文章没有引领价值。思想引领非常重要，一篇文章只有融入思想，才能活起来，才有了灵魂。但一篇文章也不必有太多的思想，至少要有一句是有思想的，如果能像《岳阳楼记》那样，有三句话有思想，那就会给人一种思想的冲击。思想才能引领人生，思想也能够创造价值。读范仲淹的《岳阳楼记》，不难发现他是一个有思想的文学家，他已经达到和世间万物息息相通的境界。

《岳阳楼记》的崇高思想境界，在于立意高远，意蕴深刻。范仲淹否定了古人"达则兼济天下，穷则独善其身"的立身准则，继杜甫所说"穷年忧黎民"之后，从大政治家的角度进一步提出了"先天下之忧而忧，后天下之乐而乐"的光辉思想。②这篇文章虽属古代常见的亭台楼记文体，可是此文体现的思想境界可谓震烁千古，不断催人奋进，被人们作为激励自己的箴言和座右铭。这自然是这篇名作千古不灭的首要原因。

范仲淹的《岳阳楼记》在构思立意上独具匠心，按照自己的阅历、思想丰富了孟子忧乐思想的含义，从而给"忧乐"二字注入了新鲜血液，深刻地反映了他所处的时代，提供了超出前人的伟大思想。孟子讲"乐民之乐者，民亦乐其乐；忧民之忧者，民亦忧其忧。乐以天下，忧以天下，然而不王者，未之有也"。这是孟子劝谏君王要以天下百姓忧乐而忧乐，与民同乐，不要只顾自己享乐，而不顾百姓死活，表现他与民间同忧同乐的仁政主张。而范仲淹是站在古仁人角度，不管个人处境如何，都要忧国忧民，以国家和人民利益为重，忧在人先，乐在人后，把孟子的忧乐观推向了新的高度，这可以说是中国历史上对士人承担社会责任的首次明确阐述，是士人高扬主体精神的充分表现，是宋代知识分子积极参政、勇担责任的典型体现。这也标志着士人彻底从政治、经学附庸中解放出来，找到了个体的人生尊严和价值，可以看作是范仲淹对孔孟儒学的超越和发展。从《岳阳楼记》的思想境界来看，作者所追求的古仁人之心，则是"不以物喜，不以己悲"，跟六朝人和唐朝人的"以物喜""以己悲"不同，又开拓了新的境界，即"进亦忧"民、"退亦忧"君，最后归结到"先天下之忧而忧，后天下之乐而乐"。这是作者总结历代先贤和自己的从政经历后发出的大彻大悟的感叹，是作者奋斗一生的做人标准和政治理想的结晶。从而写出了高尚的志趣和崇高的思想境界，获得了言尽旨远的艺术效果。这就以一层高过一层的境界将文章推向前人所从未达到的思想高度，为中国士大夫阶层留下了为官的最高境界，也展示了一个以天下为己任的优秀政治家形象。科学家爱因斯坦在《我怎样看待世界》一文中说："我评定一个人的真正价值只有一个标准，即看他在多大程度上摆脱了'自我'，他摆脱'自我'又是为了什么？"作为"迁客"也作为"骚人"的范仲淹，以超越"小我"，认识"大我"，扩大自身，不把自己集中在自己身上，而把"天下"

集中在自己身上，并不局限于某一个国家或某一个民族，而是全人类，成为最想成为的人。这就是范仲淹和他的《岳阳楼记》真正的价值所在，是多么难得和可贵啊！诗有"诗眼"，文有"结穴"，这个警句就是本文的点睛之笔，它使整篇文章更加闪光生辉。这种"古仁人"的情操，体现了一种崇高的美，从而给人美的体验、美的享受、美的熏陶。

南宋初著名诗人王十朋在《读〈岳阳楼记〉》中认为，此文思想内涵超越了亚圣孟子："先忧后乐范文正，此志此言高孟轲。"《岳阳楼记》所达到的思想高度，是作者同时代人和现代人所不能企及的。

三、层次分明，结构井然

历代以岳阳楼为描写和歌咏对象的记文甚多，而范仲淹为岳阳楼写《岳阳楼记》的谋篇布局具有独特的艺术风格。这独特之处主要表现在结构安排和表达的处理上，如《〈岳阳楼记〉结构图》。

```
                作记缘由：谪守政绩……………………（叙事）
                        所观：洞庭全景…………………（融情于景）
        登楼观感        所感   感极而悲者矣（明）   对比（写景抒情）   引发照应
《岳阳楼记》                    其喜洋洋者矣（暗）
                        胸襟：不以物喜，不以己悲        主旨（议论抒情）
        慰勉抒怀        抱负   先天下之忧而忧
                             后天下之乐而乐
```

《岳阳楼记》结构图

《岳阳楼记》结构井然有序地分层铺写，如行云流水，顺理成章。全文368字，分五个自然段。第一段，说明作记的缘由。第二段，概括地叙述岳阳楼的风光，转到"迁客骚人"登楼览物时会引起的不同心情。第三段，写览物而悲者，写出因天气恶劣引起"迁客骚人"悲伤的感情。第四段，写览物而喜者，写天气美好生出欢乐的感情。第三、四自然段为两个排比段落，运用触景生情的写法，一阴一晴，一暗一明，一悲一喜，形成鲜明的对照。第五段，点明了文章的主旨。结合第三、四两个自然段的一悲一喜，指出自己更高的抱负来。第三、四自然段与第五自然段则用先抑后扬的写法，写景、抒情和议论紧密结合，情景交融，浑然一体。全文以"滕子京谪守巴陵郡"开头，以"微斯人，吾谁与归"收束，前后呼应，虎头豹尾、首尾圆合，形成严谨的整体。结构层次紧凑，开合起伏有序，段与段之间，紧密相连，互为补充，章法环环相扣，一层比一层深入，一层比一层酣畅，写得天衣无缝，实现了美的内容和美的结构的和谐统一。文章所焕发的是"形式感"自有的美，有如一次精密的零件组合，本身就弥散着"智者"那特殊的魅力。在谋篇结构上，无论是整体，还是部分，作者的"设计"达到了尽善尽美，成为经典艺术结构方式，大大增强了本文思想、艺术力量。这是《岳阳楼记》在艺术上的一大特点。

四、笔法奇妙，情理交融

《岳阳楼记》将叙事、写景、抒情和议论融为一体，事、景、情、论紧密结合，记事简明，写景铺张，抒情真切，议论精辟，言少意丰，生出无限咏叹之意，充分显示出《岳阳楼记》特有的审美价值。

善于写景。作者写景善于调动各个感觉器官，从不同角度发现山水之态，把水上、水下、湖面、岸边的景物信手拈来，组成画面。既有动物，又有植物；既有静态的景，又有动态的景，让人不仅用视觉看到赏心悦目的景色，而且用嗅觉闻到了沁人心脾的清香，体现了寓情于山水之间的雅趣，算得上写景能手。一是写景有序。先总体性描写，后具体描述；先写气势阔大，后写水势浩大；先写白天，后写晚上；先写天色，后写湖光；先写景，后抒情。作者丝毫不因豪情澎湃而致文次杂乱。二是状物得神。既有直接描写，又运用夸张、比喻、拟人等修辞方法，力求传达景物的真实面貌。《岳阳楼记》中的"若夫霪雨霏霏，连月不开""阴风怒号，浊浪排空"，表现坏天气，从大处落墨，选择了"霪雨""阴风""浊浪"，这三种反映雨季洞庭湖上特点的自然景象，分别用"霏霏""怒号""排空"描摹它们的状貌、声音、气势，绘形绘色绘声地写出了一个凄风苦雨，阴冷险恶的环境，给人天昏地暗、阴风惨惨的感觉；"至若春和景明，波澜不惊""上下天光，一碧万顷"，表现好天气，给人一种春光明媚万物欢欣的感觉；"虎啸猿啼"，给人一种阴森恐怖的感觉，引起人的愁苦之情；"沙鸥翔集"，唤起人一种自由闲适的感觉，能引起人欢快之情。诸如此类的写景能够利用典型的、鲜明的形象，以形成逼真的境界，使景色活现在读者的眼前。三是寓情于景。写景并不是作者的目的，其目的是因物起情，写出一般迁客骚人对此景的思想感情。作者没有强烈的情感，文章就不会亲切感人。作者在写景时，以景寓情，把自己的情怀灌注在里面，使情和景完全融在一起。范仲淹笔端不仅充满感情，而且擅长在写作中做到融情于景，情景融合，因而使《岳阳楼记》充满了神韵情调，文采飞扬，创造优美生动的艺术境地。比如，第二、四段写景抒情，即是带虚拟性的想象之词。第五段议论抒怀也是假借"古仁人之心"，也有虚拟成分，只是文章最后"吾谁与归"才轻轻落实。文章写景的笔触极为清新，无处不饱蘸着挚爱之情，对山、水、鸟、船、猿、虎，都是细致地写出它们的内在之神与外部特征，传神地点染了岳阳楼"四面湖山归眼底"的景物。四是景中有人。写景之文必须景中有人在，不把人放进去，风景便是死的，只有把人放进去才能生动。这个"人"应该要有"我"在，有作者的思想贯注其中。在客观呈现事物的同时，我的角度、我的声音、我的思想介入其内，体现出我的一种思考。比如，作者从湖上景象、动物禽鸟、人物活动上，一一构成对比，一明一暗，一乐一悲，分别衬托出悲喜两种心情，说明迁客骚人的思想感情随景而变，以此为下面议论进行铺垫。在描写笔法上，画图视听结合，动静结合，人景结合，写景写人，情景一体，极具感染力。那湖、那山、那晴、那阴、那天色、那湖光、那鸟兽、那人情……都在作者的笔下虚实相生，静动变幻的笔下重现出来，把秋景、春景、雨景、晴景、昼景、晚景……写得时时有景，处处有画，联成一个完美的艺术整体。这一幅"岳阳楼揽胜图"，有泼墨、有重彩、有勾勒、有皴擦，真可谓凝练神思，写尽巴陵胜状之妙。这是因为作者抓住了有代表性的景象。

　　善用对比。范仲淹在《岳阳楼记》中广泛和灵活地运用比较、反衬的手法，突出论述中心，加强文章的感染力。从形式上看，有段与段、层与层构成的对比。从内容上看，有景与景、情与情、人与人构成的对比；人与人的对比又有同类人物的类比和不同人物的反衬，如此等等。作者由巴陵向来是谪居之地这一点生发感想，概括了古往今来迁客骚人在登楼时因阴晴变化而产生的悲喜之情。但无论是"去国怀乡，忧谗畏讥"而悲，还是为"心旷神怡，宠辱偕忘"而喜，都是因外物而感，为自己而发。对两种不同人物的比较，突出了两种不同的览物之情；两种览物之情的比较，突出了迁客骚人以物喜、以己悲的悲喜感。比如，《岳阳楼记》写景的第三、四自然段，全部用的对比写法。这两段文字描绘了两幅互相映照的图画：一幅是洞庭湖风雨图，另一幅是洞庭湖清明图。写天气，一方面是阴，一方面是晴；写湖面，一方面是"浊浪排空"，一方面是"波澜不惊"；写人物的活动，一方面是"商旅不行"，一方面是"渔歌互答"。两种景色和两种心情对比叙写，因物变而情迁，归结为一悲一喜。这样互相对照，悲的就显得更加可悲，喜的就显得更加可喜了，达到了鲜明对比的艺术效果。③作者表现手法实在高超，可以看出范仲淹在景物描写方面的杰出成就。

善言议论。写景与议论虽是两副笔墨，但文章的内在气脉却是相通的。全文分为三大块，记叙、写景和议论就如水乳交融，完全化为一体。《岳阳楼记》不是一般的写景文字，尽管它写景状物具体而精细，渲染气氛真切而又生动。作者所要写的是不同境界的人对景物的不同感受，对客观环境的不同态度。"不以物喜，不以己悲"否定、超越了前两段所写的两种览物之情，从而表现出一种更高的思想境界：

以天下之忧乐而忧乐。正是这样，他那崇高的人格、宽广的胸怀得到了充分的表现。文章的重心第五段，主要表达"先天下之忧而忧，后天下之乐而乐"的思想。议论的部分字数不多，但有统率全文的作用，体现出作者感受、观察、分辨和评价对象的意识和感情态度，以及传达对象的表现能力。一句话，作者把自己摆进了所描叙的对象，情因景生，生得自然，由悲转喜，由忧转乐，波澜分明。文章忽而写景，忽而抒情，忽而议论，转换变化，情文相生，情中含理，理中含情，各臻其妙，各有其趣，表明了作者圆熟灵脱的卓越的语言艺术。此文着眼于"悲""喜""忧""乐"四字，将登楼者览物之情写出悲喜二意，后文又引出为国为民的忧和乐，不是细细叙述，而是发以高论，实忧君爱国，宰相之文。清唐德宜《古文翼》卷八评论说道：《岳阳楼记》"撇过岳阳之景，专写览物之情，引起忧乐二意，又从忧乐写出绝大本领。从来名公作记，未有若此篇之正大堂皇者，可想见文公一生节概"。

五、语言精美，词达理举

文学是语言的艺术，写作就是写语言。一篇散文除了它的内容外，往往以语言取胜。正如明末清初的贺贻孙所说："文章贵有妙语，而能悟者必有古人文集之外，别有自得。"《岳阳楼记》词切意畅，娓娓道来，无矫饰之弊，又工于对称，不乏佳言丽句，臻于炉火纯青之境。既有图画美，又有音乐美；既有对仗美，又有散文美。语言优雅蕴藉，有一种难以言表的文趣，一种独特的风格，集中反映了作者的非凡才华。

精美绝伦的文辞。这篇《岳阳楼记》的文字，称得上字字斟酌，千锤百炼。在审音选字上，十分讲究，措辞精准，用语精辟，写得生动、形象、逼真，作者锤炼字句的功夫很深。如，"碧"状天空，"锦"状鱼儿，"郁郁青青"状青草，"皓"状明月，"金"状波色，"岸芷""汀兰""沉璧"等美丽的词语，反映出岳阳楼前的景物特征。可见，作者善用比喻，取喻状物新巧自然，善于抓住描写对象的特征，写出视觉的全新形象，使人感到惟妙和可爱，引发读者的联想，这就增加了文章的艺术效应。在提炼字句上，精炼简约，具有高度的概括和提炼升华能力。如"衔远山，吞长江"这两句的"衔"和"吞"字，恰切地表现了洞庭湖浩瀚的气势；"不以物喜，不以己悲"简洁八字句，像格言一样富有启示性。"先天下之忧而忧，后天下之乐而乐"，把丰富的意义融到短短的两句警语中，字字有千钧之力。《岳阳楼记》"忧乐"二字的主题十分鲜明，语言含蓄，文字精炼，可谓言简意赅。在笔墨使用上，什么地方详写、具体写，什么地方略写、概括地写，时而浓墨重彩，时而惜墨如金，一切都在作者的掌控之中，该详则详，该略则略，详略得当，择事而从之，令人读来一目了然。文章的开头用概括的写法，指出"此则岳阳楼之大观也，前人之述备矣"，就不再细致写了。写滕子京的政绩，只用了"政通人和，百废具兴"八个字，就概括无余。写自己，只是"噫！微斯人，吾谁与归！"一感叹，一反问，全文至此，戛然而止，耐人寻味，发人深思。

骈散结合的句式。骈文讲究排偶、声律、藻饰，散文则不拘长短，自由灵活。两者结合，使文章既整饬严密，句丽辞畅，又开阖自如，议论纵横。《岳阳楼记》虽然是一篇古文，但并没有排斥骈文的优长，而是结合运用赋体、散体及传奇体于古文中，笔法多变，吸收了许多骈文的对仗手法，以骈语状物绘景，以散句记事议论，各摄其优，韵白相间，整齐而又错落，并穿插了许多四言的对偶句，如珠走玉盘。写景多用骈句，如"衔远山，吞长江""阴风怒号，浊浪排空""日星隐耀，山岳潜形""沙鸥翔集，锦鳞游泳""长烟一空，皓月千里""浮光跃金，静影沉璧"等句子，平仄调和，对仗工稳，有利于对景观作跨越时间和空间的自由概括，使文章流露出雄浑的气势。骈句平衡整齐，结构匀称，节奏明快，看来悦目，听来爽耳。这些骈句为文章加强音节之美，增添了色彩。记事议论则用散句，如"庆历四年春，滕子京谪守巴陵郡"，"噫！微斯人，吾谁与归！"散句富有变化，感叹、疑问配合有致，短句长句自然生动。④骈散结合，跌宕多姿，情趣盎然。从全文看，首属为散体单行之笔，中间为有韵之文，跟西汉大赋体相类似。一种文体吸收其他文体的因素，运用恰当可以拓展原有体制容量，把作者所需要抒写的内容表达得十分充分。其成就还在于对偶工整自然，骈散相间，自然天成，显得极为活泼流畅，文情并茂，无愧是"骈散合一"的美学典范。这在呆滞的骈文风行之时，是难得的富有新意之作，与作者擅长诗赋不无关系。

朗朗上口的韵律。从《岳阳楼记》看，范仲淹感情充沛，摄情于景，喜时则万物皆明，悲时则诸景皆黯，字字皆景而声声有情，时而喜，时而悲，时而抑，时而扬，时

而低沉，时而高昂，文章虽短而抑扬吞吐，曲尽其妙。其多
用短句，又注意长短交互运用，很富有变化，有一字句、
二字句、一二字句、四字句以及八字句，多变的语言自由而
活泼，跳动着灵动的音符，既保持了音律相协之美，又避免
了文字单调枯燥乏味之感，读来有促有缓，节奏分明。对于
景物的描写，注重采用对偶、音节、藻彩的写法来加强音节
之美，来丰富色彩。如"阴风怒号"四句、"长烟一空"四
句、"沙鸥翔集"两句，都是对偶。有的对偶还押韵，如
"明""惊""顷""泳""青""金"等。又讲词藻，像
称"鱼"为"锦鳞"、像摹状香和色的"郁郁青青"，像比
喻的"跃金""沉璧"等等，工于对仗，协和音律，富有节
奏感和音乐感。全文一气呵成，又有引人入胜之妙，无疑又
增添了此文的艺术魅力。读起来不禁使人感到朗朗上口，声
调铿锵有力，一唱三叹，易记易诵，常读常新。

　　总之，《岳阳楼记》围绕岳阳楼，叙事简单明了，议论
纵横排宕，抒情亲切感人，所见所闻所想交替行文，气脉流
畅，层次分明，骈体的句式，诗化的语言，调动了比喻、对
仗、排比、对比等多种艺术手法，使文章增强生动性和感染
力，颇有古文大家气象，所以被后辈写散文者视为范文。南
朝梁刘勰在《文心雕龙·神思》中说过："其思理之致乎？
故思理为妙，神与物游。"《岳阳楼记》一文正是如此，才
成为千古绝唱，万世流芳。古往今来，写散文的人很多，最
终出彩的人和文很少。为什么呢？因为没有思想，就没有精
神；因为没有精神，也就不能出彩；因为不出彩，所以无法
达到"美"的境界。《岳阳楼记》因写得有思想、有精神，
把平凡的东西写出了不平凡，就是出彩，从而使《岳阳楼

记》成了千古美文，岳阳楼也因这篇美文《岳阳楼记》，而成为人们向往的一个风景名胜地⑤。

注释

①霍松林：《谈〈岳阳楼记〉》，《笔谈散文》，百花文艺出版社，1980年3月第1版。

②何益明：《范仲淹与〈岳阳楼记〉》，《语文学习》，1978年第3期。

③张中行：《范仲淹的〈岳阳楼记〉》，《阅读与欣赏》第一集，1962年。

④《美哉！〈岳阳楼记〉》，查字典语文网，2015年12月13日。

⑤何林福：《思理为妙，神与物游——论范仲淹〈岳阳楼记〉的艺术特色》，《岳阳职业技术学院学报》，2016年第5期。

第十章

《岳阳楼记》的历史评价与影响

　　《岳阳楼记》问世于宋代，其中的忠君爱国思想，否定个人悲喜之情，恰恰符合程朱理学存天理、灭人欲的观点，从而使得程朱理学家都对范仲淹的《岳阳楼记》推崇备至。到了明清面临内忧外患，其对忠君爱国的呼吁可谓达到顶峰。再加上当时文人面对文字狱等思想禁锢，忠君爱国思想可谓是必不可少的文学主题①。到了近代，《岳阳楼记》被选入大中学语文课本，接受度越来越广，进一步扩大了作品的影响。

一、古代文人和当代伟人的评价

　　接受美学认为，读者都有一个属于自己的期待视野，即思维定向问题，这个期待视野要受读者，知识水平及当时社会文化背景等各方面的影响，这也造成文学评价的复杂性。《岳阳楼记》作为一篇千古美文，几经沉浮乃至被奉为经典的过程，不只其文采的优美，情意深沉，思想博大有关，更离不开不同时代伟人和文人品评鉴赏。

一篇好的文学作品总要从三个方面来评价它的好坏、优劣、高下、文野。散文作品也是这样的：一要看作品的思想内容是否进步正确；二要看作品的艺术形式是否完美；三要看作品是否经得起时代的检验和广大读者的认可和喜爱。范仲淹的《岳阳楼记》一文，无论从思想性，还是从艺术性及其作品的社会影响力来评判都是一篇难得的好文章。

对于《岳阳楼记》一文的研究，见仁见智。其评论文章很多，其中褒之者固然很多，然而贬之者也不少。他们的意见集中起来主要有三种说法：

一是认为是"传奇体"。《岳阳楼记》刚问世时，就在广为传诵的同时也产生了一些不同的看法。贬之者作为范仲淹的好友尹洙、欧阳修是最早对《岳阳楼记》提出批评意见的。欧阳修在《可斋杂稿》尤焴原序："文正《岳阳楼记》，精切高古，而欧公犹不以文章许之。然要皆磊磊落落，确实典重，凿凿乎如五谷之疗饥，与世之图章绘句、不根事实者，不可同年而语也。"据北宋诗人陈师道《后山诗话》云："范文正为《岳阳楼记》，用对语说时景，世以为奇。尹师鲁读之曰：'传奇体耳！'传奇，唐裴铏所著小说也。"②北宋王正德在《余师录》卷一也作如是说。尹洙所说的"传奇体"，即"用对语说时景"，就是通常所说的多用骈偶句来写景，《岳阳楼记》中的"若夫霪雨霏霏"，"至若春和景明"，两大段接近唐传奇体的风格，韵散相杂，文辞华艳。这种说《岳阳楼记》是"传奇体"的人，其本意并不是说《岳阳楼记》像传奇一样是小说，究其言大旨有三层意思，其一《岳阳楼记》具有"传奇"的文辞之美；其二指《岳阳楼记》虽篇幅不长，但却尽善尽美；其三是指范仲淹《岳阳楼记》运用对仗的骈偶句子。其所言"用对语说时景"一句，道出了唐传奇的骈体特性。清代金圣叹《天下才子必读书》卷十五云："中间悲喜二大段，只是借来翻出后文忧乐耳。不然，便是赋体矣。一肚皮圣贤地，圣贤学问，发而为才子文章。"这些名家对《岳阳楼记》的不同意见集中认为其是"传奇体"。

二是认为是"小说气"。欧阳修对《岳阳楼记》的文体评论也不高，"病其词气近小说家，与尹师鲁所议不约而同"。③据尤焴《可斋杂稿》序说："文正《岳阳楼记》，精切高古，而欧公犹不以文章许之。"④他们是从《岳阳楼记》的文体特征出发对其进行评论的，学术界对此也有异议，认为尹洙、欧阳修两人则是忌妒自己为滕子京所写的《岳州学宫记》《偃虹堤记》比不上范仲淹的《岳阳楼记》，而故作姿态。其实，他们三人都是好朋友，欧阳修是"北宋古文运动"和"诗文革新运动"的"领袖人物"，尹洙是其重要人物，范仲淹也是这场声势浩大的文学运动的提倡者和主要干将之一。欧阳修、尹洙对《岳阳楼记》不认可，完全是出于文学主张上考量的，提倡平实朴素的文风，主张文章要用于当世，反对"务高言而鲜事实"的文章。今人蔡毅则明确给以肯定评价："范仲淹作《岳阳楼记》，并未亲往，只凭借滕子京寄赠的一幅图画。调动自己过去的生活积累，'幻设'出这一篇洋洋洒洒的文章来。其间给景状物，揣摩人情，文思跌宕，波谲云诡，又似乎具有小说情节的气味。"同时，他又指出了尹洙和欧阳修批评的内涵不同。尹洙所谓"传奇体"即"用对语说时景"，主要指《岳阳楼记》的语言多用骈偶句式，韵散相杂，且秉笔缛丽，近乎唐传奇的作法。欧阳修所批评的不是骈俪语，而是"小说气"，即鲁迅先生所说传奇作者的"幻设为文"。⑤

三是认为是"模仿之作"。第一代读者的理解对以后的一代又一代产生了深远的影响。提到《岳阳楼记》，明代孙绪在《沙溪集》中说："范文正公《岳阳楼记》，或谓其用赋体，殆未深考耳。此是学吕温《三堂记》，体制如出一轴。""然《岳阳楼记》闳远超越，青出于蓝矣。夫以文正千载人物，而乃肯学吕之盛心也。"这里说的吕温《三堂记》即唐代人吕温在三门峡写的《虢州三堂记》⑥。现将全文援引如下：

虢州三堂记

应龙乘风云，作雷雨，退必蟠蛰，以全其力；君子役智能，统机剧，退必宴息，以全其性。力全则神化无穷，性全则精用不竭。深山大泽，其所以蟠蛰乎？高斋清地，其所以宴息乎？虢州三堂者，君子宴息之境也。开元初，天子思二《南》之风，并选宗英，共持理柄，虢大而近，匪亲不居。时惟五王，出入相授。承平易理，逸政多暇，考卜惟胜，作为三堂。三者明臣子在三之节，堂者励宗室克构之义，岂徒造适，实亦垂训，居德乐善，何其盛哉！然当时汉同家人，鲁用王礼，栋宇制度，非诸侯居。后刺史马君锡，因其颓堕，始革基构，丰而不侈，约而不陋，以琴尊《诗》《书》之幽素，易绮纨钟鼓之繁喧，惟林池烟景，不让他日。观其广逾百亩，深入重扃，回塘屈盘，沓岛交映，溟渤转于环堵，蓬壶起于中庭，浩然天成，孰曰智及。春之日众木花折，岸铺岛织，沈浮照耀，其水五色。于是乎袭馨撷奇，方舟逶迤，乐鱼时翻，飘蕊雪飞，溯沿回环，隐映差池，咫尺迷路，不知所归。此则武陵仙源，未足以极幽绝也。夏之日石寒水清，松密竹深，大柳起风，甘棠垂阴。于是乎濯缨涟漪，解带升堂，畏景火云，隔林无光，虚蔼沈沈，皓壁如霜，羽扇不摇，南轩清凉。此则楚襄兰台，未足以涤炎郁也。秋之日金飙扫林，蓊郁洞开，太华爽气，出关而来。于是乎弦琴端居，景物廓如，月委皓素，水涵空虚，鸟惊寒沙，露滴高梧，境随夜深，疑与世殊。此则庾公西楼，未足以澹神虑也。冬之日同云千里，大雪盈尺，四眺无路，三堂虚白。于是乎置酒褰帷，凭轩倚楹，瑶阶如银，玉树罗生，日暮天霁，云开月明，冰泉潺潺，终夜有声。此则子猷山阴，未足以畅吟啸也。於戏！不离轩冕，而践夷旷之域，不出户庭，而获江海之心，趣近愚解，迹同大隐，序阅四时之胜，节宣六气之和，贵而居之，可曰厚矣。若知其身既安，而思所以安人，其性既适，而思所以适物，不以自乐而忽鳏寡之苦，不以自逸而忘稼穑之勤，能推是心，以惠境内，则良二千石也。方今人亦劳止，上思乂息，州郡之选，重如廷臣。由是南阳张公，辍挥翰之任，受剖符之寄，游刃而理，此焉坐啸。静政令若水木，闲人民如鱼鸟，驯致其道，暗然日彰。小子以通家之好，获拜床下，且齿诸子，侍坐于三堂，见知惟文，不敢无述。捧笔避席，请书堂阴，俾后之人知此堂非止燕游，亦可以观清静为政之道。

　　对《岳阳楼记》是模仿之作的问题，今人李伟国作了非常深入的研究，将《虢州三堂记》与《岳阳楼记》作一比较。现将《〈虢州三堂记〉与〈岳阳楼记〉结构比较表》抄录如下（见表6）⑦。

　　这张表，简明扼要，却又清晰透彻，讲清楚了两篇"记"结构的相同点，也讲清楚了不同点，以及两者之间的关系，《岳阳楼记》的结构完全是从《虢州三堂记》中得到了启发。这两篇文章的写法的确比较接近，大体部分为缘起、四时之景和思想升华三个部分，写景又都有总写和分写，分写按季节。从结构上来说，《虢州三堂记》先是修虢州三堂的起因景观的基本构成，然后分写春夏秋冬四季景色。最后是发表议论，说道："不以自乐而忽鳏寡之苦，不以自逸而忘稼穑之勤。"这个结构的确与《岳阳楼记》相似。《岳阳楼记》没有描述四季，而是分别将雨天和晴天两种情景进行描述"若夫霪雨霏霏，连月不开……至若春和景明，波澜不惊……嗟夫！予尝求古仁人之心……"最后一段表达思想观点，则一详一略。据现存史料推测，滕子京在虢州工作时很喜欢"虢州三堂"景观，当然也喜欢吕温写的《虢州三堂记》。所以到岳州后，就仿虢州刺史张式邀请吕温写文一样向范仲淹求文，自然也会向范仲淹推荐吕温《虢

表6 《虢州三堂记》与《岳阳楼记》结构比较表

内容类型	《虢州三堂记》	《岳阳楼记》
缘起	应龙乘风云，作雷雨，退必蟠蛰，以全其力；君子役智能，统机剧，退必宴息，以全其性。力全则神化无穷，性全则精用不竭。深山大泽，其所以蟠蛰乎？高斋清池（或作地），其所以宴息乎？ 虢州三堂者，君子宴息之境也。开元初，天子思二《南》之风，并选宗英，共持理柄，虢大而近，匪亲不居。时惟五王，出入相授。承平易理，逸政多暇，考卜惟（或作佳）胜，作为三堂。三者明臣子在三之节；堂者励宗室克构之义，岂徒造适，实亦垂训。居德乐善，何其盛哉！然当时汉同家人，鲁用王礼，栋宇制度，非诸侯居。后刺史马君锡，因其颓堕，始革基构，丰而不侈，约而不陋，以琴尊《竹》《诗》《书》之幽素，易绮纨钟鼓之繁喧。	庆历四年春，滕子京谪守巴陵郡。越明年（一般理解为第二年），政通人和，百废具兴。乃重修岳阳楼（亦可理解为庆历六年），增其旧制，刻唐贤今人诗赋于其上。属余作文以记之。
四时之景	惟（虽）林池烟景，不让他日。观其广逾百亩，深入重扃，回塘屈盘，沓（或作水）岛交映，溟渤转于环堵，蓬壶起于中庭，浩然天成，孰日智及。 春之日，众木花折，岸铺岛织，沈浮照耀，其水五色。于是乎袭馨撷奇，方舟逶迤，乐鱼时翻，飘蕊雪飞，溯沿回环，隐映差池，咫尺迷路，不知所归。此则武陵仙源，未足以极幽绝也。 夏之日石寒水清，松密竹深，大柳起风，甘棠垂阴。于是乎濯缨涟漪，解带升堂，畏景火云，隔林无光，虚薨沉沉，皓壁如霜，羽扇不摇，南轩清凉。此则楚襄兰台，未足以涤炎郁也。	予观夫巴陵胜状，在洞庭一湖。衔远山，吞长江，浩浩汤汤，横无际涯；朝晖夕阴，气象万千。此则岳阳楼之大观也，前人之述备矣。然则北通巫峡，南极潇湘，迁客骚人，多会于此，览物之情，得无异乎？ 若夫霪雨霏霏，连月不开，阴风怒号，浊浪排空；日星隐曜，山岳潜形；商旅不行，樯倾楫摧；薄暮冥冥，虎啸猿啼。登斯楼也，则有去国怀乡，忧谗畏讥，满目萧然，感极而悲者矣。

（续表）

内容类型	《虢州三堂记》	《岳阳楼记》
四时之景	秋之日，金飙扫林，翳郁洞开，太华爽气，出关而来。于是乎弦琴端居，景物廓如，月委皓素，水涵空虚，鸟惊寒沙，露滴高梧，境随夜深，疑与世殊。此则庾公西楼，未足以淡神虑也。冬之日，同云千里，大雪盈尺，四眺无路，三堂虚白。于是乎置酒寨帷，凭轩倚楹，瑶阶如银，玉树罗生，日暮天霁，云开月明，冰泉潺潺，终夜有声。此则子猷山阴，未足以畅吟啸也。	至若春和景明，波澜不惊，上下天光，一碧万顷；沙鸥翔集，锦鳞游泳；岸芷汀兰，郁郁青青。而或长烟一空，皓月千里，浮光耀金，静影沉璧，渔歌互答，此乐何极！登斯楼也，则有心旷神怡，宠辱偕忘，把酒临风，其喜洋洋者矣。
思想升华	於戏！不离轩冕，而践夷旷之域，不出户庭而获江海之心，趣近悬解，迹同大隐，序阅四时之胜，节宣六气之和，贵而居之，可曰厚矣。若知其身既安，而思所以安人，其性既适，而思所以适物，不以自乐而忽鳏寡之苦，不以自逸而忘稼穑之勤，能推是心，以惠境内，则良二千石也。方今人亦劳止，上思又息，州郡之选，重如庭臣。由是南阳张公，辍挥翰之任，受剖符之寄，游刃而理此焉。坐啸静政，令若水木闲人，民若鱼鸟驯致，其道暗然日彰。小子以通家之好，获拜床下，且齿诸子，侍坐于三堂，见知惟文，不敢无述。捧笔避席，请书堂阴，俾后之人知此堂非此燕游，亦可以观清净为政之道。	嗟夫！予尝求古仁人之心，或异二者之为。何哉？不以物喜，不以己悲。居庙堂之高，则忧其民；处江湖之远则忧其君。是进亦忧，退亦忧。然则何时而乐耶？其必曰"先天下之忧而忧，后天下之乐而乐"乎！噫！微斯人，吾谁与归？时六年九月十五日。

州三堂记》。所以才会出现《岳阳楼记》"学吕温《三堂记》，体制如出一轴"的情况。当然，正如孙绪所说："然《岳阳楼记》闳远超越，青出于蓝矣。"同时夸奖范仲淹的

虚心"夫以文正（范仲淹）千载人物，而乃肯学吕温，亦见君子不以人废言之盛心也"。由此可见，范仲淹是千载难遇之人，《岳阳楼记》也是千古少有的名篇，其文彩，其境界，是别人难以与之相比的。

关于对《岳阳楼记》文体的评论，也一直延续到清代桐城派。姚鼐的《古文辞类纂》选历代名作，而《岳阳楼记》却并未被选入其中，直到《经史百家杂钞》才将其收录其中。对于这种情况，桐城派后人高步瀛认为，姚鼐不取《岳阳楼记》正是因为其中写景二段，多用骈偶句式，不是正统的古文。自尹、欧二人以来对世人对《岳阳楼记》的文体颇多争议，在一部分人接受了其二人的观点以外，更有一部分人认为《岳阳楼记》并非单纯的唐传奇小说之类，而是范仲淹在继承的基础上对其文体进行了新的创造。南宋学者楼昉评此文说"首尾布置与中间状物之妙不可及矣"，对《岳阳楼记》的构造给予了赞赏，这正是读者不同的理解促使了其审美期待视野的变化。

褒之者至于以一文而名学，将对《岳阳楼记》的研究与评论称为"范学"，这种现象颇为罕见。但在北宋时期，《岳阳楼记》中的"先忧后乐"之语，即被文人学士所倡导，用以劝诫同人，或引为立身做人的座右铭。最早见于苏东坡写给范仲淹之子范纯仁的《辞免批答》。宋人周密《齐东野语》卷一"表答用先世语"条载：

> 文正范公《岳阳楼记》有云："先天下之忧而忧，后天下之乐而乐。"其后东坡行忠宣公辞免批答，径用此语云："吾闻之乃烈考曰：君子先天下之忧而忧，

后天下之乐而乐。"虽圣人复起，不易斯言。卿将书之绅，铭之盘盂，以为一言而可以终身行之者欤！则今兹爱立之命，乃所以委重投艰而已，又何辞乎？"其后忠宣上遗表，亦用之云："盖尝先天下之忧，期不负圣人之学。此先臣所以教子，而微臣所以事君。"此又述批答之意，亦前所未见也。

南宋时，始有文人学士用诗歌的形式进行称颂。绍兴末、乾道初的著名学者王十朋，写有《读〈岳阳楼记〉》云：

先忧后乐范文正，此志此言高孟轲。
暇日登临固宜乐，其如天下有忧何。

黄公度《岳阳楼》诗云：

后乐先忧记饱观，兹楼今始得凭栏。
吐吞五水波涛阔，出纳三光境界宽。
黄帝乐声喧广宙，湘君山影浸晴澜。
江山何独助张说，收拾清晖上笔端。

《岳阳楼记》在清代被选入各种古文版本。大家对文章好评如潮。顾充《文章规范百家评注》卷六引："楼迂斋评：首尾布置与中间状物之妙，不可及矣。然最妙处在临末断遗一转语。乃知此老胸襟度量，直与岳阳洞庭同其广。"又据吴楚材、吴调侯《古文观止》卷九："岳阳楼大观，已被前人写尽，先生更不赘述，止将登楼者览物之情，写出悲喜二意。只是翻出后文忧乐一段正论。以圣贤忧国忧民心地，发而为文章，非先生其孰能之？"又据余诚《重订古文释义新编》："通体俱在谪守上着笔，确是子京重修岳阳楼记，一字不肯苟下。圣贤经济，才子文章，于此可兼得矣。"又据浦起龙《古文眉诠》卷七十三："先忧后乐两言，先生生平所持诵也。缘情设景，借题引合，想见万物一体胸襟。"这篇《岳阳楼记》也正是这样，才得到了社会的广泛赞誉。

自后，文人登楼读记，读后撰文赞记，几成游楼的常规、乐事。在其作品中，或谈论、品评《岳阳楼记》对于岳阳楼所起作用，或称颂《岳阳楼记》的思想境界，或借《岳阳楼记》愤世、自责、自奋，抒发忧虑时政、国事的情怀，其思想性之高、艺术性之精，形成了独特的岳阳楼文学现象。⑧

到了现当代，《岳阳楼记》得到了毛泽东、刘少奇、薄一波、胡耀邦、江泽民、胡锦涛、习近平等党和国家领导人的充分肯定和高度评价。

毛泽东对范仲淹非常推崇，曾多次评价范仲淹和他的《岳阳楼记》，有文字记载的有四次：

第一次是毛泽东在青年时撰《讲堂录》一文中说："在中国历史上，不乏建功立业的人，也不乏以思想品行影响后世的人。前者如诸葛亮、范仲淹；后者如孔孟等人。但两者兼有，即办事兼传教之人，历史上只有两位，即宋代的范仲淹和清代的曾国藩。"范仲淹与曾国藩都是各个时代的"第一人"，两人逝世后都获得"文正"的谥号。在封建时代，自宋到元再到明清，"文正"这个谥号，是无数读书人梦寐以求的至高荣誉。因为范、曾二人，有诸多相似之处，譬如在艰苦困苦中的坚持，又譬如对个人道德的追求，但也有不同：曾国藩因年轻时酒后失言得罪好友而重视"戒言"，范仲淹却很"多嘴"，他几次受贬，都是由于没有管住自己的嘴巴，要发声、要争取、要说不。但他的"多嘴"，从未有一次是为他个人。这就是"大我"。一个人的修养目的，不是一味要控制自己的情绪，而是该控制情绪的时候让自己平静，在不该控制情绪的时候就让自己爆发。为了鸡毛蒜皮的事去与他人死磕，不值得；克服个人的懦弱恐惧而挺身为大众努力抗争，更难得。从这个角度来说，曾国藩的"超我"，是后天的努力，给后人启迪也指明路径；但范仲淹的"大我"，值得追求的人间正道"虽千万人吾往矣"。浩然正气，至今凛凛！所以，范仲淹得到毛泽东的高度评价。

第二次是1929年重阳佳节，毛泽东与新婚妻子贺子珍在福建上杭城临江楼登高赏菊时，兴致很高地讲起了"江南三大名楼"，称颂岳阳楼说："洞庭湖有岳阳楼，范仲淹的《岳阳楼记》将洞庭湖的景色，人文的情怀写得淋漓尽致，'先天下之忧而忧，后天下之乐而乐'传颂千古。"⑨这在毛泽东的评价中，范仲淹比孔子、孟子、诸葛亮等人的地位还要高一些。

第三次是1937年，毛泽东在延安住所与《新华日报》记者左漠野谈话时，谈到了范仲淹的《岳阳楼记》。左漠野撰《回忆毛主席二三事》一文中写道："我随同毛主席到了他的住所，是一栋比较宽敞的民房。谈话的地方就是主席办公室兼书房。……主席问我是湖南哪一县人？我说是岳阳。主席以赞美的口吻说道：啊，岳阳是一个好地方。我在大革命的时候去武汉，经过岳阳，我去游览了洞庭湖滨的岳阳楼。

你们岳阳有名，同岳阳楼很有关系。因为范仲淹写过一篇传颂千古的《岳阳楼记》。主席问我背诵过《岳阳楼记》没有？我说：小时候读过，现在还记得一些。主席又问：岳阳楼上的几块木刻的《岳阳楼记》现在还在吗？我说还在。主席特别赞赏'先天下之忧而忧，后天下之乐而乐'那两句，认为'先忧后乐'的思想，较之'吃苦在前，享受在后'的提法，境界更高。主席从《岳阳楼记》谈到延安钟鼓楼上书有'范韩旧治'的四字横匾……"⑩后来，毛泽东对范仲淹评价颇高，他说："在中国历史上有些知识分子文武双全，不但能够下笔千言，而且是知兵善战。范仲淹就是这样一个典型。"

第四次是1959年6月，毛泽东来到魂牵梦绕的故乡韶山，站在父母的墓前深有感触地说："前人辛苦，后人幸福。先天下之忧而忧，后天下之乐而乐。生我者父母，教我者党、同志、老师、朋友。"这说明毛泽东充分肯定了范仲淹的历史功绩以及崇高的历史地位，也对《岳阳楼记》给予了充分肯定，并从中吸取了无穷的精神力量。

刘少奇1937年7月在"论共产党员修养"的演讲中曾引用范仲淹《岳阳楼记》的名言"先天下之忧而忧，后天下之乐而乐"。他把这种"忧乐"的精神看作共产党员应当具备的一种素质和修养，来说明共产党员在人民群众中应该"吃苦在前，享乐在后"。这篇《论共产党员修养》演讲稿，1943年已收入中共《整风文献》。他还经常引用范仲淹的"不以物喜，不以己悲""是进亦忧，退亦忧""先天下之忧而忧，后天下之乐而乐"等警句，教育共产党员和领导干部将此作为行为准则和道德规范。

　　胡耀邦一生曾4次到岳阳楼视察，与岳阳楼结下了不解之缘，次次都吟诵《岳阳楼记》。1960年9月28日，在岳阳楼二楼《岳阳楼记》雕屏前，逐字逐句吟诵了《岳阳楼记》，对陪同人员说，今天我们要以无产阶级的观点，赋予"先天下之忧而忧，后天下之乐而乐"这一名句以新的生命力，让先忧后乐的思想更好地为今人借鉴。第二天开会时，胡耀邦讲话时要求"每个共产党员都要发扬'先忧后乐'的精神，我们一定能战胜暂时困难，夺取革命事业的胜利"。1961年春3月，胡耀邦又一次登上岳阳楼，在岳阳楼二楼伫立在张照手书《岳阳楼记》雕屏前，逐字逐句地吟诵了全文，并对岳阳县委负责人说，要好好保护好这座闻名天下的建筑。1962年11月11日，胡耀邦担任湖南省委书记处书记兼湘潭地委第一书记主要负责湘潭工作。他到岳阳从洞庭湖到三江口城陵矶查看水势，提出了防汛抢险措施。傍晚时，他第三次登上岳阳楼。在岳阳楼内与秘书一起背诵《岳阳楼记》，用"先天下之忧而忧，后天下之乐而乐"的名句告诫干部，要做一个这样的好党员好干部。1988年12月7日，胡耀邦在岳阳市委主要领导的陪同下，第四次走进了岳阳楼。他来到香炉前就开始背《岳阳楼记》，背到"南极潇湘，北通巫峡"时，个别子句有些磕绊，经随行工作人员稍作提示，他又接着往下背，当背到"先天下之忧而忧，后天下之乐而乐"时已进了一种忘我的境界，很快背完了全文。站在《岳阳楼记》雕屏前，又将全文大声朗读了一遍，并发出感慨："人老了，记忆差多了，早几年还能将《岳阳楼记》全部背下来。"大家无不佩服胡耀邦惊人的记忆力。从胡耀邦四次走进岳阳楼，可见他十分喜爱岳阳楼，更爱范仲淹的《岳阳楼记》。

江泽民曾提出"要让《岳阳楼记》走向世界"和教育共产党员都应该继续发扬先忧后乐的精神。一次是1991年3月15日来到岳阳视察,也考察了岳阳楼。当他站在岳阳楼二楼《岳阳楼记》雕屏前,就大声朗诵《岳阳楼记》,问陪同的岳阳市旅游局局长罗美安"先天下之忧而忧,后天下之乐而乐"翻译成英语怎么说,听到翻译后,他连声说翻得好,翻得好!我们就是要让《岳阳楼记》走向世界。另一次是2001年,江泽民同志在《七·一讲话》中提出"所有共产党员领导干部,都应该'先天下之忧而忧,后天下之乐而乐',吃苦在前,享乐在后"。"古人所论'先天下之忧而忧,而先天下之乐而乐'的政治抱负……都体现了中华民族优秀传统文化和民族精神,我们都应该继承和发扬"。

胡锦涛2003年10月2日在岳阳考察期间,也到岳阳楼进行了考察,并仔细品读《岳阳楼记》。在岳阳楼一、二楼内,导游先着重讲解了《岳阳楼记》的"先天下之忧而忧,后天下之乐而乐"主要内容,岳阳人把这种思想演绎为"先忧后乐,团结求索"的岳阳精神,胡锦涛听得十分认真,不时点了点头,还站在《岳阳楼记》雕屏面前逐字逐句品读了《岳阳楼记》全文,并高兴地说岳阳楼的风景很美,并嘱咐当地领导一定要把岳阳楼保护好,管理好,建设好。

习近平总书记多次提出要弘扬范仲淹的"先忧后乐"精神。1990年3月,习近平时任福建省宁德地委书记,在《从政杂读》一文中写道:"当共产党的'官'要造福于民,就得讲奉献,做到'先天下之忧而忧,后天下之乐而乐',这是由党的性质和宗旨决定的。"1997年5月1日,习近平时任福建省委副书记到岳阳楼考察时,在《岳阳楼记》雕屏前吟诵

《岳阳楼记》，认为范仲淹这篇文章写得很好，尤其是"先天下之忧而忧，后天下之乐而乐"的思想值得今人学习。2004年1月5日，习近平任浙江省委书记时撰《心无百姓莫为"官"》一文说：古往今来，许多有作为的"官"都以关心百姓疾苦为己任。从范仲淹的"先天下之忧而忧，后天下之乐而乐"，到郑板桥的"些小吾曹州县吏，一枝一叶总关情"……都充分说明心无百姓莫为官。习近平2008年5月13日、2011年10月30日、2013年3月1日在中央党校作报告，2009年4月1日在河南兰考县干部座谈会上强调要弘扬范仲淹的"先天下之忧而忧，后天下之乐而乐"精神。

另外，1985年7月1日，薄一波同志送共产党员的三句话，第一句便是"先忧后乐"的名句。

总之，范仲淹《岳阳楼记》拥有最广泛的读者，在精英文化与大众文化中影响深远。它是常读常新的，对它的解读、赏析将绵延不绝，这个过程没有终点。

二、《岳阳楼记》入选古文选本和语文教材

一部文学作品的历史生命，如果没有接受者的积极参与是不可思议的。只有通过读者的传递过程，作品才进入一种连续变化的经验视野。通过读者的传播过程，必然和当时后世的文人密切相关，他们既是读者群，又是充当着批评家的身份，通过品评把握着当时和后世文人对《岳阳楼记》的态度走向。

范仲淹《岳阳楼记》入选古文选本书影

1. 从宋代开始进入古文选本

南宋绍兴年间，楼昉已将《岳阳楼记》编入《崇古文诀》，并批曰："首尾布置与中间状物之妙，不可及矣！然最妙处在临末断遣一转语，乃知此老胸襟度量，直与岳阳洞庭同其广。"稍后，南宋人林之奇编选《观澜文集早集》和吕祖谦编《宋文鉴》这两个文本开始收入，后来南宋末年，谢得昉又将其编入"独得举业者设"的教材《文章轨范》。明清的选本也多选《岳阳楼记》，如蔡致远的《古文雅正》、林云铭的《古文析义》、过洪《古文评注》、王庭震《古文集成》、李扶九《古文笔法百篇》、唐德宜《古文翼》，以及吴调侯、吴楚材《古文观止》等，其中《古文观止》的编者曾批注："以圣贤忧国忧民心地，发而为文章，非先生其孰能之。"此后各种古文选本均皆选录，是古代散文名篇的代表作之一。

2. 入选大中学生语文课本

一篇文章能够入选大中学课本的古文，一定是经过历史考验的，千百年来被人吟诵。不但文字美，而且立意一定符合这个民族的价值。《岳阳楼记》文辞之美，是历代文章的翘楚，更为重要的是它所表达的审美、情感、价值观代表着中国人特别是中国士人的人格培育三个方面，若鼎之三足。三足皆具，则人能立足天地之间而不堕。完备的中国士人的人格，三者缺一不可。且这三者是相互依存，互为支撑的。《岳阳楼记》被选入古今古文选本和我国现代大中学语文课本，流传更加广泛，深入人心，不仅提升了其接受度，更是时代的需要，而且正是社会主义核心价值观的体现。同时，《岳阳楼记》译成多种文字流播海外。日本、新加坡等国也将之选入教科书，因此才有了外国中学生游岳阳楼，面对《岳阳楼记》雕屏比赛，背诵《岳阳楼记》的局面⑫，从而使《岳阳楼记》接受范围进一步扩大。

21世纪初，关于《岳阳楼记》是否应该继续保留在课文当中，争论颇多，有多位专家提出了研究意见，也有个别学生家长提出要将范仲淹的《岳阳楼记》移出中学语文课本的建议，或见诸报端，或出现网络，从而成为人们经常思考或讨论的话题。从目前情况来看，主要有两种截然不同的意见：

一种意见是要求删。为何要删？据说家长提出最主要的原因有三：一是《岳阳楼记》中滕子京有经济问题。他是一位"胡乱花钱"的官，在花销公款时并没有向朝廷报备，尽管他做的是好事，但程序上不合规，同样属于违纪违法行为。二是滕子京重修岳阳楼的动机不纯。在重修岳阳楼时，滕子京是让百姓将手中"老赖"的欠条捐给官府，由官府向老赖讨要。官府在向老赖追回欠款后，并没有分给拥有欠条的百姓，而是拿来修了岳阳楼。而滕子京之所以要修岳阳楼，就是为了体现自己的政绩，如同"形象工程"。他请范仲淹写《岳阳楼记》，目的也是如此。最让人诟病的是，在收回老赖的欠款后，滕子京还设有一个"小金库"，由自己掌管。你说他贪污吧，多位同僚证实，他一心为公。你说他正直吧，做事又总是逾矩。有的家长认为滕子京的人品有问题被贬黜，会影响孩子们的价值观。三是范仲淹写《岳阳楼记》没有自己去岳阳楼看过，而是他的好友滕子京描述给他听的，才写出了《岳阳楼记》，为滕子京歌功颂德，所以他的这篇文章毫无实际价值和历史意义，就让有心人觉得不应该出现在学生语文教材中。

另一种意见是不能删。为何不删？其理由也有三：一是滕子京未必不是好官。但事实上滕子京到底是不是一个贪官，本身争议很大。从滕子京任职泰州、泾阳、岳阳等地来看，滕子京爱民如子，敢为人先的形象给朝廷和民间留下了深刻的印象。《宋史·滕子京》白纸黑字，对滕子京给出的评价是"尚气，倜傥自任，好施与，及卒，无余财。"这"及卒，无余财"通常都是用来形容清官的！什么时候贪污犯也会有这样的评价？滕子京还是贪污犯吗？他贪污的钱到哪里去了？事实上，滕子京任职岳州期间，被同朝文学家王辟之赞誉"治最为天下第一"。无数事实证明，我们应该正确评价滕子京，他不是一个"坏"官，而是一个好官。二是滕子京"重修岳阳楼"功莫大焉。作为贬官的滕子京来到岳阳后，并没有消沉下去，而是昂扬心志，继续大胆开拓创造性地工作，在岳阳三年干了三件大事：重修岳阳楼、修建文庙、拟筑偃虹堤。有"治最为天下第一"之称，特别是重修岳阳楼，保护名胜古迹，使岳阳楼今天成为全国一大名胜，为岳阳做了一件大好事，其动机还要质疑吗？明明白白的是让岳阳楼的文脉不能断，岳阳楼的建筑不能垮，这是一个地方官员的责任，也是一种担当！三是《岳阳楼记》是一篇千古美文。《岳阳楼记》虽然冠名为"记"，实际上并非一般意义上的登临游记，而是借题发挥，表现作者在政治失意中"不以物喜，不以己悲"的博大胸怀和"先天下之忧而忧，后天下之乐而乐"的政治抱负，并以此规劝友人，表达了自屈原以来文人士大夫兼济天下一脉相承相传的报国情怀，对学生品德的形成有很大的教益。其语言骈散结合，表达方式灵活，是一篇融景美、情美、语言美、思想美为一体的千古美文。《岳阳楼记》之所以流传至今，肯定有它独特的魅力，能够给我们带来很多启发。

今天，我们如何看待这两种不同意见，即使不能理解，也要保持一种尊重和包容的心态，本着求同存异，相互理解，立场不同，角度不同，对待问题的看法就不一样，甚至知识面的宽窄也决定了一个人对某件事的看法。所以不能要求所有的人对一件事的看法都一致，可以集思广益，求同存异，并达成共识把《岳阳楼记》一文保留下来。我认为应该做到"三要"：

一要认识教材中经典课文的权威性。时代在发展进步，教材也需要与时俱进，最直接的体现就是学生的课本，课本是教师教和学生学的依据。教材是很重要的，会在学生心里留下特别深刻的印象。一本教材的编写过程是非常复杂的，但是能够出现在课本上的，尤其是义务教育阶段的课本上的内容，都是经过千挑万挑才选出来的，不仅符合当下时代观念，而且融入了很多教育层面的专业知识。《岳阳楼记》是人教版九年级上册第三单元的第一篇课文，不仅是一篇优秀的古文名作，也是一篇必背的课文。该单元的教学内容是古代诗文，除最后一课以五首古代诗歌组成外，其余四课为古代游记或名胜记，都是历来传诵的名篇，很能代表中国山水文学情景交融的特点。《岳阳楼记》超越了单纯写山水楼观的狭境，将叙事、写景、议论、抒情自然结合起来，将自然界的晦明变化、风雨阴晴和"迁客骚人"的"览物之情"结合起来写，从而将全文的重心放到了纵议政治理想方面，试图以自己"先天下之忧而忧，后天下之乐而乐"的济世情怀和乐观精神感染老友，扩大了文章的境界。范仲淹又善于以简驭繁，巧妙地转换内容和写法，千回百转，层层推进，骈散交替，文质兼美，具有很强的艺术感染力。依据王荣生老师在《语文科课程论基础》中对语文教材选文的分类，《岳阳楼记》当属"定篇"类选文，学习课文本身即是其教学目标，即"教教材"。作为"定篇"的篇目当以文本为中心，让每个学生都进入这些优秀文化中去"见识一番"，"彻底、清晰、明确"地领会课文本身就是这类选文的教学目标。⑪这就是《岳阳楼记》教学内容在整个课程教材体系中的地位。而《岳阳楼记》传递出来的知识，不仅开阔了学生的视野，丰富了学生的思想，通过学习传统文化，学生也获得了精神上的富足，我们认为，经典课文之所以成为经典，就是因为它具有不可替代性，学生学习的是知识和精神。这说明名篇之所以是名篇，是经得起时间的筛选和历史的检验的，被世人广泛认可的经久不衰的好作品，具有示范性和权威性。因为名篇中蕴含的人生哲理，会使我们受益终生。同样，名篇的背景、人物、渊源是有历史根据的，这一点我们要十分明确。经典是前人智慧的结晶，是人们的精神财富，是一个民族的灵魂。像《岳阳楼记》这样的经典之作也好，还是名篇之作也好，是如何做到家喻户晓的？为什么能流传千古？那是因为它在历史滚滚长河中，见证了一个又一个时代，经历了各朝各代文人墨客的挑剔眼光的洗礼，是经过了重重考验，大浪淘沙出来的精华之作，有着深厚的文化底蕴。这说明经典不会"过时"，无论时代怎么发展，像范仲淹的忧乐精神、爱国主义精神等等，这些都是无法改变的，仍需传承和发扬。在对待教材的问题上，我们一定要慎之又慎，严格把关，防止经典名篇被删，给历史造成损失，也会令人遗憾。

二要看到教师在课文教学中的指导作用。有家长要求将《岳阳楼记》移出教材，与有人建议把朱自清的《背影》移出课本的建议的情况一样，因为《背影》一文里面的父亲，不守交通规则，那么古代在没有制定交通规则前的所有文章是不是都要取缔，以后再有新的规则，是不是也要重新筛选一次，其实对于"交通规则"这件事情，关键是如何解读很重要，这也是一个宣传遵守交通法则的好机会。这种盲目地建议"剔除"，其实就是"因噎废食"的做法。最后因为造成了大众的不满，《背影》这篇课文才得以保留。从范仲淹的《岳阳楼记》来看，表达的是"先天下之忧而忧，后天下之乐而乐"的悲天悯人，忧国忧民的情怀，有着很大的实际教育意义，能给学生们深刻的启示，塑造他们正确的"三观"（人生观、价值观和世界观），而且这也是一篇难得的散文，一篇高规格的游记，里面的金句无数，相信谁读了之后都会觉得非常美。至于里面提到的滕子京，他的为人如何，在修岳阳楼这件事上，他是否有功劳也是另外一回事，至于这个人是否胡乱花钱，自有历史去评判。这篇文章的意境和高明的地方，对于我们现在的人来说，是望尘莫及，这样的文章不学，那么学什么呢？我们经常说"瑕不掩瑜"，其实家长的这个"鸡蛋里挑骨头"连"瑕"都算不上，是子虚乌有的想法，古代和现在是没有可比性的，滕子京的事情我们无法知道真相，《岳阳楼记》的美确实真实摆在我们面前，我们不相信真实的美，却去怀疑子虚乌有的东西，就将《岳阳楼记》移出课本，有点吹毛求疵和小题大做了。一篇文章，解读和引导非常重要，如果都从负面去引导，那么就没有读书的必要了。其实古人早就告诉过我们"尽信书不如无书"，我们读书是从中学习什么？就像看一个人一样，我们要学习他的优点，"人无完人金无足赤"大家都知道，和氏璧在刚发现的时候还是有瑕疵的，但是不影响它的价值，人也如此，龚自珍的"我劝天公重抖擞，不拘一格降人才"其实就是人才的使用制度，寻找和发现优点，而不是揪住缺点不放。无非考虑到滕子京一上任，就重修岳阳楼，觉得劳民伤财，进而觉得滕子京并非为国为民的好官，或许滕子京于心不忍，这样的美景埋灭于世，也或许是因为，不忍岳阳楼这样的文化瑰宝，逐渐破败，没有往日的风采，滕子京有了重修岳阳楼的想法，这种重修岳阳楼的目的，是应该值得提倡和效法的。我们常说读书要结合背景而观。这些家长站在他们的角度，这样说确实是有些道理，毕竟孩子年纪小，还不具有判断力，所以容易被带偏，但是仁者见仁，智者见智，学生的学习是需要教师指引的，教师教的是语文知识，授的更是人生哲学。所以我认为，家长们提出将《岳阳楼记》从书本中删除实在是大可不必，因为中学生真的可以从中学到很多知识，删除了将会是学习生涯中的一大损失。我们可以质疑，但是请相信编者和学校老师，一定会处理好所有的教学问题。

三要明确向《岳阳楼记》学什么？经典作品可以说是传承的，一代又一代人都在学习，学习他们的精神和处事方法，包括很多优秀的传统都能得到体现。对于《岳阳楼记》，梁衡在《〈岳阳楼记〉留给我们的文化思考和政治财富》一文中给予了高度评价："《岳阳楼记》已经成了一份独特的历史遗产，从《古文观止》到解放以后历届的中学课本，常选不衰；从政界要人，学者教授到中小学生，无人不读、不背，这说明它仍有现实意义，归纳起来有三条：一是教我们怎样写文章，二是教我们怎样做人，三是教我们怎样做官。"因此，他主编《影响中国历史的十篇政治散文》时，就把《岳阳楼记》列入其中，供世人阅读。就中学生而言，主要是"三学"：学怎样做人、做事和写作文。以学写作文为例，如果有人认为范仲淹写《岳阳楼记》时没有登岳阳楼，这种写作方法对中学生作文教学不可取，而我们认为《岳阳楼记》的可贵之处在于"看图写话"，有"千古第一看图作文"之称。当下，全国中高考语文试卷中出现"看图作文"情况比比皆是，要求学生看图进行书面表达，必须认真审图，确定主题，提炼要点，展开联想，变点为句，连句成篇。范仲淹的《岳阳楼记》就是根据滕子京提供的《洞庭秋晚图》画意和岳阳楼诗的诗意，抓住画图和诗词上事物的特点，联系自己对洞庭湖观感的记忆，发挥丰富的联想完成的，在我国文学史上成为一篇精妙绝伦的散文，作为"看图作文"的巅峰之作，《岳阳楼记》牛就牛在丰富的想象力、精妙的语言和一片赤诚之心。从做人做事看，"先天下之忧而忧，后天下之乐而乐"这样的豪言壮语成了古代具有忧国忧民之心的士大夫的共同目标，激励了很多的仁人志士奋斗拼搏，成就了光辉灿烂的古代文明，让中华民族能够走在世界前列。《岳阳楼记》更是一篇奋斗的宣言，是品行教育的好教材。由此可见，这篇文章的确有很多地方值得我们学习、研究，特别是值得中学生学习，让他们伴着阅读经典名篇成长。

当我们知道《岳阳楼记》背后的故事后，就再犯不着去纠结范仲淹写《岳阳楼记》到底去没去过岳阳和为滕子京歌功颂德了。唯愿《岳阳楼记》长留在中学语文课本中，跨越时空，《岳阳楼记》过去是、现在是、将来仍然是我们宝贵的财富，永远不会过时！

3. 进入高考试卷

1988年，全国高考语文试卷中，以"先天下之忧而忧，后天下之乐而乐"命题作文，让考生重温《岳阳楼记》，进一步让范仲淹的忧乐思想入脑入心，很多考生联系实际进行写作，写出了很多高考满分作文。这说明《岳阳楼记》已载入了中国高考命题史册。

4. 作为征文广告

1985年重修黄鹤楼时，由《长江日报》和《青年论坛》

发起为《黄鹤楼记》征文，两家联名撰有《谈〈岳阳楼记〉兼为〈黄鹤楼记〉征文倡议》，发表在《中国青年报》（1985年1月13日）上，足见《岳阳楼记》在当代人心目中的崇高地位和影响。

历史的发展总是今胜古，但是古代总有一些好的东西值得继承。面对时代发展的新形势新要求，我们要把阅读《岳阳楼记》当成一种生活态度，一种精神追求，一种境界要求，努力做到学以益智，学以励志，学以立德，学以修身，使阅读成为修身正己的强大动力。

三、邓州、岳阳举办吟诵《岳阳楼记》活动

中国古代留下的文章不知有多少，而真正值得一读再读的经典之作并不是太多。千百年来，中国知识界流传一句

邓州师生齐诵《岳阳楼记》

话：不读《出师表》，不知何为忠；不读《陈情表》，不知何为孝。忠孝是封建社会的道德标准。随着历史进入现代社会这两《表》的影响力，已在逐渐减弱。但有一个奇怪的现象，同样产生在封建时代的《岳阳楼记》却丝毫没有因历史变迁而冷落、淘汰。相反，它经历岁月的沧桑，愈显其旺盛的生命力。从《古文观止》到新中国成立以后历届的大、中学语文课本，常选不断；从政界要人、学者教授到大中小学生，无人不读不背，这说明它仍有现实意义。从21世纪开始，在全国各地出现了集体吟诵《岳阳楼记》的活动，其人数越来越多，规模越来越大，规格越来越高，在全国产生了广泛的影响。从目前情况看，河南邓州、湖南岳阳组织了多次大型集体吟诵《岳阳楼记》的活动，开了历史上集体吟诵《岳阳楼记》之先河。

一方面，《岳阳楼记》的诞生地成为集体吟诵《岳阳楼记》的首倡地。2007年12月25日，河南省邓州市万余名社会各界人士在花洲书院齐诵《岳阳楼记》，以恢弘的气势拉开了河南第二届范仲淹文化节的序幕。作为著名电视节目主持人陈铎有着非常高的知名度，负责此次万人齐诵的引诵工作，工人方队、医生方队、学生方队等1万余人一起跟着他吟诵，一时声震四野。在这次吟诵活动中，著名作家二月河的亮相，更是引发了现场群众特别是学生们的热情，因为二月河是邓州一中的毕业生。当年他们住的宿舍，就是现在花洲书院的一部分。母校的活动，二月河当然捧场，也参与到了朗诵的队伍中。还有国学红人于丹也是这次文化节的重要人物，她28日在邓州市人民影院举行学术报告会。这次文化节历时5天，除了万人齐诵名篇外，还有范仲淹民本思想研讨会、我读《岳阳楼记》演讲比赛等内容。通过范仲淹文化节的举办，"忧乐"思想得到了很大的弘扬，现在在邓州，即使一般市民，能够熟练背诵《岳阳楼记》的也不在少数。2016年9月22日，邓州市千人齐诵《岳阳楼记》。邓州花洲书院内，来自全国各地的30位范学研究专家学者和邓州社会各界千余名代表齐诵千古名篇《岳阳楼记》，拉开了范仲淹知邓州创建花洲书院970周年系列活动的序幕。2019年9月23日，为庆祝新中国成立70周年，掀起全民阅读活动，邓州市新华书店联合城区三初中在花洲书院举办"最美读书声"——诵读千古名篇《岳阳楼记》活动。这天下午3时，新华书店的工作人员带领城区三初中的400余名师生来到花洲书院，师生们分布在长廊一侧，队伍排列整齐，服装统一，情绪饱满。诵读时，全体人员声音铿锵有力，气势恢宏，嘹

岳阳楼小学学生吟诵《岳阳楼记》 吴锡标/摄

亮的诵读声久久地回荡在书院的上空。"居庙堂之高则忧其民；处江湖之远则忧其君。""先天下之忧而忧，后天下之乐而乐。"……再诵名篇名句，使人感慨万千。《岳阳楼记》饱含的情怀不仅奠定了邓州忧乐精神的基石，更成了中华文化的经典象征，近千年来为人们所传诵，成为中华子孙心中不朽的圣殿，受到广大群众的一致好评。

另一方面，《岳阳楼记》的"归属地"成为集体吟诵《岳阳楼记》的神圣地。2016年10月15日"《岳阳楼记》诞生970周年暨第六届中国范仲淹国际学术研讨会"在岳阳举行，岳阳市举办10万人同城吟诵《岳阳楼记》活动。这天上午9时，千古名楼岳阳楼前张灯结彩，岳阳楼10万人同城吟诵《岳阳楼记》活动启动。中国范仲淹研究会会长范国强领诵，来自世界各地的范仲淹研究会、岳阳楼国际诗会代表，以及游客和当地市民10万余人，齐诵《岳阳楼记》，拉开了纪念《岳阳楼记》诞生970周年主题系列活动的序幕。970年前范仲淹写下了《岳阳楼记》，忧乐情怀激励后人。当天，活动主会场设在岳阳楼——君山岛景区内，还设置了分会场。巴陵石化华能电厂、岳阳职业技术学院、湖南民族职业学院、岳阳楼街道办事处、东方红小学、岳阳楼小学等单位、企业、学校，分别举办了吟诵活动。千古雄文，余音绕梁，响彻岳阳大街小巷。参加启动仪式的岳阳市委书记盛荣华欣喜地说："以活动激发全市上下'爱我岳阳，知我岳阳，兴我岳阳'的豪情壮志，奋力谱写富饶美丽幸福新湖南的岳阳篇章。"系列活动共11个环节8大活动，除第二届岳阳楼国际诗会和第六届范仲淹国际学术大会外，还举办了岳阳楼主题书画展、巴陵戏《远在江湖》展演、"我读《岳阳

岳阳市纪念《岳阳楼记》诞生970周年活动

岳阳市纪念《岳阳楼记》诞生975周年活动

楼记》"征文比赛颁奖、《岳阳楼志》出版发行仪式和摄影赛。⑫一篇文章，在一个城市有领导有组织的10万市民去吟诵，这在中国读书史上是罕见的一种奇特现象。

2021年10月20日（农历九月十五日）是范仲淹《岳阳楼记》诞生975周年纪念日，中共岳阳市委、岳阳市人民政府研究决定将农历九月十五日定为"岳阳楼日"。自此，千古名楼岳阳楼有了自己专属的节日。这次，为纪念《岳阳楼记》诞生975周年，传承和弘扬"先忧后乐，团结求索"的岳阳精神，进一步打响"洞庭天下水，岳阳天下楼"文化旅游品牌，在岳阳楼景区隆重举行"先忧后乐，振兴中华"主题活动，市委书记王一鸥在活动现场致辞，并宣布每年农历九月十五日为"岳阳楼日"，市委副书记、市长李爱武主持，975名学生代表（现场200人，线下775人）齐声朗诵《岳阳楼记》，与观众一起重温经典，一字一句穿越千年，其蕴含着的深刻思想和忧乐情怀再次给人民带来了强烈的震撼，并深深植根在岳阳人心中。随后，伴随着《爱我中华》的优美旋律，975驾无人机编队，从民本广场上空出发，缓缓飞向岳阳楼景区，时而组成五星红旗，时而在空中变化出"975""岳阳楼记""岳阳楼""洞庭湖"等各种字形、图案造型，新颖别致的形式将岳阳楼千年的悠久文化重现于观众面前，并寄托对城市未来发展的美好希冀。

现在，全国各地也经常组织党员和学生在岳阳楼集体吟诵《岳阳楼记》的活动。2019年3月16日，长沙麓山外国语言实验中学师生在岳阳楼齐诵《岳阳楼记》。正式开启《潇湘晨报》第18届读者节"爱阅之城"第二篇章，"全城共读——千人共读一本书校园接力"活动。"庆历四年春，滕子京谪守巴陵郡……"琅琅书声从岳阳楼飘来，在烟波浩渺的洞庭湖上轻轻荡漾。麓外师生手执书卷，书生意气挥斥方遒，学子们稚嫩的脸庞上写满了畅游岳阳楼的快意，以及对传统文化、文学经典深深的自豪，气势磅礴、整齐划一的朗读声吸引了许多游客停留驻足，甚至闭眼冥思感受经典带来的文化洗礼。本次活动旨在营造全校阅读新风气，引领校园文明新风尚。参加本次活动的周同学难掩内心激动地说："我以前对岳阳楼知之甚少，今天当我站在城楼之下，跟着同学们一起朗读《岳阳楼记》时，情不自禁燃起对祖国大好河山和民族文化的热爱！"初一年级组长黎虹老师向记者说道："读万卷书，行万里路，阅读是丰富心灵最好的方式，我相信借此活动学生更会爱上阅读。"麓山外国语实验中学张辉校长说过："如果你不读书，行万里路也只是个邮差而已。"麓外德育工作一直将阅读放在极其重要的位置，此外还开展"儒雅麓外"诗词大会、"经典诵读大赛"、"好书伴我成长"阅读分享、课前三分钟"我来说诗词"等一系列的活动，在校园里掀起了全校阅读风潮，让学生在阅读中感受经典并爱上经典，为创建书香校园积蓄力量。

这些集体吟诵《岳阳楼记》活动的开展，有助于《岳阳楼记》的宣传，也可见《岳阳楼记》"天下莫不传诵，家至户到"，老幼皆知，广传天下。

四、岳阳楼景区推出"背记免票"活动

仰巴陵胜景，览湖光秋色。2018年10月3日各地游客纷

纷涌入岳阳，岳阳楼君山岛景区迎来国庆长假的旅游高峰。背记亭、岳阳楼、柳毅井等主要景点区域热闹非常，游客络绎不绝。景区的周密部署，确保了景区在高峰期的安全和顺畅，为游客提供了文明、和谐与热闹欢庆节日的氛围。

这天上午8点到9点，岳阳楼景区民本广场背记亭当天预约报名背记的游客人数已超过200人，背记亭前早已经是排起了长长的队伍。从2013年春节开始，岳阳楼公园推出了背诵《岳阳楼记》免景区门票游岳阳楼的活动，在国内外产生了强烈的反响。截至2019年，成功通过背记拿到景区免票"通行证"的游客已经超过5万人。岳阳楼已经连续6年举办的该背记活动，得到全国各地游客的持续欢迎和踊跃参与。相比以往，参与的游客准备更加充分，甚至有游客在2分钟内流畅背诵《岳阳楼记》，远远少于规定的5分钟背诵时间⑬。现有

岳阳楼南门前的背记亭

上百家主流媒体对"背记免票"活动进行了持续的报道，被誉为国内引领文化和道德风尚的活动经典。

岳阳楼景区推出背《岳阳楼记》免费游岳阳楼的创意是如何想到的？这个创意最初来自时任岳阳市市长盛荣华。2013年1月，市长来岳阳楼调研时说："岳阳楼可以通过普及《岳阳楼记》，灵活营销。"春节前的1月18日、19日，岳阳楼公园就开始设计方案，并通过当地媒体发布。方案最初设计主要是加强《岳阳楼记》在初中生中的影响，但随着春节假期中段天气转好，不少大学生、中年人以及很多1951年以后出生的人都竞相来背诵。一时间，"先天下之忧而忧，后天下之乐而乐"的琅琅书声回响在景区，这一创新之举引来好评。游客背诵《岳阳楼记》免费领取门票后，岳阳楼景区已经接到了湖北黄鹤楼、江西滕王阁、山东蓬莱阁、宁波天一阁等兄弟单位的祝贺。不少名楼的同行都认为岳阳楼这个创意不错。在"门票经济"盛行的中国旅游界，高额的景区门票常被游客诟病，动辄上百元的门票价格让景区背上了"铜臭"的标签。岳阳楼景区的背"记"免费行为，无疑在旅游界刮起了一股文化清风。广大游客为背《岳阳楼记》免票叫好，但它因"一枝独秀"而成为新闻现实，也让我们看到更多的文化常识正离金钱越来越近，离文化越来越远，如何让背《岳阳楼记》免门票这样的事情多一些，考验的恐怕还是我们旅游开发的根本目标，是资本的利益最大化，还是公众的利益最大化！

岳阳楼书香弥漫，游客争先背诵《岳阳楼记》，文学名篇与楼宇亭台情景交融，对众多游客背"记"免费起到了文化普及的效果。诚然背"记"免费是景区经营者的让利促销办法，但却收到了多重效益。实践证明，不少游客背"记"的免费行为发挥了一种"倒逼效应"，想免票的游客必须要做功课，提前准备也好，临时抱佛脚也好，无论是哪种形式，都让《岳阳楼记》入眼入脑入心。在旅游中感受文化传播的独特魅力，旅游的品质得到了提升，内涵得到了丰富。总之，少了铜臭，多了书香，岳阳楼景区背"记"免费，值得别的景区，特别是人文景区效仿、学习和推广。

五、央视四位主持人同台唱响《岳阳楼记》

讲到《岳阳楼记》的传播和影响，中央电视台四位节目主持人同台唱《岳阳楼记》，无论如何是绕不过去的！

央视四子传唱《岳阳楼记》

　　说起央视，总会给人一种高高在上的感觉，它是一种可望而不可及的神圣之地。《经典咏流传》是央视推出的一档经典文化音乐节目，以"和诗以歌"的模式，传承中华优秀文化。2020年2月5日，备受关注的"央视boys"，就在节目中凭借一首《岳阳楼记》组合出道，由央视"四子"康辉、朱广权、尼格买提、撒贝宁首唱《岳阳楼记》。这四位都是央视著名的节目主持人，业务能力超绝，而朱广权在名声不够的情况下，于去年突出重围，自己杀出一条血路，为更多的观众所熟知。"他的押韵般的主持逼疯手语老师"也多次登上热搜，不得不说他就是位"押韵男神"！他们合体其实并非第一次，曾在《主持人大赛》的舞台上合体过，但是那次他们是以主持人、出题嘉宾、评委的身份合体亮相，而且是在台上斗智斗勇。但是这次他们却不是以主持人的身份亮相，而是要合体演唱歌曲。在这个舞台上，央视四子将最难背诵的前三名中的一首《岳阳楼记》改编成歌，唱给大家听。他们对《岳阳楼记》在他们的年龄又有了不同于学生时代的理解。康辉"颜控"，《岳阳楼记》的美不仅仅是文章中描述的景美，这些文字排列在一起就很美。朱广权"史控"，范仲淹不仅仅是文学家，还是政治家，兴修水利等等，为国家做着自己的贡献。小尼"情控"，范仲淹与滕子京的友情，他们同是天涯沦落人，《岳阳楼记》写景亦写情，这是对友人被贬的抚慰。撒贝宁"场控"，作为《经典咏流传》的主持人，小撒把控全场，控流程的同时也在补充"组合"其他成员的发言。希望通过歌唱的方式让孩子们把这首千古经典记在心里。而不光是对小孩，对成熟的大人也是，颠颠撞撞、迷迷茫茫，"先天下之忧而忧，后天下之乐而乐"能让我们在每一次前行的时候有力量有根基。通过传唱，能够构建今天属于中国人的精神坐标。广大观众观看后，一致认为央视四子康辉、撒贝宁、朱广权、尼格买提合体首唱《岳阳楼记》，以歌声传经典，好听！

对于《岳阳楼记》，四位主持人说出了不同的感受，我们也相信每个人读《岳阳楼记》都能读出属于自己的那一部分独特的美。每个人都可以认识经典、爱上经典、传播经典、未来可以创造经典。

六、《岳阳楼记》与岳阳精神的形成、培育和实践

人无精神则不立，国无精神则不强。精神是一个民族赖以长久生存的灵魂，中华民族之所以能够在五千多年的历史长河中生生不息，薪火相传，就在于拥有孕育于中华民族悠久历史文化之中的伟大精神。一个国家、一个企业、一个人是要有一点精神的，一个城市要不要有精神呢？也是要有的。如果高楼大厦、车水马龙是一座城市的面子，那文化积淀、精神气质就是一座城市的里子。城如人，贵有品。有人说，城市精神是城市存在和发展的灵魂，没有精神的城市无异于一片废墟，无异于充满陌生人的闹市。城市精神是一个城市风格和个性的体现，是城市亮丽名片，也是一个城市之精神支柱。

1. 岳阳精神提出的背景

1990年9月，储波同志任岳阳市委书记时，在中国共产党岳阳市第二次代表大会正式确定，把岳阳精神概括为"先忧后乐，团结求索"八个大字，并发出号召要在全体市民中大力倡导和培育岳阳精神。岳阳精神提出，为岳阳精神文明建设找到了一个最佳结合点，抓住了这个结合点，就可以把全市人民精神振奋起来，力量凝聚起来，共同振兴岳阳，发展岳阳做出贡献。为了全面准确把握和体现岳阳精神的实质内容，在地方传统文化精华、近现代进步思想影响与社会主义精神文化建设新成果、新要求的结合点上，总结实践，分析典范，集中提炼了既有地方传统色彩又有时代进步意义的岳阳精神，使社会主义、爱国主义、集体主义思想和现阶段我国人民的共同理想在全市人民中有一个比较具体的表现形式。岳阳精神一经提出，通过党代会庄严有力的发布，很快就得到了广大干部群众的广泛赞同。宣传、倡守、实践岳阳精神，已成为岳阳精神文明建设和思想政治工作的重要内容，成为适应服务经济建设的有力手段。

2. 什么是岳阳精神

城市精神来不得"短平快"，它不是少数几个人冥思苦想或心血来潮的产物，而是反复提炼出来的，才经得起时间的检验。怎样才能提炼出既彰显城市个性，又符合时代要求的城市精神呢？总体要求是反映一个城市的地方性、传统性、时代性和发展性。具体要从三个方面入手：（1）城市精神的文化基因要有地方性和传统性，有特色的区域地方文化往往起到基础性的作用。一定要加强对地方历史认知和把握，对地域文化的深度挖掘，对风土民情的了解，从中发掘城市的精神价值，助推城市品格的提升。从一定意义上讲，城市精神在日渐沉淀中沁润着每个市民，也涵养着这座城市的独特品格。人们对陌生城市的最初认知，第一印象常常是独特的地方文化标志。（2）城市精神的品格气质要有时代性和发展性。既要体现鲜明的时代要求，又要引领城市的发展方向。只有基于现实，才能形象生动，勃发活力；只有紧跟时代，才能继往开来，与时俱进。它所表现的不仅是"过去时""现在时"，还要体现"将来时"，展示城市未来图景。一句话就是要不过时。（3）城市精神的语言表达应该生动活泼，简明扼要。要摆脱行政指令的色彩和标语口号的局限，贴近市民，便于实践，有社会推动力。城市精神应与市

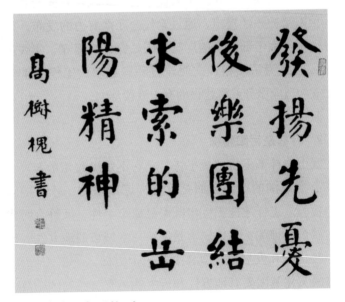

岳阳精神　高树槐/书

民的价值观念、人文意识、道德操守、生活习惯等精神取向相吻合，做到一听就懂、张口就来、家喻户晓，人人明白。

何谓岳阳精神？中共岳阳市委曾给出了两个词语——先忧后乐，团结求索。若将抽象的词语具体化，我们现在再来看看岳阳精神是如何提炼出来的。岳阳精神是"先忧后乐，团结求索"八个字，虽然字数不多，但言简意赅。"先忧后乐"，就是为国分忧，为民分忧，为他人分忧；吃苦在前，享乐在后；奉献在前，索取在后；创业在前，得益在后。"团结求索"，就是合心、合智、合力，拼搏进取，锐意开拓，努力探索岳阳的振兴之路，发展之路。岳阳在历史发展中形成了丰富而有个性的精神文化积淀。考察岳阳精神的形成和发展的过程，可以看出它丰富而深刻的内涵。我认为要正确把握岳阳精神，就必须完整地理解蕴含在"先忧后乐，团结求索"中本质的深刻的内涵。主要内涵有四：一是屈原的"上下求索"。屈原（约公元前340—前278），是我国历史上一位伟大的诗人、文学家，是伟大的思想家和政治家，也是世界四大文化名人之一。他一生挚爱祖国和人民，坚持政治理想和清廉操守，决不向恶势力低头。在当时楚国腐朽龌龊、错鳖愚圈的政治氛围中，他是唯一保持清醒的智者，也是特立独行的孤独者。为了祖国的命运和前途，他以自己脆弱的生命同黑暗势力进行了不屈的抗争，他几次遭到放逐，最后以自沉汨罗的悲剧命运谱写了一首壮烈璀璨、震烁古今的生命之歌。从屈原的作品来看，据班固《汉书·艺文志》载，共25篇，其中《远游》《招魂》《卜居》《渔父》等被后人怀疑不是屈原的作品。而《离骚》是屈原带有自传性质长篇政治抒情诗，也是屈原最重要的作品。

"路漫漫其修远兮，吾将上下而求索"，意为道路是这样又远又长，我要上下寻求我的理想，就出自这首诗。后人常引此二句，也多取探索追求知识、真理的意义。二是范仲淹的"先忧后乐"的情怀。三是当代革命家任弼时同志的"骆驼精神"。任弼时（1904—1950），汨罗市弼时镇人。中国共产党和中国人民解放军的卓越领导人。七届一中全会上当选为中央政治局委员、书记处书记，成为以毛泽东同志为核心的中国共产党领导集体的重要领导成员。16岁参加革命，46岁英年早逝，为中国人民的解放事业和新中国的成立贡献了自己的一生。任弼时生前有"三怕"：一怕工作少，二怕用钱多，三怕麻烦人。叶剑英说："他是我们党的骆驼，中国人民的骆驼，担负着沉重的担子，走着漫长的艰苦的道路，没有休息、没有享受、没有个人的任何计较。"四是喻杰同志的"公仆风范"。喻杰（1902—1989），平江嘉义丽江人。1926年参加国民革命军北伐。1930年参加红五军，同年入党。新中国成立后先后任国家粮食部、商业部副部长。1970年，喻杰带着小儿子回老家安家落户，为改变山区贫穷面貌，出钱为集体买牛、买猪、修路、办厂，并帮助封山1万多亩，造林5000多亩，特别是带领群众修小水电站6座，为开发山区水利资源做出了很大的贡献。1985年，国家主席李先念给喻杰写信称他为"老干部的楷模"，被称为"公仆精神"。喻杰去世后，其生平事迹被编成剧本、小说、报告文学，并摄制成电视、电影。这些人和事都产生在岳阳的土地上。对"团结"二字的提出和概括当时是有些争论的，有的认为太现代了，有的认为岳阳是龙船的故乡，也是龙舟竞渡的发源之地，龙舟竞渡体现了一种团结拼搏的精神。大家在充分讨论的基础上，认为划龙舟是这样，其他工作更是如此，需要一种同舟共济的精神，坚持到底永不放弃，最后决定把"团结"概括进岳阳精神。长期以来，这些忧国忧民、求索奉献的精神内核，一以贯之的积极思想文化，随着时代的前进而不断发展完善，熏陶着一代又一代岳阳人，造就过一批又一批志士仁人，深刻地影响着岳阳人民的思想素质和精神风貌。这为我们培育岳阳精神提供了深厚的基础。今天我们进行两个文明建设，同样需要继承和发扬这种优秀文化遗产。求，则追其源；索，则探其本。它的主体内容是岳阳人民的共同理想、信念追求、思想情操、价值准则、道德规范和行为取向，并展示岳阳人的整体风貌。一是敢先天下的进取态度。求索，意即摆脱旧习，探索真理，开拓未来。二

"发扬先忧后乐团结求索的岳阳精神"石碑

是国事为先的思想情操。岳阳精神，就是强烈的爱国意识、民族自尊意识以及执著的乡土意识，是爱国和爱市的有机结合。这种爱国主义的情操，是以人们热爱自己的城市为基础，强调树立爱国的思想情操，先应树立爱市的思想情操。三是集体第一的价值取向。团结是岳阳精神的号召力所在，目的是唤起岳阳人民的集体主义精神。四是乐于奉献的精神境界。追求以奉献为乐、以奉献为荣的思想，包括为国分忧、为国争光的广阔胸怀；只讲奉献、不求索取的高尚情操；忘我劳动、艰苦创业的劳动态度；讲求团结的道德规范；见义勇为、全心全意为人民服务的献身精神。

由此可见，岳阳精神定为"先忧后乐，团结求索"，是科学的、准确可行的。这说明范仲淹的《岳阳楼记》是岳阳精神的重要源头之一，岳阳精神由此发端。

岳阳市如何续写城市精神？2017年，中共岳阳市委又对"岳阳精神"给出了四个词语的定义：求索精神、忧乐精神、骆驼精神和平江起义革命精神。这四种精神的提出也有一个不断完善的过程。

岳阳是一座有故事、有风骨、有内涵的历史文化名城。2017年3月，市委中心学习组到任弼时纪念馆参观学习，结合"两学一做"（"两学"是指学习党章、党规和学习系列讲话，"一做"是指做一名合格的共产党员）活动，胡忠雄书记在会上讲话提出了任弼时的"骆驼精神"，后来有人提议"骆驼精神"还不能代表岳阳精神的全部，接着他又提出了范仲淹的"忧乐精神"；没过好久他看到岳阳正在开展"四大会战"，即港口、园区、交通、脱贫攻坚，他到汨罗市调研汨罗屈子文化园和端午划龙舟，因屈原是世界四大文化名

岳阳"四种精神"　　　　彭斌/剪纸

人之一，再次提出了弘扬屈原的"求索精神"。5月6日，岳阳市委书记胡忠雄首次提出求索精神、忧乐精神、骆驼精神、龙舟精神赋予了这座城市独特的精神气质，激励着一代代岳阳人昂扬向上，奋发进取。我们要珍惜好、传承好城市的精神财富，并赋予其鲜活的时代气息，不断激发干部群众求索、创新的勇气，敢立潮头的豪气和蓬勃向上的朝气，积极投身岳阳改革发展事业中去⑭。5月12日，岳阳市第24期"巴陵名师讲堂"邀请中国范仲淹研究会会长范国强先生作了题为"'范公精神'的核心思想与当代意义——从范仲淹的《岳阳楼记》讲起"的专题讲座，进一步阐述了"忧乐精神"的价值和意义。到了6月，胡忠雄同志讲到大力弘扬"四种精神"时，后用"平江起义革命精神"替代了"龙舟精神"。从此，岳阳精神由时任中共岳阳市委书记胡忠雄提出后并固定下来，也是在原来的岳阳精神基础上进行了新的总结和概括，又注入了新的内涵，更完善，更丰富，更富有岳阳特色和深远意义。胡忠雄到平江调研后又提出了弘扬平江起义的革命精神。平江起义是指1928年7月22日，由滕代远、彭德怀领导的一场位于平江县的反政府暴动，是湖南农民运动中心地区之一。为贯彻落实市委推出的大力弘扬"四种精神"（求索精神、忧乐精神、骆驼精神和平江起义革命精神）的要求，胡忠雄2017年6月23日在岳阳市委党校工作会议上讲话时要求要坚持主业强校，强化主业主课，突出党的理论教育和党性教育的主业主课地位，讲好"红色课程"，打造"红色殿堂"；强化岳阳元素，紧紧围绕"国家级区域性中心城市与湖南发展新增长极""两大战略""四大会战"和"求索精神、忧乐精神、骆驼精神、平江起义革命精神，开发特色鲜明、实用管用的精品课程……为党校事业发展提供有力保障。可见，这岳阳精神中的四种精神开始固定下来，市委党校组织有关人员进行备课，在市委党校干部培训班讲授岳阳四种精神，并纳入了正式课程进行教学。2017年8月6日，胡忠雄在《湖南日报》发表《创新引领干出特色，开放崛起走在前列》一文，认为岳阳历史文化厚重，特别是经过革命、建设和改革的洗礼，积淀形成了具有鲜明地方特色的求索精神、忧乐精神、骆驼精神和平江起义革命精神，这是我们实现创新引领开放崛起的强大文化基因和宝贵精神财富。全市要大力弘扬"四种精神"，要弘扬忧乐精神，强化居安思危意识，不断加大创新开放步伐，把岳阳放到全省乃至长江中游城市到发展大格局中找坐标、争名次、比高低。要弘扬求索精神，永葆开拓进取激情，勇立潮头，敢为人先，争当创新开放的"出头鸟""领头羊"，以大创新、大开放、大发展、大跨越。要弘扬骆驼精神，锤炼担当实干作风，只要是有利于创新开放的事，就撸起袖子加油干，一锤一锤地敲，一件一件去做，一步一个脚印把创新引领开放崛起战略落到实处。要弘扬平江起义革命精神，激发攻坚克难的斗志，以"偏向虎山行"的勇气和"敢肯硬骨头"的韧劲，奔着矛盾去，迎着困难上，顶着压力干，努力开创岳阳创新开放发展新局面⑮。从而进一步丰富了"岳阳精神"内涵。这份精神血脉，再次鼓足了岳阳人民奋进新时代的精神气，全力谱写岳阳现代化建设新篇章。

3. 岳阳精神的作用是什么

岳阳精神作为物质文化高度发展的产物，即人的意识，"不仅反映客观世界，而且创造客观世界"。理解和把握岳阳精神的丰富内涵，目的在于认识和发挥它的作用。所以，确立和倡导岳阳精神是弘扬中国传统文化和时代发展的需要。

（1）凝聚作用。岳阳精神的形成和发展，已成为凝聚人心、团结市民，爱我岳阳、建我岳阳的精神纽带，能把市民各自不同的精神需求、不同的价值观、不同的"先忧后乐，团结求索"意识凝聚到统一的"求索"精神支柱上，形成共识、产生共鸣，从而使每个市民焕发出劳动的积极性形成一股强大的合力，以此推动全市各项事业的全面的高速发展，把岳阳建设成为"一极三宜"的江湖名城。

（2）激励作用。"团结求索"的激励功能指能激励市民整体向上，严谨务实，知难而进，大胆创新，锐意进取，敢为天下先的作用，从而促使全市人民以积极主动的姿态为岳阳发展贡献力量，建设富裕、文明、发达的现代化城市。

（3）导向作用。岳阳精神是振兴岳阳的一种强大的精神力量，既然是一种积极向上的精神，它就能够促进人们的思想朝着正确的方向发展，就能起一定的导向作用。我们从"求索"而知"路漫漫其修远兮，吾将上下而求索"而知《离骚》；从"先忧后乐"而知"先天下之忧而忧，后天下之乐而乐"而知《岳阳楼记》，从而深刻领悟到爱祖国、忧天下的崇高思想境界。由于这两篇文章妇孺皆知，所以它对岳阳人产生着更有效的、更直接的认识价值和教育价值。

4. 怎样培育和践行岳阳精神

历史和实践反复证明，一个时代有一个时代的精神。岳阳精神的培育，说到底是人的培育，说一千道一万，归根结底还是抓落实，要行动，要与时俱进。

（1）要积极向全市人民宣传灌输岳阳精神。全市要开展形式多样的"知我岳阳、爱我岳阳、建设岳阳"主题活动，集中宣传岳阳精神，从而形成浓厚的舆论气氛，使越来越多的人了解岳阳精神，用岳阳精神培育人。通过各种有效的形式和方法向全市人民宣传、灌输，让干部、职工、市民以及大中小学生，都知道岳阳精神是什么，并变成全市人民的共同意志和行动。

（2）要广泛发动全市市民自觉倡导岳阳精神。现代化建设中需要改革开放，必须勇于实践，大胆探索，而岳阳精神一个突出方面就是志存高远，上下求索，岳阳精神正好于时代现实要求中找到很好的结合点，从而得到升华，发扬光大，通过弘扬岳阳精神促进文明建设活动，通过文明创建活动促进岳阳精神深入人心。先忧后乐讲奉献，团结求索拓新路，而忧乐精神的要义，则在于担当。岳阳精神的倡导和践行要注意两个方面：一方面，党政机关作决策时，要将岳阳精神贯穿到城市规划、文化建设、民生改善各个方面，渗透到生产生活各个领域。如果一个城市的领导者都把城市精神束之高阁，又怎么去要求普通市民？另一方面，岳阳精神还应该落实到市民的日常生活之中。再好的城市精神，如果不能成为全体市民共同的价值追求和行为准则，那就只是空谈、毫无力量可言。全体市民齐心协力建设自己的美好家园，是践行岳阳精神的最好方式。要注意因势利导、坚持以岳阳精神为内核，加强机关单位、学校、企业文化，使岳阳精神在不同行业、企业中转化为一种意志化、信念化的群体意识，真正使全体市民顾大局、讲奉献、团结拼搏蔚然成风，要有自觉意识践行岳阳精神。

（3）要深入研究岳阳精神，赋予岳阳精神新含义。如何深入研究岳阳精神，这不仅仅是一个方法问题，而且关系到岳阳精神的归宿问题。要研究岳阳精神，当然不能离开历史，但重要的还在反思理解，既要到历史文化中去接受其中可以称得上是岳阳精神的东西，进而活化为我们的主体意识，又要立足现代，从时代的课题出发，赋予它以现代意义，使之与时代精神相融合，与时俱进，进一步丰富岳阳精神的内涵。这就要求我们根据时代精神结合历史，从多方的思路和视角去研究岳阳精神，做出规范的解释，便于人们理解、培育和践行，及时加以指导。只有这样赋予历史文化以新的时代内容，使历史文化与时代精神真正融合，把市民的思想统一起来，用城市精神提升城市品格，把岳阳精神转化为社会巨大的物质力量，岳阳精神才能收到实效。这就是我们研究和发扬岳阳精神的出发点和最终目的。

总之，范仲淹为我们写下了千古绝唱《岳阳楼记》，为我们留下了一笔重要的文化财富和政治财富，也为岳阳楼作了一个"大广告"，使岳阳楼成天下一大名胜，从而给了我们多方面的启示和教益，其中重要的一点就是一个地方的代言是什么？是文学作品。好的文学作品，就是一个地方最好的广告。同时，范仲淹的《岳阳楼记》也给岳阳精神赋予了历史的新内容，成为岳阳城市之魂之根和城市精神支柱之一，历史不会忘记他，岳阳人也不会忘记他，将永远纪念他，并把范仲淹的"忧乐精神"发扬光大。

注释

①许迪：《〈岳阳楼记〉接受史》，《文学评论》，2017年第7期（下）。

②（宋）陈师道：《后山诗话》，载《历代诗话》，北京：中华书局，1981年第1版。

③王菊艳、苏思涵：《〈岳阳楼记〉研究综述》，《绥化学院学报》，2015年第9期。

④（清）方苞：《古文约选评文》，载《历代文话》，上海：复旦大学出版社，2007年第1版。

⑤（宋）楼防：《崇文古诀》，文渊阁四库全书本。

⑥刘书芳：《范仲淹与三门峡二三事》，《三门峡日报》，2021年1月5日。

⑦李伟国：《范仲淹〈岳阳楼记〉事考》，《中国范仲淹研究文

集》，群众出版社，2009年4月版。

⑧湖南省地方志编纂委员会主编：《岳阳楼志》，湖南人民出版社，1997年10月版。

⑨中共岳阳市委党史市志办公室编：《岳阳党建90年》，湖南人民出版社，2011年8月版。

⑩何林福：《毛泽东与岳阳楼史实考述》，《光明日报》，2013年5月8日。

⑪贾宁：《人教版八年级下册〈岳阳楼记〉教材分析》，百度文库，2019年2月22日。

⑫徐典波、尹明伟：《10万人同城吟诵〈岳阳楼记〉》，《湖南日报》，2016年10月16日。

⑬尹明伟：《岳阳楼：背诵〈岳阳楼记〉免门票免费欣赏民乐演奏》，岳阳广电，2018年10月3日。

⑭《岳阳市委书记胡忠雄：坚持"四抓"巩固文明创建成果》，河北文明网，2017年5月6日。

⑮胡忠雄：《创新引领干出特色，开放崛起走在前列》，《湖南日报》，2017年8月6日。

永远的《岳阳楼记》

　　范仲淹最著名的作品是传诵千古的《岳阳楼记》，尤其是"先天下之忧而忧，后天下之乐而乐"这句话，成为千古绝唱。一篇精彩绝伦的《岳阳楼记》，不仅让岳阳楼青史留名，也让其作者范仲淹千古不朽，成为后世推崇的一代圣人。

　　"先天下之忧而忧，后天下之乐而乐"这句话，既是范仲淹崇高人格的写照，又向社会昭示了一种儒家的普世价值，影响了一代又一代人，成为人们修身格言，使得无数人对范文正公而神往。读懂范仲淹，必须先要读懂范仲淹的《岳阳楼记》。真可谓一篇短短的经典散文，却蕴藏着一个波澜壮阔的世界。

　　哲人有言："一个民族的崛起，首先是精神的崛起。没有精神的崛起，任何民族的崛起都是不可能完成的。"民族，是由若干个家族构成的社会单元，一个率先崛起的文化家族，往往能够引领时代的潮流。范氏家族的崛起，以其文化精神所产生的能量，范仲淹后世家族兴旺了800多年。综观范氏家族史，不难发现这个家族深藏在骨子里的文化基因还是"忧乐"二字。一个国家、一个民族、一个家庭、一个人都应该是这样，深入践行范仲淹的忧乐精神。

记得著名诗人臧克家在《有的人》一诗中写道："有的人活着，他已经死了；有的人死了，他还活着。"范仲淹属于后者，因为范仲淹的精神还在。范仲淹死了，思想还在燃烧；范仲淹死了，文字依然流传。书比人长寿，文章千古事，最好的纪念，就是思想不灭，薪火相传。范仲淹其人其文，尤其是《岳阳楼记》所表现出来的高尚的人文情怀，是历代人士淑世励志的精神力量，而其创作所表现的"儒家气象"，又是做人为文的楷模。作为每一个有良知的中国人，特别是共产党人和为官者都要走近范仲淹，读一读《岳阳楼记》，学怎样做人、做事、做官、做文……但无论如何，我们要永远弘扬范仲淹的忧乐精神。那么，就让我们还是去读范仲淹，去读他的《岳阳楼记》吧！

不是结束，而是开始，范仲淹，一人千古，千古一人；《岳阳楼记》，一文千古，千古一文。范仲淹和他的《岳阳楼记》值得我们用一生去反复阅读……

主要参考书目

袁行霈：《先天下之忧而忧，后天下之乐而乐——范仲淹〈岳阳楼记〉讲析》，《名作欣赏》，1982年第1期。

禾生：《岳阳归来说〈岳阳楼记〉》，《语文战线》，1981年第4期。

万松：《范仲淹与洞庭湖——关于范仲淹在〈岳阳楼记〉中写出洞庭湖景物的小考》，《语文教学通讯》，1981年第1期。

白化文、李鼎霞：《中学古文全编》，上海辞书出版社，1997年8月第1版。

何光岳、丘均元：《岳阳楼和〈岳阳楼记〉》，《新湘评论》，1978年第10期。

吴功正主编：《中学古文鉴赏手册》，江苏文艺出版社，1988年3月版。

范国强主编：《范仲淹研究文集》，人民出版社，2003年版。

方健：《范仲淹评传》，南京大学出版社，2001年版。

季铁铮：《范仲淹》，湖南人民出版社，2006年9月版。

梁衡：《千秋人物》，北京联合出版公司，2015年版。

梁衡：《〈岳阳楼记〉留给我们的文化思考与政治财富》，《课程·教材·教法》，2009年第4期。

吴小如：《范仲淹〈岳阳楼记〉考析》，《语文教学通讯》，1981第11期。

张希清、范国强主编：《范仲淹研究文集》（五）北京大学出版社，2009年版。

杨德堂主编：《忧乐天下范仲淹》，中国文联出版社，2015年版。

杨德堂编著：《做人为官之道：范仲淹忧乐思想启示》，中国方正出版社，2018年10月版。

王瑞来：《范仲淹研究》，中国人民大学出版社，2010年版。

王德毅：《范仲淹》，《中国历代思想家》，1978年第5期。

李伟国：《范仲淹〈岳阳楼记〉事考》，《中国范仲淹研究文集》，群众出版社，2009年版。

江立中：《范仲淹究竟到过洞庭湖和岳阳楼没有》，《岳阳师专学报》1980年第2期。

孙云清：《范仲淹没有到过洞庭湖》，《湖南师院学报》，1983年第4期。

曲延庆：《范仲淹与〈岳阳楼记〉》，《范学研究》，2006年第2、3期（合刊）。

西北师范学院中文系编：《中学文言文评析注译》（初

中部分），甘肃人民出版社，1983年第2版。

张玉惠、李源浦、徐梦葵、王世贤：《古文百篇评点今译》，吉林文史出版社，1983年7月版。

湖南省地方志编纂委员会编：《岳阳楼志》湖南人民出版社，1997年版。

牟永生：《范仲淹忧患意识研究》，南京大学出版社，2014年5月版。

戴长明主编：《岳阳楼志》，方志出版社，2016年版。

黄军建：《〈岳阳楼记〉千古不朽之谜》，吉林大学出版社，2018年7月版。

诸葛忆兵：《范仲淹研究》，中国人民大学出版社，2010年版。

程应聘：《范仲淹新传》，上海人民出版社，1986年版。

何林福：《岳阳楼史话》，湖南地图出版社，2013年8月修订版。

何林福：《岳阳历史文化十九讲》，湖南地图出版社，2016年版。

陈雨露、杨忠恕：《中国是部金融史2——天下之财》，九州出版社，2014年版。

徐应佩、周溶泉、吴功正：《中国古典文学名著赏析》山西人民出版社，1982年5月第2版。

蔡毅：《〈岳阳楼记〉新探》，《扬州师院学报》，1984年第1期。

王宽行、刘景林：《谈范仲淹〈岳阳楼记〉的写作目的》，《河南师大学报》，1981年第6期。

张中行：《范仲淹的〈岳阳楼记〉》，《阅读和欣赏》，北京出版社，1979年10月版。

曾志雄：《谈滕宗谅的〈求范仲淹撰岳阳楼记书〉》，《纪念范仲淹一千年诞辰国际学术研讨会论文集》（台湾大学文学院编），1990年6月版。

陈湘源：《滕子京〈与范经略求记书〉撰递于庆历五年》，《洞庭名郡》铅印本，2020年12月版。

附录一

滕子京《与范经略求记书》校注解说

　　本篇《与范经略求记书》又称《求范希文〈岳阳楼记〉书》《求记书》和《宗谅求记书》，是滕子京写给范仲淹的书信。滕子京（991—1047），名宗谅，河南洛阳人。范仲淹（989—1052），字希文，谥文正，江苏苏州人。滕、范二人是同年举进士的好友，也是北宋著名的政治家、文学家，主张革新的人物。滕子京"庆历四年春，谪守巴陵郡。越明年，政通人和，百废具兴，乃重修岳阳楼"，修书范仲淹，旨意是请范仲淹写《岳阳楼记》。此次整理以岳阳现存最早的明弘治元年（1488）《岳州府志》（弋阳侯李文明、考官刘玑纂修）为底本，参校元代《岳阳楼集》（郡文学掾东阳陈公举类编、郡学堂长西蜀张天启校正，明万历元年，即公元1573年刻本）和明《隆庆岳州府志》、《岳州府志》（清乾隆版）、《巴陵县志》（明嘉靖和清乾隆、同治、光绪版）、《四库全书》第534册（清代，纪昀、陆锡熊、孙士毅等编，上海古籍出版社，1987年版。又见雍正《湖广通志》卷九十六）、《全宋文》卷三九六（四川大学古籍整理研究所编，曾枣庄、刘琳主编，巴蜀书社，1990年版）等版本，于异文不主一家，择善而从。凡不属明显错字、误字的改动，均在校记注释中给予说明。

　　六月十五日①，尚书祠部员外郎②、充天章阁待制[一]③、知岳州军州事滕宗谅[二]，谨驰介致书④，恭投于邠府四路⑤经略安抚⑥、资政谏议⑦节下[三]⑧：

【校记】

　　[一] 充天章阁待制：今依从元代《岳阳楼集》、明弘治《岳州府志》本。明《隆庆岳州府志》、明嘉靖、清乾隆、同治、光绪《巴陵县志》，雍正《湖广通志》和《四库全书》《全宋文》本，均无"充"字，今不从。

　　[二] 知岳州军州事滕宗谅：唯元代《岳阳楼集》本作"知岳州军州事南阳滕宗谅"，今不从。按：此处"南阳"二字理应为滕宗谅籍贯的习惯用语。据记载：滕子京，名宗谅，今河南洛阳人。但据《中国历史地名大辞典》记载的一种解释为："指今河南济源市、淇县之间太行山以南地区。春秋属晋。《左传·僖公十二年》晋'始启南阳'。"照如此解释，洛阳也属于泛指的"南阳"范围之内。

　　[三] 恭投于邠府四路经略安抚资、资政谏议节下：今依从明弘治《岳州府志》《隆庆岳州府志》本。元代《岳阳楼

集》、清光绪《巴陵县志》和《四库全书》《全宋文》各本皆无"于"字，今不从。"邠府"：明弘治《岳州府志》本作"邠州"，今不从。元代《岳阳楼集》，明《隆庆岳州府志》，清嘉靖、隆庆、同治、光绪《巴陵县志》，雍正《湖广通志》《四库全书》《全宋文》本，皆作"邠府"，今依从。

【注释】

①六月十五日：滕子京《与范经略求记书》的写作时间。目前有两说：一说庆历五年（1046）六月十五日，一说庆历六年（1047）六月十五日。《岳阳楼记》中的"越明年"出自《与范经略求记书》中的"又明年"。滕子京于庆历四年秋登楼，庆历五年春动工重修岳阳楼，六月十五日写信给范仲淹，请求为岳阳楼作记。这是哪一年的六月十五日呢？从滕子京《求记书》中所称范仲淹官职看，范仲淹任邠府四路经略安抚、资政谏议这一官职的时间不满一年，即庆历五年正月至十一月。据四部丛刊《范文正公集》所附《年谱》载：范公于庆历五年正月罢参知政事，除此官，知邠州。十一月，诏以边事宁息，盗贼衰止，罢公陕西四路安抚使，改知邓州。这就足以证明此信写于庆历五年。（按：北京大学中文系杨荣祥教授、中国人民大学国学院詹杭伦教授等大多数学者也持此说。）故引此作于庆历五年（1046）六月十五日。

②尚书祠部员外郎：明道二年（1033）后，滕子京曾任此职。

③天章阁待制：文学侍从官。天章阁：北京宫中庄书阁

名，取"为章于天"之义，名曰"天章"。仁宗即位，以此阁专注庄真遗墨，置待制、直学士、学士等官。宋代文臣于本宫外，往往加给待制等头衔，作为尊称。知：主持。宋代派朝臣为州一级的地方行政长官，称"权知某军州事"，简称"知州"。庆历二、三年，滕子京曾任此职。

⑤驰介：派人。

⑤恭投邠府：恭投，恭敬地投呈。邠府：今陕西彬县。

⑥四路经略安抚：陕西四路，指陕西沿边之秦凤、泾原、环庆、鄜延四路。经略安抚：经略安抚使。宋代官制，重要职务往往临时派遣朝臣充任。当时范仲淹的官名为谏议大夫，职务是资政殿学士，差遣外出任命为陕西四路安抚使、知邠州。

⑦资政谏议：资政，即"参知政事"的简称，掌管副宰相之职，范仲淹在庆历三、四年曾任此职。谏议，即"谏议大夫"的简称，掌侍从规谏，范仲淹在庆历二年十月曾任此职。

⑧节下：犹麾下、部下。

【译文】

（庆历五年）六月十五日，尚书祠部员外郎、天章阁待制、知岳州军事滕宗谅，特派遣公差把这封书信投呈邠府、四路经略安抚、资政、谏议（范大人）部下管事人员（再行敬达范大人）。

窃以为天下郡国[一]①，非有山水环异者不为胜[二]，山水非有楼观登览者不为显，楼观非有文字称记者不为久，文字非出于雄才钜卿者不成著②。今古东南郡邑，富山水者，比比是焉③；因山水作楼观者，处处有焉。莫不兴于仁智之心，废于愚俗之手。其不可废而名与天壤齐固者[三]，则有豫章之滕阁[四]④、九江之庾楼⑤、吴兴之消暑⑥、宣城之叠峰⑦。此外，无过二、三所而已[五]。虽寝历于岁月，挠剥于风雨，潜消于兵火，圮毁于艰屯⑧，必须崇复而不使隳斩者[六]⑨，盖由韩吏部⑩、白宫傅以下⑪，当时名贤辈各有记述[七]，而取重于千古者也。

【校记】

[一] 窃以为天下郡国：今依从元代《岳阳楼集》，嘉靖、乾隆、同治、光绪《巴陵县志》，以及《湖广通志》、《四库全书》、《全宋文》各本。唯明弘治《岳州府志》、《隆庆岳州府志》本误作"切"，无"为"字，今不从。

[二] 非有山水环异者不为胜：元代《岳阳楼集》、明弘治《岳州府志》、《隆庆岳州府志》、清乾隆《岳州府志》、《巴陵县志》、《湖广通志》、《四库全书》、《全宋文》本皆为"环异者"。今人援引《与范经略求记书》原文误作"瑰异"。按：作"环异"义长。

[三] 今古东南郡邑，富山水者，比比是焉；因山水作楼观者，处处有焉。莫不兴于仁智之心，废于愚俗之手。其不可废而名与天壤齐固者，则有豫章之滕阁、九江之庾楼、吴兴之消暑、宣城之叠嶂：今古东南郡邑：唯元代《岳阳楼集》本无"古"字，今不从。因山水作楼观者，处处有焉：今依明弘治《岳州府志》、《隆庆岳州府志》等各本。唯有元代《岳阳楼集》本作"又处处有焉"，今不从。莫不兴于仁智之心：唯元代《岳阳楼集》本为"仁知"。"知"

通"智"。元代《岳阳楼集》、明弘治《岳州府志》、《隆庆岳州府志》本作"富山水者"。而明清《巴陵县志》、《四库全书》、《全宋文》各本"当山水间者","富"作"当",又增补"间"字,今不从。元代《岳阳楼集》、明弘治《岳州府志》、《隆庆岳州府志》本作今古东南郡邑,"富山水者,比比"句下加"是焉;因山水作楼观者,处处有焉,莫不兴于仁智之心,废于愚俗之手。其不可废",下同。而明嘉靖、清同治、光绪《巴陵县志》,以及《湖广通志》、《四库全书》、《全宋文》等各本无此三十一字,当为缺漏。按:有此三十一字,于义为长,今依从。元代《岳阳楼集》、明弘治《岳州府志》、《隆庆岳州府志》、明清《巴陵县志》各本作"齐固者",今依从。《四库全书》、《全宋文》本则作"同者",今不从。元代《岳阳楼集》、明《隆庆岳州府志》、历代《巴陵县志》本、《四库全书》、《全宋文》本皆"消暑",唯明弘治《岳州府志》本作"销暑",应为刻印之误。

[四] 则有豫章之滕阁:今依从明弘治《岳州府志》、明清《巴陵县志》、《湖广通志》、《四库全书》、《全宋文》各本。唯元代《岳阳楼集》本作"则有若豫章之滕阁",今不从。

[五] 此外,无过二、三所而已:今依从明弘治《岳州府志》、明清《巴陵县志》、《湖广通志》、《四库全书》、《全宋文》各本。唯元代《岳阳楼集》本无"外"字,今不从。

[六] 虽寖历于岁月,挠剥于风雨,潜消于兵火,圮毁于艰屯,必须崇复而不使隳斩者:"虽寖":元代《岳阳楼

集》、明弘治《岳州府志》、《隆庆岳州府志》、清乾隆《岳州府志》、《巴陵县志》本均为"虽寝"，唯有《四库全书》误为"虽寝"，此处用"寝"字不合其义，可能为刻印的错失，今依从元代《岳阳楼集》、明弘治《岳州府志》、《隆庆岳州府志》等各本校改。潜消于兵火：元代《岳阳楼集》本作"兵焰"，今不从。元代《岳阳楼集》、明弘治《岳州府志》、《隆庆岳州府志》本作"艰屯"、"必须"，今依从。唯有嘉靖、清同治、光绪《巴陵县志》本作"患难"、"须必"，《四库全书》、《全宋文》本作"难患"、"必须"，今不从。明弘治《岳州府志》、《隆庆岳州府志》本作"隳斩者"，元代《岳阳楼集》本作"坠斩者"，《四库全书》和《全宋文》本作"随圮者"，清光绪《巴陵县志》本作"堕圮者"。从全句看，此处言"坠斩者"、"随圮者"、"堕圮"，应为刻印之误，其意为：这些楼阁必须修复它，不使它毁坏灭绝。当以"隳斩者"说为是。

[七] 白宫傅以下，当时名贤辈各有记述：明弘治《岳州府志》、《隆庆岳州府志》、清乾隆《岳州府志》、明清《巴陵县志》、《四库全书》、《全宋文》各本均作"以下"、"名贤辈"，今依从。元代《岳阳楼集》本作"白宫傅而下"，无"贤"字，今不从。

【注释】

①窃以：窃，私也，自谦之词。窃以，即我私下认为。郡国：郡城。

②环异：指美丽奇异的山水。胜：指景物美好。显：突

出。久：流传久远。著：卓著，意思是有显著的名声。雄才钜卿：这里泛指具有非常才能的名家或大人物。"钜"同"巨"，大也。这几句概括性地指出了山水胜景，楼台亭阁必须有雄才钜卿的题记方能流传久远。

③当：处。比比：到处都是。

④豫章之滕阁：豫章，郡名，治所在今之江西省南昌市。滕王：指南昌滕王阁，故址在今江西省新建县西章门，下临赣江，为唐高祖之子滕王李元婴任洪州刺史时始建，故名滕王阁，王勃有《滕王阁诗并序》。后废。中唐时重修，韩愈作《新修滕王阁记》。今滕王阁系1989年重建。

⑤九江之庾楼：在今江西九江市，滨大江，晋庾亮镇守江洲时所建，又称庾公楼。白居易作过《庾楼晓望》一诗。

⑥吴兴之消暑：在今浙江吴兴湖洲镇霅（zhá）溪岸边，原名"镇湖楼"。唐贞元十五年刺史李词建，后改为"消暑楼"，颜真卿题额。杜牧有《题吴兴消暑楼十二韵》诗。

⑦宣城之叠嶂：故址在今安徽宣城，一名北楼，后因纪念谢朓，改名谢朓楼。李白有《宣城谢朓楼饯别校书叔云》诗。唐咸通十一年刺史独孤霖改建，改名叠嶂楼。

⑧寖历：慢慢经历。寖：通"浸"，渐渐。挠剥：弯曲，剥落。潜消：暗中销毁。圮（pī痞）：毁，毁坏、倒塌。艰屯：一作"难患"。本意是艰难，亦指祸乱。

⑨崇复：终于修复。崇：终了。隳斩：一作"堕圮"和"随圮"。毁坏，灭绝。

⑩韩吏部：指韩愈，曾任吏部侍郎，故名。

⑪白宫傅：指白居易，曾任太子少傅，太子属东宫，故名。

【译文】

我认为天下各郡州府县，没有瑰丽特出的山水环绕，就不能成为名胜之地；有美好的山水而没有楼台亭阁观供人登览的，就不能成为著名的名胜；有楼台亭阁观而没有文章来称赞它、记述它，就不能传名久远；有文章记述而不是出于大才大公卿之手的，也不能成为著名的胜迹。从古到今东南各郡县，富有山水美景的，到处都是，依山傍水建造楼台亭观的，也处处都有。这些名胜建筑，无不兴起于仁智之士的理想，而破坏于愚昧庸俗之人的手中。至于那些不可废坏而与天地同样牢固的名胜，只有南昌的滕王阁、九江的庾公楼、吴兴的消暑楼、宣城的叠嶂楼。此外，不过二、三处罢了。这些楼阁，虽然经历了许多岁月，或者被风雨挠扰剥蚀，或者泯没消灭于兵火，或者坍塌毁坏于祸乱。可是由于人们尊重这些名胜，必须修复它，不使它毁坏灭绝，那大概是因为有吏部侍郎韩愈、少傅白居易以及当时的著名贤达，都曾各有诗文记述的缘故，所以能被千百年来的人士所推重。

巴陵西跨城闉，揭飞观，署之曰"岳阳楼"①，不知俶落于何代何人[一]？②自有唐以来，文士编集中无不载其声诗赋咏，与洞庭、君山率相表里。宗谅初诵其言，而疑且未信，心谓作者夸说过矣[二]。

【校记】

[一] 不知俶落何代何人：明弘治《岳州府志》、《隆庆岳州府志》、明代《巴陵县志》、《湖广通志》各本同作

"何代何人"，为此文意自上贯下，了无凝滞，自可通，故仍依各本。而元代《岳阳楼集》本则为"何人何代"，《四库全书》、《全宋文》本无"何代"二字，今不从。

[二] 心谓作者夸说过矣：今依从元代《岳阳楼集》本作"心"字。明弘治《岳州府志》，《隆庆岳州府志》，明嘉靖、清乾隆、同治、光绪《巴陵县志》，以及《湖广通志》、《四库全书》、《全宋文》本无"心"字，今不从。唯元代《岳阳楼集》本作"夸汰"，今不从。

【注释】

①巴陵：今湖南岳阳市。城：指里城。闉（yǐn 因）：古代城门外的曲城。揭：高举。飞观：腾空欲飞的楼台，指岳阳楼。署：题字。

②俶（chù）落：开始落成。俶：开始。落：这里用作落成的意思。这句指岳阳楼的地理位置在岳州城西里城与外城之间。

【译文】

巴陵郡城西面雄跨城门、高耸飞观的名胜，它的题名叫作"岳阳楼"，不知道开始建成于哪一年，由何人所建？自唐朝以来，文人学士的著作集子都没有不记载有关吟岳阳楼诗赋的。它同洞庭湖、君山这些名胜互相映衬。我开始读到这些诗赋时，感到有些可疑，不能使人相信，以为作者夸大其词，说得太过分了。

去秋①，以罪得守兹郡[一]，入境而疑与信俱释②。及登楼，而恨向之作者所得仅毫末尔[二]。惟其吕衡州诗云[三]：
"襟带三千里，尽在岳阳楼"③，此粗标其大致。自是日思
以宏大隆显之，亦欲使久而不可废[四]，则莫如文字之垂信
[五]④，乃分命僚属，于韩、柳、刘、白、二张、二杜⑤，逮
诸大人集中[六]，摘其登临寄咏[七]，或古或律，歌诗并赋
七十八首[八]，暨本朝大笔，如太师吕公、侍郎丁公[九]、尚
书夏公之众作[十]⑥，榜于梁栋间。

【校记】

[一] 以罪得守兹郡：今依从元代《岳阳楼集》、《全宋
文》本。明弘治《岳州府志》、《隆庆岳州府志》、明清
《巴陵县志》、《湖广通志》、《四库全书》、《全宋文》
本无"守"字，今不从。

[二] 而恨向之作者所得仅毫末尔：明弘治《岳州府
志》、《隆庆岳州府志》、《四库全书》、《全宋文》本
作"仅毫末尔"，今依从。光绪《巴陵县志》本作"仅毫末
耳"。元代《岳阳楼集》、《全宋文》本作"仅毛发尔"，
今不从。

[三] 惟其吕衡州诗云：明弘治《岳州府志》本作"惟
其"，今依从。明《隆庆岳州府志》、清光绪《巴陵县
志》、《四库全书》、《全宋文》本作"惟有"，元代《岳
阳楼集》本既元"其"，也无"有"字，今不从。按：作
"惟其"义长。

[四] 亦欲使久而不可废：今依从元代《岳阳楼集》、明
《隆庆岳州府志》、明清《巴陵县志》、《湖广通志》、
《四库全书》、《全宋文》本。唯明弘治《岳州府志》本作

"亦欲使而不可废"，无一"久"字，应为刻印之误。

[五] 则莫如文字之垂信：明《隆庆岳州府志》、明清《巴陵县志》、《四库全书》诸本无"之垂信"三字。元代《岳阳楼集》作"文信之垂信"，其中"文信"的"信"字应是刻印之误，《全宋文》本有"之垂信"三字，为一句之结语，较善，今依从。

[六] 逮诸大人集中：今依从明弘治《岳州府志》、《隆庆岳州府志》、明清《巴陵县志》、《湖广通志》、《四库全书》本皆同"大人"。《全宋文》本作"闻人"，元代《岳阳楼集》本作"文人"，今不从。

[七] 摘其登临寄咏：今依从元代《岳阳楼集》、明弘治《岳州府志》、《全宋文》本作"摘其"为善。明《隆庆岳州府志》、明清《巴陵县志》、《四库全书》本皆作"摘出"，今不从。

[八] 歌诗并赋七十八首：今依从明弘治《岳州府志》、《全宋文》本为"歌诗"。明《隆庆岳州府志》、明清《巴陵县志》、《四库全书》皆作"歌咏"，《岳阳楼集》本作"歌诗并赋共七十八首"，多一"共"字，今不从。

[九] 侍郎丁公：明弘治《岳州府志》、《隆庆岳州府志》、明清《巴陵县志》、《湖广通志》、《四库全书》本皆同"侍郎"，今从之。元代《岳阳楼集》、《全宋文》本作"侍中"，今不从。按：丁公，指丁谓，曾任门下侍郎一职。

[十] 夏公之众作：元代《岳阳楼集》、明弘治《岳州府志》、《隆庆岳州府志》本作"众"，今从之。明清《巴陵县志》、《四库全书》、《全宋文》各本皆无"众"字。

【注释】

①去秋：去岁之秋，指庆历四年的秋天。与范仲淹《岳阳楼记》所说"庆历四年春"合观，滕子京是庆历四年春天离职，秋天到任。

②疑与信俱释：是指作者所疑者已释，而所信者亦释。盖作者未登楼则疑"夸说过矣"，及登楼，则信并非夸说而"所得仅毫末尔"。

③吕衡州：吕温，唐德宗时人，曾被贬为道州刺史，未到任又改任衡州刺史，文中引诗出自其《岳州怀古》。

④垂信：这里指没有比文字记载更可靠的。垂：传下去，流传后世。信：信任，不怀疑，认为可靠。

⑤韩、柳、刘、白、二张、二杜：韩，指韩愈，有《岳阳楼别窦司直》等诗五首。柳，指柳宗元，现存诗集中有《别舍弟宗一》，没有专咏岳阳楼的诗。刘，指刘禹锡，有《望洞庭》等诗四首；白，指白居易，有《题岳阳楼》等诗。二张，指张说与张九龄，相传张说修过岳阳楼，作过《岳阳早霁南楼》等诗；张九龄有《岳州九日宴道观西阁》等诗。二杜，指杜甫、杜牧。杜甫有《登岳阳楼》等诗二十多首，杜牧有《早春寄岳阳李使君》等诗。

⑥太师吕公：吕夷简（978—1043），曾任宰相、司徒，封申国公。侍郎丁公：丁谓（962—1033），曾任门下侍郎，封晋国公。尚书夏公：夏竦（985—1051），曾任吏部尚书，封英国公。丁谓和夏竦两人都作有吟岳阳楼的诗。

【译文】

去年秋天，我因犯了错误被贬到巴陵郡当太守，一到郡城境内，就把原来那些可疑的想法全部消除了，相信的也证实了。直到登上岳阳楼，便为从前一些作者之所见只是一些毫末之处而感到十分遗憾。只有唐代衡州刺史吕温的诗说到："襟带三千里，尽在岳阳楼。"这话粗略地标出了它的大致面貌。从此以后，我每天都想使岳阳楼显得宏伟隆重些，也想使它能够久传而不可废，那就没有比用文字来记载它更有效了。于是我就命令我的下属官员，从韩愈、柳宗元、刘禹锡、白居易、张说、张九龄、杜甫、杜牧以及其他诸位大人先生的诗文集中，摘录出有关登临岳阳楼的诗词歌赋，有的是古体，有的是律绝，一共七十八首，连同本朝的大手笔，如太师吕夷简、侍郎丁谓、尚书夏竦的一些作品，雕榜悬置于梁栋之间。

又明年春，鸠材僝工①，稍增其旧制[一]。

【校记】

[一] 稍增其旧制：今依从明弘治《岳州府志》、《隆庆岳州府志》、《巴陵县志》、《湖广通志》、《四库全书》、《全宋文》本。唯元代《岳阳楼集》本作"稍增于旧制"，今不从。

【注释】

①鸠材僝工：鸠（jiū）材，聚集材料：僝（zhàn）工，招集工匠，僝：具备。文言词语中有"鸠工庀（pǐ）材"之

语，谓召集工人，具备材料，为兴建工程常用语，当与"鸠材僝工"同义。

【译文】

第二年春天，我又聚集材料，召集工匠，稍稍扩大岳阳楼的原有规模。

然古今诸公于篇咏外[一]，卒无文字称记[二]所谓岳阳楼者①，徒见夫屹然而踞②，岈然而负[三]③，轩然而竦④，伛然而顾[四]⑤，曾不若人具肢体而精神未见也[五]，宁塈乎久焉[六]？

【校记】

[一] 然古今诸公于篇咏外：今依从元代《岳阳楼集》、《全宋文》本。明弘治《岳州府志》、《隆庆岳州府志》、明清《巴陵县志》、《湖广通志》、《四库全书》诸本无"然"字。

[二] 卒无文字称记：元代《岳阳楼集》、明弘治《岳州府志》、《隆庆岳州府志》本作"卒"，今依从。明嘉靖、清乾隆、同治《巴陵县志》，以及《四库全书》、《全宋文》诸本作"率"。"卒，终也。"然此句则当作"卒"为善。

[三] 岈然而负：今依诸本。唯弘治《岳州府志》本作"呀"，今不取。

[四] 伛然而顾：今依诸本。唯弘治《岳州府志》本作"枢"，今不取。

[五] 曾不若人具肢体而精神未见也：明弘治《岳州府

志》、《隆庆岳州府志》、《四库全书》、《全宋文》本皆
作"若人"，今均仍依各本。清嘉靖、乾隆、同治《巴陵
县志》各本作"异人"，今不取。唯弘治《岳州府志》本
作"支体"，应为刻印之误。元代《岳阳楼集》本作"未会
也"，今不取。

[六] 宁堪乎久焉：今依从元代《岳阳楼集》、明弘治
《岳州府志》、《全宋文》本。明《隆庆岳州府志》、明清
《巴陵县志》、《湖广通志》、《四库全书》本皆无"乎"
字，今不从。

【注释】

①岳阳楼：岳阳楼的前身叫鲁肃阅军楼，是东汉末年鲁
肃镇守巴丘（今岳阳市）时主持修建的。它最初的用途不是
作为观赏游览，而是便于指挥和检阅水军的，因此命名阅军
楼。自唐相张燕公（即张说）出守于此，其名始著，称为岳
阳楼。

②屹然：高耸的样子。踞：蹲或坐。

③岈然：山深的样子，意指大而空的样子。

④轩然：轩敞、开阔的样子。竦，通"耸"。

⑤伛然：弯下身子的样子。顾：看。这"屹然"四句，
写岳阳楼的雄姿。这里用人的四种姿态比喻无记的岳阳楼
"有形而无神"，为下文求记作铺垫。

【译文】

可惜岳阳楼古往今来除了诸位公卿学士的诗篇吟咏之
外，始终没有文章记述它。所谓"岳阳楼"这一名胜，只不

过见到它巍然屹立盘踞城楼，高大空阔背负苍天，轩然高举
地耸立洞庭湖滨，伛然曲身顾望游客，岂不像一个人只具备
肢体而没有精神，这能传留得多久呢？

　　恭维执事[一]①，文章器业，凛凛然为天下之特望[二]，
又雅意在山水之好[三]②。每观送行怀远之什[四]，未尝不神
游物外[五]，而心与景接。矧兹君山、洞庭，杰然为天下之
特胜[六]③。切度风旨④，岂不撼退想于素尚⑤，寄大名于清赏
者哉？⑥伏冀戎务勘退[七]⑦，经略暇日⑧，少吐金石之论⑨，
发挥此景之美[八]，庶漱芳润于异时者[九]⑩，知我朝高位辅
臣，有能淡味而远⑪，托思于湖山数千里外，不其胜软？谨
以《洞庭秋晚图》一本，随书赘献[十]⑫，涉毫之际⑬，或有
所助。

【校记】

　　[一] 恭维执事：今依从明弘治《岳州府志》、《隆庆岳
州府志》、《巴陵县志》、《湖广通志》、《四库全书》、
《全宋文》本。唯元代《岳阳楼集》本作"共维"，其
"共"字应有误。

　　[二] 凛凛然为天下之特望：今依从明弘治《岳州府
志》、《隆庆岳州府志》本。凛凛然：唯元代《岳阳楼集》
本作"凛凛焉"，今不从。嘉靖、乾隆《岳州府志》，以及
光绪《巴陵县志》、《湖广通志》、《四库全书》、《全宋
文》各本作"时望"。故作"时"不为误，亦可通。

　　[三] 又雅意在山水之好：今依从明弘治《岳州府志》、
《隆庆岳州府志》、明清《巴陵县志》、《湖广通志》、

《四库全书》、《全宋文》诸本。元代《岳阳楼集》本作"又雅志有山水之好"，今不从。

[四] 每观送行还远之什：明弘治《岳州府志》、《隆庆岳州府志》、《湖广通志》、《四库全书》、《全宋文》各本作"每观送行还远之什"，今依从。唯清乾隆《巴陵县志》本作"怀远之什"，元代《岳阳楼集》本作"怀远之作"，今不取。

[五] 未尝不神游物外：今依从清《巴陵县志》、《湖广通志》、《四库全书》、《全宋文》各本。而明弘治《岳州府志》、《隆庆岳阳府志》本作"未尝不以游物外"，元代《岳阳楼集》本作"未尝不以意游物外"，今不从。按：作"神游"，上下语意连贯，为善。

[六] 矧兹君山、洞庭，杰然为天下之特胜：今依从清乾隆《岳州府志》、光绪《巴陵县志》、《湖广通志》、《四库全书》、《全宋文》各本。唯元代《岳阳楼集》本作"洞庭、君山"，今不从。元代《岳阳楼集》、明弘治《岳州府志》、《隆庆岳州府志》作"杰杰"，今不取。明弘治《岳州府志》、《隆庆岳州府志》作"特胜"，今依从。清乾隆《岳州府志》、光绪《巴陵县志》、《四库全书》、《全宋文》本同作"最胜"。故作"最胜"不为误，亦可通。

[七] 伏冀戎务戡退：今依从明《隆庆岳州府志》、《巴陵县志》各本，《四库全书》、《全宋文》本无"伏"字，当有"伏"字为是。而元代《岳阳楼集》本作"伏冀戎务退食"，无"戡"多一"食"字，今不取。

[八] 发挥此景之美：明《隆庆岳州府志》、清乾隆《巴陵县志》、《湖广通志》、《四库全书》、《全宋文》各本

同，今依从。唯明弘治《岳州府志》本误作"发挥此美之景"，元代《岳阳楼集》本作"而发挥壮美之"，今不取。

[九] 庶漱芳润于异时者：明弘治《岳州府志》本作"庶漱芳润于异时者"，今依从。明《隆庆岳州府志》、《湖广通志》、《四库全书》、《全宋文》各本同，缺少一"者"字，当有"者"字为善。元代《岳阳楼集》本作"庶俾漱芳润于异代者"，此处作一"俾"一"代"，今不取。

[十] 谨以《洞庭秋晚图》一本，随书赘献：今依从明弘治《岳州府志》、《隆庆岳州府志》、清乾隆《岳州府志》、明清《巴陵县志》、《湖广通志》、《四库全书》、《全宋文》诸本。元代《岳阳楼集》本无"本"，并作有"而随书赘献"。而明弘治《岳州府志》等参校本均无"而"字。

【注释】

①恭维执事：恭维，对上的谦词；执事，原指侍从左右供使令的人，此处指范仲淹。恭维、执事，均为旧时书信中对尊上表示谦敬之辞。器业：气度业绩。凛凛然：很有名气、可敬畏的样子。特望：一作"时望"，迥异于众的声望。这句的意思是赞美范仲淹文学修养深厚，思想情操高尚，旨在说明范仲淹胜任为岳阳楼作记。

②"雅意"：指他酷爱山水景物。

③"矧兹"：矧（shěn）：况且，何况。杰然：突出，杰出。特胜：特别优美。

④切度：仔细猜度。风旨：风神、旨趣。

⑤摅（shū）：发表、表示。素尚：向来崇高的志趣。

⑥寄：寄托。清赏：指对山水景物的品评鉴赏。

⑦伏冀：伏，敬词；冀，希望。戎务：军务。尠退：稍微松懈。尠："鲜"的异体字，少也。

⑧经略：指谋划军机大事。

⑨金石之论：比喻非常宝贵的言论。金石：此指金和美石之属。

⑩庶漱：庶，表示希望或推测之词。漱，此作流传讲。芳润：芳香的润泽，这里借指优美的文章。

⑪淡味：指对功名利禄的淡漠。

⑫挚献：呈献。挚：原指古时初次拜见尊者或前辈时所送的礼物，此指以《洞庭秋晚图》呈上范仲淹。

⑬涉毫：指写作。

【译文】

　　我衷心敬佩地想到你的文章、气度和事业，令人敬畏你在当今天下具有很高的声望，你又向来留意于山水的美好。我时常看到你送行、怀远的篇章，它们总是那样精神超脱物象之外，而且达到了意与境会、情景交融的境界。何况这君山、洞庭的美景，其出类拔萃，乃是天下杰出的名胜。我私自揣想以你那风神旨趣，岂不也将出于本来的志趣而抒发你的远念，在清赏胜景之中寄托你的大名呢？我诚恳地希望你在军务较少、策划闲暇的时候，稍稍倾吐你那金石般的议论，发挥这岳阳楼景物的美妙，幸为后人拜读你的大作时，知道我朝身居高位的辅弼大臣，有能甘心淡泊的人，这岂不很好吗？（现在）随信奉上《洞庭秋晚图》一本，当你动笔写作的时候，或许有所帮助。

干冒清严①，伏惟惶灼[一]②。

【校记】

[一] 伏惟惶灼：今依从清乾隆《巴陵县志》、《湖广通志》、《四库全书》、《全宋文》本。唯元代《岳阳楼集》本作"伏增惶灼"，明弘治《岳州府志》、《隆庆岳州府志》本作"煌灼"，今不从。

【注释】

①干冒清严：这是书信末尾的客气话。意思是说我冒犯了你的清静和尊严。

②惶灼：惶恐。

【译文】

我冒犯了你的清静和尊严，内心十分惶惑，请你给予明察。

【简评】

从滕子京研究的情况来看，至今没有发现滕子京有文集传世。他在岳阳的言论，现见于文字的只有《与范经略求记书》和《岳阳楼诗集序》两篇文章。其主要思想集中体现在《与范经略求记书》一文。滕子京请范仲淹写《岳阳楼记》的原因和目的是什么？意欲使岳阳楼传之久远。全信690字，正文可分为三部分：

第一部分提出山水楼观须有题记，而且必须出自雄才钜卿之手，方能流传久远的价值观。信一开始就从理论上提出了这一命题，接着以全国著名楼阁的实例进行了论证，列举了滕王阁、庾公楼、消暑楼、叠嶂楼等名胜，它们之所以历经风雨战乱而不废圮，就是因为有著名的记，进一步揭示了自然景观要与人文精神相结合，否则再美的山水胜景、楼台亭阁都不可能成为风景名胜，只有那些出自雄才钜卿的"文字称记"，才能使这些楼阁获得永恒的生命，不因为自然的人为的破坏而消失，从而暗示自己"求记"之目的，多么希望范仲淹能写出著名文章，"文因楼而写，楼因文而传"。

第二部分描写了美丽的岳阳楼，迫切需要有著名的人士来题记而闻名天下。滕子京在《与范经略求记书》中说：这"屹然而踞，岈然而负，轩然而竦，伛然而顾"的"极雄丽"的岳阳楼，就像一个人徒具形体而没有灵魂一样，还是不能传之久远。而岳阳楼虽自唐代以来题诗写词极多，却"卒无文字称记"。滕子京在《岳阳楼诗集序》中也写道："东南之国富山水，惟洞庭于江湖名最大。环占五湖，均视八百里；据湖面势，惟巴陵最胜。濒岸风物，日有万态。虽渔樵云鸟，栖隐出没，同一光影中，惟岳阳楼最绝。古今才人巨公，登临寄傲，流叹声藻，散在编简。或传颂于人口者，才不过一二。惟唐相张燕公文字最著。询之耆旧，则曰：'楼得名，始命于公矣！'即指导往迹，参传其说，皆略而不书。"为什么这些文字均称不上记文？滕子京虽然没有明说，言下之意是明显的，就是岳阳楼没有高尚、深邃的思想灌注的碑记文章。岳阳楼虽然历史悠久而没有一篇好的记，这个问题可是相当严重的。从而进一步交待其"求记"的动因。

第三部分点明"求记"的目的：要给岳阳楼写出传之久

远的记文，非你范仲淹莫属。滕子京详细地分析了范仲淹能胜任作记的很多主客观条件：钦佩他的文学才华，赞赏他的高尚情操，深知他酷爱山水景物，写过一些好诗文，又曾有过游洞庭湖的经历。所以，他在《与范经略求记书》中称颂范仲淹"文章器业，凛凛然为天下之特望，又雅意在山水之好，每观送行还远之什，未尝不神游物外，而心与景接"，希望范仲淹"戎务勘退，经略暇日，少吐金石之论，发挥此景之美"，托物言志，继承和发扬《诗经》的现实主义精神，把自己的志趣情操寄托于对洞庭湖、君山、岳阳楼风光的品评鉴赏上，作文以记之，以能传之久远，使后人知道我宋朝有人。写信的目的直截了当地表达出来了，那就是请范仲淹为岳阳楼写一篇记。

读完全信，我们不能不为滕子京为了岳阳楼传之久远的用心，恳切曲折的陈情，形象生动的文笔，精细严谨的逻辑所折服。清人全祖望《重葺岳阳楼志序》说："惟洞庭为湖南之胜，岳阳又为洞庭之胜。而其所以得文正之记以著天下，则实自太守滕公子京，乃志之所由始也。滕公为安定先生高弟，其才跞跞千古，读其上范公之书，以求此记，其词嶒崚轞轹，笔力浩大。世但知文正之记之工，足与少陵、襄阳之诗相配；而不知子京之书，已足与文正之记相配。所谓山川之灵，非伟人之文不足以发之者，斯之谓矣！"因此，滕子京这封信《与范经略求记书》不但是研究《岳阳楼记》的珍贵史料，对探讨《岳阳楼记》的许多问题，诸如范仲淹为什么写《岳阳楼记》，《岳阳楼记》写在哪里，从滕子京派人送《求记书》到范仲淹写成《岳阳楼记》花费了多久的时间等，都不无助益，而且对我们今天地方旅游景点的建设，也具有极大的指导意义。这说明《与范经略求记书》本身具有很高的文学、美学和史学价值，与《岳阳楼记》珠联璧合，将永远光照岳阳楼，辉耀中国文学史。

附记

　　本文曾经中国社会科学院文学研究所杨镰（1947—2016）教授、博士生导师审阅，特此致谢。

滕子京致范仲淹《求记书》的文史美学价值

六月十五日，尚书祠部员外郎、充天章阁待制、知岳州军州事滕宗谅，谨驰介致书，恭投于邠府四路经略安抚、资政谏议节下：

窃以为天下郡国，非有山水环异者不为胜，山水非有楼观登览者不为显，楼观非有文字称记者不为久，文字非出于雄才钜卿者不成著。今古东南郡邑，富山水者，比比是焉；因山水作楼观者，处处有焉。莫不兴于仁智之心，废于愚俗之手。其不可废而名与天壤齐固者，则有豫章之滕阁、九江之庾楼、吴兴之消暑、宣城之叠峰。此外，无过二、三所而已。虽寖历于岁月，挠剥于风雨，潜消于兵火，圮毁于艰屯，必须崇复而不使隳斩者，盖由韩吏部、白宫傅以下，当时名贤辈各有记述，而取重于千古者也。

　　巴陵西跨城闉，揭飞观，署之曰"岳阳楼"，不知俶落于何代何人？自有唐以来，文士编集中无不载其声诗赋咏，与洞庭、君山率相表里。宗谅初诵其言，而疑且未信，心谓作者夸说过矣。

　　去秋，以罪得守兹郡，入境而疑与信俱释。及登楼，而恨向之作者所得仅毫末尔。惟其吕衡州诗云："襟带三千里，尽在岳阳楼"，此粗标其大致。自是日思以宏大隆显之，亦欲使久而不可废，则莫如文字之垂信，乃分命僚属，于韩、柳、刘、白、二张、二杜，逮诸大人集中，摘其登临寄咏，或古或律，歌诗并赋七十八首，暨本朝大笔，如太师吕公、侍郎丁公、尚书夏公之众作，榜于梁栋间。

　　又明年春，鸠材僝工，稍增其旧制。

　　然古今诸公于篇咏外，卒无文字称记所谓岳阳楼者，徒见夫屹然而踞，岈然而负，轩然而竦，伛然而顾，曾不若人具肢体而精神未见也，宁堪乎久焉？

　　恭维执事，文章器业，凛凛然为天下之特望，又雅意在山水之好。每观送行怀远之什，未尝不神游物外，而心与景接。矧兹君山、洞庭，杰然为天下之特胜。切度风旨，岂不撼退想于素尚，寄大名于清赏者哉？伏冀戎务鉴退，经略暇日，少吐金石之论，发挥此景之美，庶漱芳润于异时者，知我朝高位辅臣，有能淡味而远，托思于湖山数千里外，不其胜欤？谨以《洞庭秋晚图》一本，随书赘献，涉毫之际，或有所助。

　　干冒清严，伏惟惶灼。

这是滕子京致范仲淹的《求记书》，不仅是研究滕子京在岳阳政绩的一份史料，也为研究范仲淹的《岳阳楼记》提供了一份无比珍贵的文献史料。我之所以说它珍贵，不仅因为书信中提到了这两位朋友之间的感情，"求记"与"写记"之原由，更是因为这封信的内容涉及到滕子京为什么修楼和修楼的时间等重大问题。滕子京（991—1047），名宗谅，河南洛阳人。范仲淹（989—1052），字希文，谥文正，江苏苏州人。滕、范二人是同年举进士的同僚好友，北宋政治家、文学家，也是主张革新的人物。滕子京"庆历四年春，谪守巴陵郡。越明年，政通人和，百废具兴，乃重修岳阳楼"，修书范仲淹，旨在请范仲淹写《岳阳楼记》。这封信的写作时间为六月十五日。在哪一年？目前有两说：一说是庆历五年，一说是庆历六年，但大多数学者认定为庆历五年六月十五日。后收入历代《岳州府志》、《巴陵县志》和《湖广通志》、《湖南通志》、《洞庭湖志》、《文渊阁四库全书》、《全宋文》等等。它对我们研究滕子京重修岳阳楼的时间，范仲淹的《岳阳楼记》写作缘由、地点、过程与评价等问题，都提供了一份可资参考和深入分析的珍贵史料。

一、《求记书》的美学价值

《求记书》的珍贵在于美学价值。当代散文家梁衡说过："我认为文章写作主要有两个目的：为思想而写，为美而写。文章最后作用于读者的或是思想的启发，或是美的享受，可以此多彼少，当然两者俱佳更好。"按此标准衡量，这封信无疑是一篇好文章。

从理论上看，滕子京在《求记书》中提出了自己的美学思想。他说："窃以为天下郡国，非有山水环异者不为胜，山水非有楼观登览者不为显，楼观非有文字称记者不为久，文字非出于雄才钜卿者不成著。"作者用了"天下郡国……山水环异，山水环异……楼观登览，楼观登览……文字称记，文字称记……雄才钜卿"等四个层层递进句式，来阐发对"名胜"的理解和认识。接着，又以全国著名楼阁实例进行了论证，列举了滕王阁、庾公楼、消暑楼、叠嶂楼等名胜，它们之所以历经风雨战乱而不废圮的原因，就是因为有著名的记，进一步揭示了自然景观要与人文精神相结合，否则再美的山水胜景、楼台亭阁都不可能成为著名的风景名胜，只有那些出自"雄才钜卿"的"文字称记"，才能使这些楼阁获得永恒的生命，不因为自然的人为的破坏而消失。他的这种"传之久远"的"千古"思想，值得我们学习和弘扬。在今天看来，滕子京的美学思想的正确性自不在言，黄州（今湖北黄冈市）赤壁就是一个很好例证。赤壁之于黄州的意义，不在地理，而在人文；不在赤壁本身，而在苏东坡的赤壁词赋。一首词，两篇赋，让一座城池获得了巨大的光荣。

从实践上看，滕子京在岳阳也践行了自己的美学思想。他在《求记书》中写道：这些名胜建筑，"莫不兴于仁智之心，废于愚俗之手"。这既有他对岳阳楼文化现状的种种忧虑和思考，也有他对社会现象的不满与批评，体现出了一种带有分明责任感的挚情。作为一个地方官员，应该有"仁智之心"、有责任、有义务把一个地方的风景名胜保护好、建设好，造福子孙后代。这也是滕子京一种政绩观的体现。在"政通人和，百废具兴"以后，搞建设坚持理论同实际相结合，为保护好岳阳楼做了三件事，即"重修岳阳楼，请范仲淹为岳阳楼写记、编《岳阳楼诗集》并撰序。岳阳楼成为千古名胜，其主要功劳应归于滕子京。尔后，他还修了岳阳文庙和拟修偃虹堤。这对我们今天的地方官员加强城市建设和旅游景点的开发，走发展性保护之路，具有极大的指导意义和启发性。

二、《求记书》的史学价值

《求记书》的珍贵在于史学价值。其历史价值可概括为"四个有利于搞清楚"：

一是有利于搞清楚滕子京重修岳阳楼的时间。《岳阳楼记》中的"越明年"出自《求记书》中"又明年"，滕子京于庆历四年秋登楼，庆历五年春动工重修岳阳楼，六月十五日写信给范仲淹求记。根据《求记书》中所载范仲淹官职分析，他担任"邠府四路经略安抚、资政谏议"这一官职，自庆历五年正月至十一月，不满一年，这足以证明此信写于庆历五年六月十五日。而岳阳楼重修竣工，也当在庆历六年，所以岳阳的方志记载庆历六年重修岳阳楼。

二是有利于搞清楚范仲淹的《岳阳楼记》是怎么产生的。庆历五年春，岳阳楼开始重修后，经过精心收集，才发现"然古今诸公于篇咏外，卒无文字称记所谓岳阳楼者"，而一座著名的楼观没有一篇好的记，"曾不若人具肢体而精神未见也", 这问题可是相当严重的。怎么办呢? 滕子京想起了范仲淹这支大手笔, "文章器业, 凛凛然为天下之特望, 又雅意在山水之好。每观送行还远之什, 未尝不神游物外, 而心与景接", 希望范仲淹"伏冀戎务赅退, 经略暇日, 少吐金石之论, 发挥此景之美", 以张其事, 能传之久远, 使后人知道我宋朝有人。写信的目的直截了当地表达出来了, 那就是要请范仲淹"作文以记之"。

三是有利于搞清楚《岳阳楼记》写在哪里。有的认为在邓州, 有的认为在岳阳, 我认为在邓州是对的。从《求记书》可以看出, 一方面, "谨驰介致书, 恭投于邠府四路经略安抚、资政谏议节下"。据四部丛刊《范文正集》所附《年谱》记载, 范公于庆历五年正月罢参知政事, 除此官, 知邠州。十一月, 诏以边事宁息, 盗贼衰止, 罢公陕西四路安抚使, 改知邓州。范仲淹自署《岳阳楼记》作于宋仁宗庆历六年(1046), 而其时作者遭贬邓州(治所在今河南省邓县)。又据《范文正公年谱》记载: "庆历六年丙戌, 年五十八岁, 公在邓, 九月十五日作《岳阳楼记》。"程应缪《范仲淹新传》在《范仲淹事迹著作编年简录》中, 亦将《岳阳楼记》的写作地点定在邓州。另一方面, 滕子京"谨以《洞庭秋晚图》一本, 随书赞献, 涉毫之际, 或有所助"。这就明摆着不劳您大驾光临了, 不必亲历其地。再一方面, 滕子京当时写了三封信, 除给范仲淹《求记书》外, 一封给尹洙求《岳州学记》、一封给欧阳修求《偃虹堤记》, 后两封信的时间都在庆历六年。范仲淹、尹洙、欧阳修三人的文章都求到了, 而滕子京写给尹洙、欧阳修的信则已佚失。从尹洙的《岳州学记》看, 多次运用滕子京信中的材料，看上去并没有到岳州来看过。又从欧阳修的《偃虹堤记》看，尽管文章记叙得非常具体，说这个堤有多高多长，但这些资料都出自滕子京的一封信和一幅图，只是欧阳修把它整理一下就变成一篇文章了。事实上，偃虹堤只有规划没有修，滕子京就调走了。如果欧阳修接到滕子京求记书后，真的要到岳州实地考察的话，他也就不会写这篇文章了。显然，欧阳修写这篇记时也没有到实地考察过。所以在宋朝常常有这种情况，范仲淹写《岳阳楼记》之时没有到过岳阳楼也不足以为怪了。

四是有利于搞清楚范仲淹在写《岳阳楼记》之前到过洞庭湖。滕子京在《求记书》中写道："矧兹君山、洞庭，杰然为天下郡国之特胜。切度风旨，岂不揽遐想于素尚，寄大名于清赏者哉！"这"素尚"就是平时的一些兴趣，写了有关洞庭湖和岳阳的诗词，说明滕子京知道范仲淹是曾经到过洞庭湖的。从《范文正公集》可以看到，他至少有两次到过洞庭湖。一次是明道二年（1033），范仲淹在《送韩渎院出守岳阳》一诗中说："仕宦自飘然，君恩岂欲偏？才归剑门道，忽上洞庭船。坠絮伤春目，春添废夜眠。岳阳楼上月，清赏浩无边。"一次是景佑元年（1034）元月，他被贬到浙江建德，途经淮北之时又写了两首诗，其中《新定感兴五首》之四诗云："去国三千里，风波岂不赊。回思洞庭险，无限胜长沙。"这些诗句对洞庭湖景观的描绘，应必然是经历了洞庭风波的感受。从这些例子来看，范仲淹是到过洞庭湖的。因此，范仲淹写《岳阳楼记》是收到了滕子京的信和画，又查了很多有关资料，同时把自己过去对洞庭湖岳阳楼的印象调度出来，从而有了一种思想的升华，想规劝滕子京，然后写成的。另外，《求记书》本来就没有要求范仲淹亲自到岳州跑一趟。由此看来，范仲淹没有到岳州而在邓州写下《岳阳楼记》，是可以肯定的了。正因如此，没有《求记书》，这一切也许至今对我们还是一个谜。

三、《求记书》的文学价值

《求记书》的珍贵在于文学价值。无论是思想内容，还是写作技巧，体现了作者深邃的理性思考和丰富的人生感悟，达到了内容与形式的完美统一。清人全祖望《重葺岳阳楼志序》评价："惟洞庭为湖南之胜，岳阳又为洞庭之胜，而其所以得文正之记以著天下，实则自太守滕公子京，乃志之所由始也。滕公为安定先生高弟，其才跞跨千古，读其上范公之书，以求此记，其词嶒嵘鞎鞳，笔力浩大。世但知文正之记之工，足与少陵、襄阳之诗相配；而不知子京之书，已足与文正之记相配。所谓山川之灵，非伟人之文不足以发之者，斯之谓矣！"显然，《求记书》思想艺术俱佳。我们不能不为滕子京为了岳阳楼传之久远的用心、情真意切的陈情、精细严谨的逻辑、优美生动的文笔所折服。

首先表现为主题鲜明，思想性强。"传之久远"是《求记书》的核心主题。滕子京在短短六百多字的《求记书》中，从正反两方面总结了"滕阁"、"庾楼"、"消暑"、"叠嶂"和"岳阳楼"的经验教训，分析了请范仲淹写《岳阳楼记》的原因和目的，意欲使岳阳楼传之久远。怎样才能达到这一目的呢？滕子京在《求记书》中明确提出了山水人文相结合的思想主张。这些主张集中体现了滕子京的山水美学思想，是滕子京园林建筑的实践举措，至今仍有很强的现实意义。

其次表现为层次分明，结构严谨。全信的正文可分为三部分：第一部分提出山水楼记须有题记，而且必须出自雄才钜卿之手，方能流传久远的价值观。第二部分描写了美丽的岳阳楼，迫切需要有著名的人士来题记，文因楼而写，楼因文而传。第三部分点明"求记"的目的：要给岳阳楼写出传之久远的记文，非你范仲淹莫属。其层次十分清楚，逻辑性非常强，构成一个有机的联系整体。

再次表现为体物写志，情理交融。《求记书》没有过多的形容和辞藻堆积来歌颂范仲淹的功绩，繁简适当，恰到好处。重点是体物写志，叙述中有描写，描写中有感悟，感悟中有议论，议论中有叙述，缘事于理，入情入理，感人肺腑。

最后表现为善用修辞，明快表达。政治要明确，文学要含蓄，作为书信需要把有关内容直白明了告诉对方。而滕子京善用积极修辞，灵活运用古典、比喻、递进、口语、长短句等各种风格，不仅准确，而且生动，借用语言的形式美表现出政治的思想美，运用明快的风格表达了求记的目的。因而调动了范仲淹的写作激情，进而完成了《岳阳楼记》。它的横空出世，震古烁今。如果说范仲淹的《岳阳楼记》不仅写出了天下第一等的景观，而且写出了天下第一等的抱负，思想之先进，修辞之精美，成千古绝唱。那么，滕子京的《求记书》催生了《岳阳楼记》，则以很高的文学、美学和史学价值，与《岳阳楼记》珠联璧合，将永远光照岳阳楼。

总而言之，或许一些学者对滕子京《求记书》提出这样那样肯定和否定的说法，指出它的某些偏失和不足，可谁也难以否认，滕子京毕竟以他的卓识"重修岳阳楼"和鲜活的文字树起了历史与文学的纪念碑。正是他的《求记书》，才有了《岳阳楼记》，才使他的山水美学思想、千古意识和政绩观具备了历史、现实的意义和价值。

（本文原载《岳阳职业技术学院学报》，2016年第6期；又收入《岳阳历史文化十九讲》，湖南地图出版社，2016年3月）

岳阳楼：江南胜景　文藻胜地

　　洞庭天下水，岳阳天下楼。湖南的岳阳楼与武昌的黄鹤楼、南昌的滕王阁齐名，并称"江南三大名楼"。谁为最？首推岳阳楼。正如一位诗人所说："五湖讲景，天涯唯美洞庭水；四海论台，江南独秀岳阳楼。"1988年元月，被国务院列为全国重点文物保护单位。

一、环境：一分山色九分湖

　　中国古代建筑，大都不是孤立地表现单座建筑本身的完善，而是凭借周围的山水壮丽景色融为一体，"因地构筑，借景而生"。岳阳楼巍然屹立在岳阳市西北海拔54.3米的山丘上，依偎在层峦叠峰的怀抱之中，白鹤山飞骞于南，金鹗山雄翔于东，龙山起伏，九华耸峙，远山凝黛，近峰含翠。其坐东朝西，下瞰洞庭，遥看君山，南极潇湘，北通巫峡，视野开阔，风景如画。

　　岳阳楼之美，美在洞庭湖。洞庭湖，昔日号称"八百里洞庭"，乃古云梦泽的一部分。它内纳湘、资、沅、澧四水，外接浩浩荡荡的万里长江，为我国第二大淡水湖。据宋代范仲淹在《岳阳楼记》中写道："予观乎巴陵胜状，在洞庭一湖。衔远山，吞长江，浩浩荡荡，横无际涯；朝晖夕阴，气象万千。此则岳阳楼之大观也。"洞庭湖历来以其气势雄伟而著称，唐代诗人孟浩然《望洞庭呈张丞相》诗

曰："八月湖水平，涵虚混太清。气蒸云梦泽，波撼岳阳城……。"明代著名散文家袁中道在《岳阳楼记》中写道："故楼之观，得水而壮，得山而妍。""冬天水涸，洞庭湖水面缩小，到春夏之间，湖面宽广，所以才能看出它的壮观。岳阳楼峙于江湖交汇之间，朝朝暮暮，以穷其吞之变态，此其所以奇也。"这种壮观的气势，是其他楼阁很难具备的。所以，有人在评价岳阳楼风景美时，认为如果没有洞庭湖，岳阳楼就会大煞风景。我则认为山上水边如果只有自然风景，而没有楼台亭阁或寺庙道观，似乎缺乏了些什么。遍观中国著名的楼台亭阁，古刹庙宇等名胜古迹，全部是自然与人文的融合。山水楼阁，相须而著者也。无山水，则楼

洞庭湖畔岳阳楼

阁减韵；无楼阁，则山水削色。只有"自然"加上"人文"才够得上美。作为洞庭湖畔的岳阳楼，无论是建筑选址，建筑艺术和建筑布局，都达到了自然与人文的完美结合。这笔宝贵的历史文化遗产，体现了我国古代人民的聪明才智。岳阳楼对于洞庭湖来说，也是锦上添花。记得当代著名作家汪曾祺说过："岳阳楼则好像直接从洞庭湖里长出来的，楼与湖是一整体。没有洞庭湖，岳阳楼不成其为岳阳楼；没有岳阳楼，洞庭湖也就不成其为洞庭湖了。"由此看来，洞庭湖是岳阳楼的风景，岳阳楼是洞庭湖的标志。

"未到江南先一笑，岳阳楼上对君山。"这两句诗出自宋代诗人黄庭坚（1045—1105）写的《雨中登岳阳楼望君山》一诗。岳阳楼之美，也美在君山。君山位于洞庭湖中，山体呈椭圆形，面积0.96平方公里，由大小72个山峰组成，山势西南高，东北低，最高的喉咙乒山海拔71.2米。临空俯视君山，周围七里有奇，外凸中凹，上有十二峰如螺髻，又如芙蓉倒地半开。历史上的君山山山有亭，坡坡有庙。据地方文献记载，有三十六亭、四十八庙、五井、四台的说法。现在已开辟为君山公园。传说中舜的两个妃子娥皇、女英寻舜到此，听说舜死于九嶷，悲痛欲绝，泪洒翠竹，泪尽滴血，血尽而死。这里有二妃墓和血泪凝成的斑竹，以及柳毅传书的柳毅井。关于君山的来历，唐朝诗人程贺有诗道："曾于方外见麻姑，说道君山自古无。原是昆仑山顶石，海风吹落洞庭湖。"各种各样动人的传说，给君山涂抹上浓重的神秘色彩。除了这种意识形态的原因外，君山本身也是很美的，历代诗人都做了热情的礼赞。李白诗云："帝子潇湘去不还，空余秋草洞庭间。淡扫明湖开玉镜，丹青画出是君山。"李白这种描绘虽美，但似乎是乘坐小舟在洞庭湖上看君山的，观察点只能是平视，未能俯察，还未能真正领略君山的美。如果要真正领略君山的美，还是登上岳阳楼吧！德国美学家菲希尔谈到距离与美学的关系时说："我们只有隔着一定的距离才能看到美。距离本身能够美化一切。距离不仅掩盖了外表上的不洁之处，而且抹掉了那些使物体原形毕露的细小东西，消除了那种过于琐细和微不足道的明晰性和精确性。这样，视觉的过程本身在把对象提高到为纯洁形态方面也起了一部分作用。"距离，正是这个无声无形，看不见摸不着的东西，竟在我们审美过程中，悄悄起着如此重要的作用。因此，君山之美，洞庭湖之美，全是站在岳阳楼上"对"出来的。从岳阳楼望去，那银浪滚滚的洞庭湖，无边无际，远处与长天相接，而青翠的君山宛若一块晶莹的绿玉在一面银盘中闪烁夺目。唐代诗人刘禹锡诗云："湖光秋月两相和，潭面无风镜未磨。遥望洞庭山水翠，白银盘里一青螺。"这种"白银盘里一青螺"的景色是晴天方有的。如果是风雨之时，湖面浊浪排空，洪涛呼啸，君山披上了浓厚的面纱，影影绰绰显现在湖中，仿佛是一叶孤舟和一道墨痕。如果说，以浩瀚的水面，雄伟的气势取胜的洞庭湖为岳阳楼增添了壮观，那么，以清丽、韵味见长的君山则为岳阳楼增添了秀色。

任何名胜，都有它特定的地学背景。从岳阳楼的地理形势来看，岳阳楼的风景是由"山—湖—楼"构成的。一方面，岳阳楼的建筑显然是充分考虑到"对景"的。它背靠古老的岳阳城，在背景上显得开阔而又不觉空荡，豁达中不失沉稳之感。岳阳楼尽管地势较高，但因其与周围地理因素组合的和谐，置身于湖光山色，烟波浩渺的水域及岳阳城的建筑组合的背景里，不但没有鹤立鸡群之嫌，而且给人以"四面湖山归眼底"之感。这便是岳阳楼修建者独具匠心之所在。另一方面，岳阳楼依山傍湖，与洞庭相比，高低之下，使岳阳楼显得视野开阔，气势雄伟。正如古代画论所述："楼台殿宇乃山水之眉目，当在开面处为之。"因为岳阳楼占据了山水的"开面"部位，它是观景的特定场所，能够看得远，看得尽。洞庭湖碧水如镜，辉映着青青的君山岛和金碧辉煌的岳阳楼，湖光山影，风光万里，富有诗情画意。陈望衡先生谈到岳阳楼风景美时说："从气势来看，洞庭湖的阳刚之美与君山的阴柔之美得到统一，既相得益彰，又实现了总体和谐，景观十分丰富；从色彩来看，岳阳楼的金碧辉煌，洞庭湖的银光璀璨，君山的碧绿葱茏得到统一，色调丰富，悦人耳目；从情韵来看，洞庭湖骚动不安的野性和君山静若处子的甜美，以及岳阳楼富丽华美的贵族气息实现了统一，令人心摇神夺，逸兴飞扬。"这说明岳阳楼外有洞天，得湖独厚，得山独秀。明代诗人杜庠写《岳阳楼》诗对岳阳楼之美作了高度评价说："茫茫雪浪带烟芜，天与西湖作画图。楼外十分风景好，一分山色九分湖。"

二、历史：从鲁肃阅军楼到岳阳楼落架大修

岳阳楼的历史沧桑与兴衰盛败，与社会时局和岳阳楼建筑本身有关。国兴楼兴，国衰楼衰。岳阳楼的主体建筑是木结构，耐久性弱，每隔三五年要油漆一次，每隔三五十年做一次落架大修。岳阳楼有文字记载以来的大大小小的维修达

40多次。一个时代的记忆，一个历史时间节点，就像中华民族五千年的历史，由一件一件的具体事件延续到永远。岳阳楼就是在这延续中"复古出新"！从其发展的历程来看，评价岳阳楼历史上的黄金时期有六个，即始建于三国、转折于唐、发展于宋、繁荣于清、维持于民国、复兴于当代。这六个时期对岳阳楼的历史发展是决定性的，奠定了后来的基础，铸造了今日岳阳楼的辉煌。

三国：鲁肃阅军楼是岳阳楼的前身

岳阳楼为岳阳市地标性建筑，巴陵古文明的象征，始建于何时？据滕子京《与范经略求记书》记载："巴陵西跨城闉，揭飞观，署之曰'岳阳楼'。不知做始于何代何人？"似乎滕子京当年也弄不清此楼最早建于何代何人？明代《隆庆岳阳府志》载：岳阳楼在"郡西南城上，枕巴丘，瞰洞庭，莫详其始。"清乾隆时，湖南总督谢世济在《重建岳阳楼记》一文中说：岳阳"楼即西门之谯楼，其规模比三面特壮。宋庆历之前，未知谁实创建。滕子京以后，亦不知几经重修"。直到清末同治时修《巴陵县志》推测说："岳阳楼或曰鲁肃阅军楼也。"

岳阳"楼即西门之谯楼"与"鲁肃阅军楼"有什么关系呢？什么叫谯楼，它的用途是什么？周祈《名义考》称："门上以高楼为望曰谯。古者为楼以望敌阵，兵列其间，下为门，上为楼，或曰谯门，或曰谯楼也。"这说明谯楼是古代城门上的瞭望楼，为一种战备设施。据《三国志》记载：孙权于赤乌三年（240）"夏四月大赦，诏诸郡县治城郭，起谯楼，穿堑发渠，以备盗贼。"当时，三国鼎立，世乱纷争，战事频繁，孙权颁发诏令"起谯楼"，是重视"御敌防盗"的需要，何况岳阳是一个军事要地呢？巴陵城西建谯楼，地高险峻，遥望敌阵，三面尽收眼底，行兵布阵，攻防均便，实为防盗御敌最佳地点。据明代《隆庆岳州府志》载："时曹公进军江陵……吴周瑜与蜀先主并力御之……而鲁肃屯巴丘为城。"郦道元在《水经注》中云："巴丘岸上有邸阁城，……郡城鲁公所筑。"作为大屯戍的巴丘，建筑"谯楼"更是必然的。这时已建在"巴丘邸阁城"上的鲁肃阅军楼，具有阅军和瞭望的功能，也逐渐称为"西门谯楼"，或"西门城楼"。

鲁肃阅军楼建在何时，与岳阳楼又有什么关系呢？据《三国志》记载："汉建安十五年（210），吴周瑜卒于巴丘，既而孙权使鲁肃以万人屯巴丘。"鲁肃接替周瑜的职务后，认为岳阳正当江湖之处，处在东吴的前线地带，便将它作为重要的水军据点。到215年，双方关系紧张，孙权见刘备有"借"无还荆州，便亲自调兵遣将，派吕蒙领兵两万，向刘备占据的荆江南郡进军，又令鲁肃率领一万人马屯兵岳阳，以钳制关羽。为了加强斗争的实力地位，防备曹操再次南下，鲁肃在洞庭湖加紧操练水军，并选择岳阳楼一带修筑坚固的城池，建造了指挥和检阅水军的阅军楼，迫使关羽和曹操不敢轻举妄动。那么，鲁肃阅军楼具体建于何时？史料没有明确记载，但鲁肃于210年协助周瑜戍守巴丘，病死于巴丘是217年，其建楼时间当在这8年之间。故而《巴陵县志》称："楼名岳阳，肇自汉晋。"所以，人们将这阅军楼看成是岳阳楼的前身，鲁肃也就当之无愧地成了修建岳阳楼的第一人。

唐代：张说把鲁肃阅军楼改变为观赏楼

鲁肃阅军楼是作为军事用楼的，谁都没有想到没有刀光剑影和鼓角争鸣之后，岳阳楼到唐代又有了新的生命力，成为地方官员宴请和诗人词家酬和的最佳场所，更是开创了雅集唱和场面的热烈、影响深远之先河。

张说何许人也？张说（667—730），唐代洛阳人，一生的功绩是多方面的。政治上，历经武则天、中宗、睿宗和玄宗四朝，曾三次做过左右丞相，三任中书令要职，成为四朝元老，宰相重臣。军事上，打过许多漂亮仗；文学上，掌文学之任凡三十年，是开元前的"当朝文伯"。朝廷大述很多出于其手，与苏颋并称为"燕许大手笔"，从而奠定了他千古名相的地位。

唐开元三年（715），张说从相州刺史转任岳州刺史。一方面，他爱上了岳阳美丽的山水。经常与文人学士一道登南楼、游洞庭、上君山，入南湖，吟咏啸歌。当时，张说在岳阳的从事尹懋《秋夜陪张丞相赵侍御游滠湖二首序》中记载了他的游览活动说："……聿理方舟，嬉游堑，览山川之异，探泉石之奇，骋望崇朝，留尊待月，一时之乐，岂不盛欤？"一方面，岳阳美丽的山水也激发了张说创作才情。他在岳阳期间，以岳阳山水为题材写下了《登南楼》、《岳阳早霁南楼》、《游洞庭湖》等很多好诗，后来自己编辑为《岳阳集》一书，仅收入《全唐诗》的就有40多首。其诗刚健流露出凄惋，使他的诗歌达到了艺术的最高峰，也标志着他是一位从初唐向盛唐过渡的重要诗人。清代诗人潘耒在《岳州》诗中也说："江山清助诗人笔。"正如宋人王十朋所说："燕公郡事暇，诗兴满沧波。粉饰开元治，江山为助多。"在张说的带动和影响下，岳阳楼以其足与天地同永的湖光山色，令登临者踵接，题咏者蝉联。有赵冬曦、尹懋、阴先行等一道遭受贬谪的流寓者，有张九龄、王熊、姚绍之、王重玄、李伯鱼、梁六等过往岳州的朝廷命官，有孟浩然、阎朝隐等仰慕岳阳楼和张说诗名、文名而来的诗界名人。这些与张说雅集唱和的各方面的人士组成了一阕岳阳楼的大合唱，对后世产生了极大的影响。继张说之后，文人学士、达官谪臣，无不慕名而来，"迁人骚客，多会于此"。李白、贾至、刘长卿、王昌龄、夏十二、王八员外、杜甫、李商隐、杜牧、方干、程贺、李群玉、崔珏等大诗人们登楼"玩四时胜概，览八方佳景"；"怅夙志犹未酬，嗟吾生之既晚"。如此多的文人骚客钟情于斯，如此多的优秀诗章诞生于斯，这在名胜古迹众多的中国尚不多见，也使岳阳楼再次出现了文星会聚、歌咏不绝的繁荣局面。

张说在岳阳期间修了岳阳楼没有？这涉及南楼是不是岳阳楼的问题。张说诗中只有"南楼"，如《登南楼望湖》、《早霁南楼》、《与赵冬曦、尹懋、子均登南楼》，而没有岳阳楼之名。这说明南楼不是岳阳楼。另一说，南楼即岳阳楼，如《巴陵县志》、《岳州府志》等地方志称南楼是岳阳楼。从张说在岳阳做太守的任期来看，他从开元三年（715）四月十五日来岳阳，到开元五年（717）二月二十五日去荆州任太守，在岳州期间不满两年时间难以完成修岳阳楼的任务。作为诗人张说，如果他能修楼，肯定会以诗文记其事的。我们可以肯定地说，张说在岳阳时丰富了岳阳楼文化和岳阳楼附属建筑的有关内容。据《岳阳风土记》载：唐开元四年（应为三年），中书令张说除守此州，每与才士登楼赋诗，自尔名著。又据《巴陵县志》云：唐开元三年，"张说自中书令为岳州刺史，常与才士登此楼，有诗百余篇列于楼"。另外，"燕公楼"，在岳阳楼百步之远，滕子京认为是张说当太守时所建，《岳阳风土记》也认为是太守所修。这些都说明岳阳楼在唐代时才真正成为一个观赏楼，张说是作出了很大贡献的，使岳阳楼成为全国一大名胜，因人成胜概，得益于"江山也要文人捧"。

宋代：滕子京重修岳阳楼名噪天下

滕子京（991—1047），河南洛阳人，是北宋政治家、文学家，也是主张革新的人物。滕子京究竟是一个什么样的人呢？一方面，滕子京是一个有抱负、有魄力、有作为、很能干的人；另一方面，滕子京是一个不太循规蹈矩的人。比如，在与西夏发生战事的西北前线，他为了搞好与地方酋豪的关系，减弱西夏政权和军队在民众中的基础，花去了大量的钱财，大大超过了预算，被检举擅自动用公使钱，以造成从政治上跌落下来，被谪守到远离"庙堂"、"江湖之远"的岳阳。作为一个忧国忧民、正直有为的官人滕子京谪守巴陵郡后，不以迁谪为念，继续勤于公务，为民兴利除弊，一年多时间把巴陵郡治理得"政通人和，百废具兴"，看到岳阳楼由于缺乏维修，已经破烂不堪了，决定重修岳阳楼。为什么要修岳阳楼？作为一个地方官员，应该有"仁人之心"，有责任、有义务，把一个地方的风景名胜保护好、建设好，走发展性保护之路，造福子孙后代。这就是滕子京政绩观的具体体现，也是他修岳阳楼的动机。

宋代院画 《岳阳楼图》

元·夏永 岳阳楼图

重修岳阳楼的钱从哪里来？滕子京这次吸取了过去的教训，重修的花费不靠财政的钱，不搞集资摊派，而是巧妙地调动民间资本，向民间的"老赖"伸手，动员债主把收不回来的债捐给政府，欠钱之人怕得罪官府，只好乖乖还钱，一下子解决了资金来源，所得近万缗，置库于厅侧自掌之，不设主典案籍……还得到了百姓的认可，"州人不以为非，皆称其能"。

岳阳楼修得如何？滕子京不仅对工程施工格外用心，还力求美轮美奂，要超过前人，突出了岳阳楼文化建设，实践了自己的美学思想。据范仲淹《岳阳楼记》说："越明年，政通人和，百废具兴，乃重修岳阳楼，增其旧制，刻唐贤今人诗赋于其上。"滕子京《与范经略求记书》也说："歌诗并赋七十八首，榜于梁栋间。"更重要的是滕子京请范仲淹写了《岳阳楼记》，又请大书法家苏舜钦书丹、著名篆刻家邵𬩽篆额，将它刊于岳阳楼中，这一行动得到了州人的赞誉。据《岳州记》曰："岳阳楼时以滕子京造楼、范希文为记、苏子美书丹、邵𬩽篆额，号称'天下四绝'。"有人树立了一块石碑，称为"四绝碑"。岳阳楼名传天下，全凭了一篇《岳阳楼记》，《岳阳楼记》之所以产生，是因为出了一个滕子京。由此可见，滕子京重修岳阳楼，把岳阳楼文化建设推向了顶峰。

清代：张德容重修岳阳楼奠定现代岳阳楼模式

清代260余年，岳阳楼有18次重修的记载，其中有3次毁于兵燹。从清代重修岳阳楼的情况看，对岳阳楼的建设和保护作出最大贡献的是岳州知府张德容。

张德容（1820—1888），名谷，字德容，浙江衢县人，清咸丰进士。曾两次任岳州知府，也两次修岳阳楼。同治十一年（1872），张德容任岳州知府，同治十二年（1873）募捐修葺岳阳楼宸翰亭，后离任。光绪五年（1879）再任岳州知府，立即着手重修岳阳楼。光绪六年（1880），岳阳楼因湖水冲击，楼基拆裂后，张德容拨茶厘税及地方捐款修葺，对岳阳楼进行自有史料记载以来的彻底重修。这次将岳阳楼址从湖畔移进了6丈多，建在今日岳阳楼所在地。仙梅亭、三醉亭亦同时迁进，使楼亭皆循旧式稍增其制，更宏丽，奠定了岳阳楼的形制、规模和布局，把岳阳楼的驳岸和城墙雉堞亦加坚筑。在修复岳阳楼及仙梅亭、三醉亭时，张德容也重修了岳阳楼宸翰亭。总共耗费2万缗，历时整整一年。工程告竣，张德容亲笔写了《重修岳阳楼记》。第二年，又请李翰章撰《重修岳阳楼序》，一并刻石留碑，嵌于岳阳楼。这样使岳阳楼及其附属建筑重露丰采，气象峥嵘，岳阳楼出现了"大湖南北形胜之地，以斯楼为雄"的新气象，览胜者络绎不绝，从而成为著名的游览胜地。

张德容主持重修岳阳楼，不但设计大胆，工程繁浩，进展迅速，而且质量也很好，这在岳阳楼发展史上是罕见的。它至少具有三个方面的意义：一是使岳阳楼免去了洞庭湖水的冲击之虞。因为建在巴丘山头地形高亢，土质干燥，可以使楼基免遭洞庭波涛的冲刷和地下渍水的侵蚀，有利于保护楼身。二是使岳阳楼摆脱城墙附楼的地位，视野更为开阔，"对景"更为丰富。三是使岳阳楼"修旧如旧"，保持了文物价值。这说明岳阳楼在历史的发展中得到了不断改进和完善，从此固定了岳阳楼址，也奠定了现存的岳阳楼形制和规模，为岳阳楼的保护作出了巨大的贡献。

民国：两修岳阳楼"振兴一时"

在民国的38年中，史料记载修葺岳阳楼只有两次小修：

一次是民国九年（1920）修葺岳阳楼。鲁荡平在民国九年（1920）五月出任岳阳知县，"于时，荡平奉省长谭命，来守是邦，兵焚之余，百废待举"。他看见"岳阳楼仅存钟楼及吕祖塑像而已，其他均遭破坏，前贤题咏，无一见存，叹世变之沧桑，悲文物之凋落"，便与地方各界人士集会，商议重修，主持修葺岳阳楼，并写有《重修岳阳楼记》。不过，这次重修实际上是小修，只是增加了《岳阳楼记》雕屏和一些匾对，未从根本上解决问题，再加上连年军阀混战，经常作为兵营马厩使用，破坏日深，致使岳阳楼每况愈下。

另一次是民国二十一年（1932）整修岳阳楼。民国二十年（1931）五月五日，湖南省政府主席何键到岳阳视察，向县政府提议整修街道，修建岳阳楼，"以壮岳阳观瞻"。不久，何键派国民革命军第19师55旅旅长段珂到岳阳驻防，出任岳阳警备司令部司令，并主持修葺岳阳楼。他来后立即成立了"重修岳阳楼委员会"，由17人组成，自任委员长，原拟在岳阳商绅中筹集两千元（银洋），将岳阳楼正楼及仙梅亭、三醉亭一并略加整修。民国二十一年（1932）九月二十八日，蒋介石偕同夫人宋美龄从武汉出游长沙，在岳阳楼二楼小憩。楼上道士徐至炎趁给蒋介石进茶之机，苦求蒋介石"恩赐重修"。蒋介石到长沙后就指示何键要修好岳阳楼，何键表示"斯楼系全国名胜，非大加修葺，不足以壮观瞻而光湖山，至所需经费，湖南省政府可酌予补助"。随后，何键一方面从长沙选派工程师周凤九赴岳阳勘视计划，为修葺岳阳楼作准备；一方面与谭常恺、曹典球等30多名湖南头面人物发出《重修岳阳楼募捐启》，向社会各界募捐，谋求大修岳阳楼。其结果，湖南省政府拨出银洋1.2万元，地方募捐银洋1.8万元，由驻防岳阳的旅长段珩、教育局长廖莘耕主持修葺，于民国二十一年（1932）十月十日开工，民国二十三年（1934）二月十七日举行落成典礼，其中岳阳楼率先竣工，民国二十二年（1933）端午节对游人开放。这次修葺岳阳楼的情况，据参与主持修楼工作的廖莘耕回忆说，对

今上岳阳楼

岳阳楼没有作大的维修，只作了一些修补，将楼顶所盖的大型琉璃瓦换成了中型琉璃瓦，对楼身的腐朽构件作了一些必要的更换，并把原有四方的格门集中在正门一方，其余三方改砖砌墙，加固了摇摇欲坠的楼身。主楼内的陈设，均按旧制没有改动。

民国时期，岳阳楼维修问题之所以能得到蒋介石、何键的高度重视，徐至炎是一位重要的推手，为岳阳楼保护的鼓与呼作出了重要的贡献。

当代："复古出新"更好看

1949年10月至1982年，岳阳市人民政府对岳阳楼相继进行了5次小的维修，对岳阳楼身木制构件的腐朽问题，尚未彻底解决。从光绪六年（1880）五月大修到1982年已有102年没有大修了。显然，岳阳楼非彻底大修不可，才能使它益寿延年。

1982年5月，新华社记者刘春贤到岳阳楼采写了《闻名中外的岳阳楼亟需修缮》一文，时任党中央主席的胡耀邦同志对此作了重要批示，湖南省人民政府立即召开省长办公会议进行了专题研究解决了岳阳楼的管理问题。同年，岳阳市人民政府成立了岳阳楼大修工程领导小组，具体负责组织施工。1983年3月，国家文物局拨款82万元修建主楼，会同有关部门正式落实大修岳阳楼。岳阳楼是纯木结构，盔式楼顶的古建筑。大修能否保持历史原貌，保留原有的建筑风格，按什么原则进行大修？这是关系到岳阳楼是由"真古董"变为"假古董"，还是保留其"真古董"的大问题。经过反复勘查和多次座谈，集思广益，文物部门决定大修的基本原则

碑廊与新碑廊

岳阳楼景区——五朝楼观　尹明伟/摄

是"整旧如旧，复古出新"，基本要求是保护原貌，加固耐久，要保留古代的原物，从而为岳阳楼落架大修提供了组织、资金、技术保障和理论指导。

岳阳楼大修是一项工艺复杂、规模宏大的工程。这次重修经历了施工准备，落架大修、立架组装、油漆装修等4个阶段，整个工程做到了有条不紊地顺利进行。从1983年3月15日落架到1984年5月1日竣工对外开放，历时14个月，耗资152万元。它与大修前的岳阳楼比较有五大改进：一是既保持了原有建筑艺术和历史风格，又剔除了民国以来增加的不合理部分，恢复了明清式样。二是楼底花岗岩石基增高了30厘米，不仅使岳阳楼更为壮观，而且与其两侧辅亭的主次之分更加鲜明。三是二楼明廊上下空间增加了10厘米，游客凭栏，视野更加开阔。四是加固了楼基，作了防治白蚁处理，消除了隐患。五是楼内陈设"增其旧制"，充实了文化内容，原陈放三楼的吕洞宾雕像已移至三醉亭，而代之以毛泽东书杜甫《登岳阳楼》诗雕屏。楼内还增刻了一些古今名人楹联。所有雕屏、匾额、楹联，也都修复一新，显得古雅端庄。岳阳楼大修工程经国家和省文物部门验收，被评为全优工程。这次岳阳楼大修是历史上规模最大、质量最好、影响最广的一次。

历史是要传承，更要创新发展。2005年初，岳阳市委、市人民政府又把岳阳楼景区工程正式纳入城市建设工作重点，明确提出要建成"民心工程"、"名城工程"和21世纪岳阳的文化遗产。2006年3月20日，岳阳楼景区建设工程正式启动，经过数月的努力，已完成一、二、三级平台挡土墙、古城墙、吕仙祠、双公祠、新碑廊、瞻岳门和城门角楼、汴河街等项目建设，整个工程以三国文化为主题，已恢复部分岳阳古城的原貌。2007年5月1日向游人开放。现在的岳阳楼，无论是质量，还是规模和内涵都是岳阳楼历史上的巅峰之作，反映了我国社会安定、经济兴旺、文化繁荣，真是今朝岳阳楼更好看。

三、建筑：纯木结构，盔式楼顶

　　岳阳楼属于攒尖建筑木构架，楼阔深各三间带周围廊，台基南北长14.52米，东西宽11.74米，面积为170.46平方米，高0.4米，全用花岗岩石铺砌。三层三檐盔顶，二层出围廊，顶层有如意斗拱，总高18.72米。其建筑中庸对称，纯木、飞檐、盔顶，自上而下，祥云缭绕、龙凤呈祥、四梁贯顶，集精巧的建筑结构和精湛的雕刻艺术于一体，体现了天地人合而为一，是中国独特的盔顶结构的古建筑。主要特点有：

　　一是四柱结构。岳阳楼主楼三层，高15米，从楼底到楼顶采取不规格的四柱结构。全楼共有柱60根（蜀柱不包括在内），首先是金柱4根，楠木质料，分别在楼的中部，柱高11.75米，柱径0.48米，圆柱石础高0.2米，金柱与二楼楼板的承接梁接头处有龙头替木。二楼金柱4根，高7.55米，柱径0.48米，一、二楼共有8根金柱直顶三楼普柏枋，承载全楼大部分重量。其次是廊柱12根，由一楼直顶二楼檐面下，高8.5米，直径0.34米，有高约0.24米不等的圆形石础，一楼东北南三面有墙，墙厚0.35米，廊柱10根包在墙内；二楼廊柱系一楼直顶上来，柱间镶板装有槛窗。最后是檐柱32根，其中一楼20根，分布在明廊上，柱高4.2米，柱径0.26米，圆形石础高0.2米不等；二楼12根，呈方形，边长0.17米，间隔嵌有栏杆。从枋与梁架来看，一楼廊顶为卷棚式（悬拱），每边各施三条平行脊挂，穿插枋上有蜀托住脊挂，蜀柱有悬拱枋，枋上雕花。二楼金柱与廊柱之间，顶为卷棚式，上施两条平行脊挂，老角梁前端为龙头雕刻，穿插枋与撩檐枋均不出头。从门窗与回廊看，门窗格窗也各层有别，一楼西面正门为格子门，二楼四周为步步紧格子窗，三楼四周为田字式槛窗。二楼的东面和北面，各有一个6级踏步上回廊。从回廊东面南侧有14级楼梯上三楼。

二是如意斗拱。岳阳楼三楼顶采用了斗拱的方法，层叠相衬，荷重承力，拱托楼顶，用伞形架传载负荷。其三楼的槛窗上为普柏枋承接鸳鸯交手如意斗拱。斗拱形制较小，大

楼坐东朝西，构造古朴独特。平面呈方形，主楼高三层，飞檐斗拱。

金琉璃瓦　盔顶

44根木柱，其中4根通天柱。

楼是纯木结构，整座建筑没用一钉一铆，仅靠木制构件的彼此勾连。

岳阳楼结构示意图

斗上宽0.33米，底宽0.25米，高0.15米，其中耳高0.03米，腰高0.01米，底高0.11米，小斗约为大斗的一半。斗拱总高0.87米，分四层。东西每面七攒，南北每面五攒，每一个斗的斗口上有两拱成十字交叉，交叉口插入纯装饰的昂，昂头雕刻成各种形状，下层为靴头，中层为龙头，上层为凤头，最上层为云头。斗拱与插昂，看来纷繁复杂，实则排列规整，形似蜂窝，外形美观。

三是盔式楼顶。在岳阳楼三楼天花板上部，每根老角梁的尾角伸向中央，有3根渐次增高的蜀柱，共12根，柱间有拉牵和衬子，中央有一矩形宝架，宝架上有1根2.5米长的横梁，脊柱就承压在横梁上，脊柱高约1.5米，柱径0.24米，4根老角梁处于脊柱顶端，脊柱内插有一"天心"，上通宝瓶，宝架上方的椽皮，每根上垫有小木方直到底瓦，组成弧形，成为盔顶向外的突线。从外形看，四条棱脊隆起陡曲，似古代将军的头盔，故称为"盔顶"。岳阳楼为国内唯一大型盔顶建筑，显示出更为丰富生动的造型轮廓。

四是飞檐四起。岳阳楼的檐面和脊也具特色，三个层面各有4条脊。第一层面设檩子8根，水路3.8米，脊上装饰荷花、莲蓬，翘首为展翅欲飞的凤凰；第二层面设檩子8根，水路4.5米，脊上装饰蜿蜒的龙身，翘首为昂视的龙头；第三层面设檩子16根，水路7米，脊上饰卷草，翘首为回纹形祥云，盔顶中间耸立一宝瓶。三层檐面铺盖黄色琉璃瓦，每层楼都飞檐四起，12个飞檐，檐牙高啄，似鸟嘴在高空啄食。一眼望去，重檐鳌突，藻井琐窗，雕梁画栋，丹柱彩楹，金碧辉煌。

五是纯木建筑。据文化部文物保护技术研究所（现中国文化遗产研究院）杜仙洲、上海同济大学陈从周等古建筑学家考证，岳阳楼的建筑没有用一颗铁钉，没有用一道巨梁。整个岳阳楼，构件严密，闪缝对榫，套合规正，工艺精巧，结构严谨，造型庄重，天然雕成，为我国古代建筑中少见。

　　作为古建筑的岳阳楼，建筑雕饰对岳阳楼建筑的附着，也同样显得十分重要。岳阳楼雕饰包括建筑构件（屋顶、梁枋、柱础、门窗等的装饰和油漆彩画），以及建筑附件（牌坊、牌楼、建筑前的石狮、栏杆）进行装饰的部分，具有古朴而端正、简洁而灵动、绵密而流丽的审美特点，有很高的艺术价值。从屋面颜色上看，岳阳楼屋顶以象征皇权的黄色琉璃瓦铺盖。从屋顶脊饰内容上看，岳阳楼屋顶脊饰内容从上而下，按等级秩序排列：最上是象征神权的如意云纹图案，中间是象征皇权的游龙海藻图案，最下为象征吉祥的凤凰茶花图案。从雕塑题材内容上看，岳阳楼雕饰宣传忠、孝、节、义的儒家人物故事，如三国演义、庄王擂鼓、柳毅传书、打渔杀家等；有充满浪漫色彩的神话传说，如嫦娥奔月、八仙过海、吕洞宾醉酒、龙飞凤舞等；有世俗生活的描绘，如捕鱼、耕地、打柴等；有对大自然的向往，如大量的山水亭台、花卉小鸟、珍禽异兽等，内容丰富多彩。从构图形式上看，岳阳楼追求规矩、方正、平面笃实，崇尚自由、曲折、飞动、空灵的构图形式，给人充分的想象空间，具有明显的地方特色。可见，岳阳楼雕饰艺术不愧为一座民族民间艺术的宝库，极大地提升了岳阳楼建筑艺术和美学价值。

　　"红花虽好，尚需绿叶扶持。"在中国园林艺术中，建筑有个体的美，也有群体的美，个体美是群体美的基础，群体美则是个体美的组合。岳阳楼左有"仙迹"的仙梅亭，右有"吕洞宾三醉岳阳楼"传说的三醉亭，结成一个"品"字形的建筑群，以及楼下湖边有纪念杜甫的"怀甫亭"，布局合理，楼亭生辉，并形成一个园林艺术整体，实现了个体美和群体美的和谐统一。

　　仙梅亭位于岳阳楼的南侧，初名仙梅堂，始建于明崇祯十二年（1639）。推官陶宗孔维修岳阳楼时，有人在岳阳楼下湖滨沙碛中掘出一块石板，上面有枯梅一枝，无叶，但有花二十四萼，都自成纹理，人们认为是"仙迹"，便修亭立石，以示纪念，并命为"仙梅堂"。明末清初杨柱朝有《仙

仙梅亭　王艳/摄

梅记》载其事。后来，由于战火纷飞，灾害不断，仙梅堂倒塌，石板丢失了。清乾隆四十年（1755），知县熊懋奖重建岳阳楼时，遍访石板下落，偶然在民屋灶下复得其石，但已缺损，纹理不清，于是摹刻一石，在遗址上复建其亭。他撰并书《仙梅石》碑文，连同仙梅石置于亭中，改"仙梅堂"为"仙梅亭"。时到清同治六年（1867），仙梅亭也随岳阳楼维修得到了较大的修葺，并请大书法家何绍基题匾"留仙亭"，替代了"仙梅亭"。光绪六年（1880），留仙亭又随着岳阳楼址上移而移至今日仙梅亭所在地，将"留仙亭"恢复原名"仙梅亭"。解放后，仙梅亭多次修缮。1979年落架重建，仙梅碑石仍置亭中。1983年修整仙梅亭时，将亭中铁梯拆除，杜绝游人登楼，减轻了对仙梅亭上部建筑的压力，使亭中空间扩大，藻井有了完整构图，重新饰彩后，鲜艳夺目。新修的仙梅亭占地面积44平方米，亭底砌有90厘米高的花岗岩台基，由6根平地而立的中心大柱撑起上下两层，为六方尖顶式重檐纯木结构，高7米，二层二檐，檐角高翘，上盖绿色琉璃瓦，玲珑小巧，分外别致，为丰富岳阳楼景观增添了色彩。

三醉亭位于岳阳楼前右侧5米处，又名望仙阁和斗姆阁，是纪念吕洞宾而修建的。据清光绪《巴陵县志》载：望仙阁于清乾隆四十年（1775），由巴陵知县熊懋奖承建。后来坍毁，道光十九年（1839），在原址上重建，改"望仙阁"为"斗姆阁"，用以祭祀北斗星神。咸丰年间（1851—1861），岳阳楼和斗姆阁俱颓坏。同治六年（1867）又重建，根据吕洞宾三醉岳阳楼的传说而定名，改斗姆阁为三醉亭，并自楼上建阁道通岳阳楼二楼，将三醉亭辟为宴席

三醉亭

之所。光绪六年（1880），随同岳阳楼址上移，循旧制而重建，原貌一直保留至今。解放后，三醉亭多次修葺。1977年落架重建，将四周的砖墙拆除，成为纯木建筑，依照宋式建筑风格进行了统一布局。一层增建了屏楼，上绘吕洞宾醉卧像，并书吕洞宾诗一首。1983年大修岳阳楼时，将吕洞宾像移到三醉亭的二楼。整个三醉亭占地135.7平方米，高9米，二层二檐，为重檐歇山顶方形殿宇式建筑，与左侧的仙梅亭相映成趣，给岳阳楼增添了人文之美。

　　怀甫亭位于岳阳楼下西南面的湖边，是1962年为纪念唐代伟大诗人杜甫诞生1250周年而修建的，为一方形小亭，占地面积40平方米。亭向坐南朝北，四柱为水泥铸构，环以栏杆，上端为木结构，翘首脊饰精巧，藻井彩绘鲜艳。亭额悬挂的"怀甫亭"为朱德同志1962年所书。正面亭柱上的对联是："舟系洞庭，世上疮痍空有泪；魂归洛水，人间改换已无诗。"这是诗人、书法家吴丈蜀先生1979年撰写的，表达了对杜甫的怀念之情。1984年，对怀甫亭进行了修整，并刷漆一新。亭中竖石碑一方，正面刻杜甫的画像和他的《登岳阳楼》诗，背面刻有诗人生平的碑文，概述了杜甫一生的功绩。怀甫亭的修建，则成为岳阳楼的陪衬，使岳阳楼显得更加巍峨壮观。

怀甫亭　尹明伟/摄

四、文化：唐诗、宋文、清联三座高峰

自然景观如果少了历史人文的内涵，如人没有眼睛一样，少了一些神韵和灵魂。岳阳楼从魏晋南北朝开始，由军事设施向观光游览转变，历代"迁客骚人，多会于此"，我国著名的大诗人李白、杜甫、韩愈、白居易、李商隐、刘禹锡、孟浩然等都曾登楼赋诗，写下了许多诗篇。据历代《巴陵县志·岳阳楼文集》统计，共收有从南朝到清光绪十七年（1891）止的诗词歌赋等作者357人的作品484篇（首）。而现代写岳阳楼的作品则无法统计，极大地丰富了岳阳楼文化，其思想性之强，艺术性之高，在中国文化史上占有一定的地位。从岳阳楼文化发展史来看，唐诗、宋文、清联是岳阳楼三座文化艺术高峰。

唐诗：杜孟文章在，后人不敢复题

中国古代的诗人，素来有登楼赋诗的传统。岳阳楼，历代不知有多少诗人登临题咏，竞试歌喉，写出成千上万的诗篇，组成一阕岳阳楼诗的大合唱。古往今来，岳阳楼上最出名的题诗，莫不过于唐代孟浩然所题的五律《望洞庭湖赠张丞相》和杜甫的五律《登岳阳楼》两首诗。宋代词人贺铸曾说："尝登岳阳楼，左序毵门壁间，大书孟诗，右书杜诗，后人不敢复题。"宋人方回曾上岳阳楼也说："岳阳楼天下壮观，孟杜二诗尽之矣。"又说："后人自不敢复题也。"《瀛奎律髓》卷一中日本学者森大来在评释明代李攀龙《唐诗选》中孟浩然《望洞庭湖赠张丞相》一诗时认为："岳阳洞庭占东南山水之壮观，骚人墨客题咏者不一而足，然不愧为冠冕者，实浩然此作与杜少陵之'昔闻洞庭水'一篇而已。"这说明孟浩然和杜甫堪称描写岳阳楼的绝代歌手。

孟浩然（689—740），湖北襄阳县人。其诗今传《孟浩然集》，共263首，词秀调雅，清新淡远，是他的作品基本风格，尽管他生活在盛唐人才辈出的时代，仍以他独特的风格赢得了许多诗人的推崇和后代诗家的广泛赞许。《望洞庭湖赠张丞相》就是他传世的名篇。诗云：

> 八月湖水平，涵虚混太清。
> 气蒸云梦泽，波撼岳阳城。
> 欲济无舟楫，端居耻圣明。
> 坐观垂钓者，徒有羡鱼情！

这是一首干谒诗。唐玄宗开元二十一年（733），孟浩然西游长安，写了这首诗赠当时在相位的张九龄，目的是想得到他的赏识和录用，只是为了保持一点身份，才写得那样委婉，极力泯灭那干谒的痕迹。诗中借洞庭胜景而发感慨，表达了希求引荐，积极出仕的心情。诗人笔底的洞庭湖博大浩瀚，大有吞吐太空的气势。以蓝天含于湖内，突出湖面宽阔无限。用"气蒸云梦泽，波撼岳阳城"说明水势的澎湃汹涌，完全可与杜甫的"吴楚东南坼，乾坤日夜浮"媲美。然而，从洞庭湖的气势，联想到欣欣向荣的开元盛世，正是国家用人之时，因而有心出仕。但是欲渡无舟，故兴"坐观垂钓者，徒有羡鱼情"之叹，并寄托希望于执政者——张

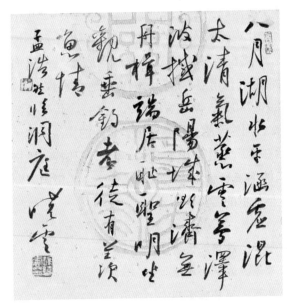

孟浩然/诗　孙晓云/书

九龄丞相。从这首诗来看，它的名闻遐迩，决不是因为它的后半首通过洞庭风物的抒写，巧妙地寄托了希望当权者荐引的寓意，而是因为它的前四句"巨细映衬"的写法确实不同凡响，构成了一幅前后大小相形而错综多彩的图画：既有大景，又有小景，大小交融，相辅相成，大因小而神气充塞，小因大而精神飞动，十分丰富多姿，毫不单调贫乏。正如日本学者森大来在《唐诗选评辨》中所说"浩然此作，气象雄伟，旷然之壮观，如在目前"。如果没有前四句，这首诗很可能会在历史的记忆里消失得无影无踪了。孟浩然这首诗，就是艺术上大小结合、点面相映的典范之作，才使得历代很多咏洞庭的诗相形失色，成为千古传唱之作。

杜甫（712—770），字子美，原籍湖北襄阳，曾祖时迁移居河南巩县，是我国唐代伟大的现实主义诗人。唐朝大历三年（768），杜甫乘舟由川入湘，泛洞庭，登岳阳楼，写了传诵千古的名篇《登岳阳楼》，诗曰：

> 昔闻洞庭水，今上岳阳楼。
> 吴楚东南坼，乾坤日夜浮。
> 亲朋无一字，老病有孤舟。
> 戎马关山北，凭轩涕泗流。

这时诗人已经57岁，常年多病，又拖着家室，对百姓的痛苦体验尤为深切。这首诗开篇抓住岳阳楼的地理特征，采用对仗的手法，表达了昔日对洞庭湖的向往和如今登上岳阳楼的兴奋。接着实写洞庭湖面的开阔，水势浩大，虚写岳阳楼的高。诗人抓住了"八百里洞庭"的壮阔风貌，提炼升华，极为巧妙地显示了自然美与精神美妙合无垠的壮美境界。这一联之所以成为千古绝唱，不仅仅从宏观世界写出了洞庭景色，也含蓄地反映了唐王朝安史乱后的实景。同时也曲折地反映了作者后半生的身世。"亲朋无一字"，侧面反映了时局动荡，交通阻塞。"老病有孤舟"寓身世悲凉，年老多病，孤舟借以栖身。如果说额联是从宏观世界落笔，那么颈联是着眼于微观世界了。尾联悲叹战乱不停，给人民带来了深重的苦难。这首诗忧时伤世，沉郁顿挫，表现了深刻的现实主义精神，以其意境的开阔宏丽为人称道。清初黄生对这一首诗有一段议论认为，诗的前四句写景，写得那么宽阔广大，五、六两句叙述自己的身世，又是写得这么凄凉落

毛泽东手书杜甫《登岳阳楼》诗

窦，诗的意境由广阔到狭窄，忽然来了一个极大的转变。诗
人把笔力一转，写出"戎马关山北"五个字，这样的胸襟和
上面"吴楚东南坼，乾坤日夜浮"一联写自然界宏奇伟丽的
气象，就能够很好地上下衬托起来，铢两悉称。这样创造性
的天才，当然地压倒了后人，后人有诗也不敢复题了。

宋文：范仲淹的《岳阳楼记》名垂千古

当历史步入宋代后，范仲淹的《岳阳楼记》把岳阳楼文
化推向了第二个高峰——宋文，更使岳阳楼誉满天下，而催
生《岳阳楼记》的是滕子京的《与范经略求记书》。

滕子京重修岳阳楼后，认为"天下郡国，非有山水环异
者不为胜，山水非有楼观登览者不为显，楼观非有文字称记
者不为久，文字非出于雄才巨卿者不成著"，便请人画了一

幅《洞庭秋晚图》，抄录了唐代和当时名人吟咏岳阳楼的诗词歌赋，亲笔写了一封《求记书》，介绍了岳阳楼的有关情况，倾吐他请求知己范仲淹为之作记的迫切心情，并派人将这封信送至被贬谪在邓州（今河南邓县）的好友范仲淹。

范仲淹（989—1052），字希文，谥文正，吴县（今江苏苏州市）人，是北宋中期杰出的政治家和文学家。通观史料，范仲淹的一生可谓"三不朽"，即所谓"太上有立德，其次有立功，其次有立言，虽久不废，此之谓'三不朽'"（《左传》）。他为官以来治理水患创办义田等，可谓"立德"；他戍边守陲，力矫时弊，推行"庆历新政"等，可谓"立功"；他的奏对、条陈等姑且不论，仅以《岳阳楼记》的文化价值看，可谓"立言"。就大多数人来说，知有《岳阳楼记》，未必尽识范仲淹。他出身贫苦，从小刻苦自学，二十七岁考中进士。做官后遇事敢言，不怕打击。曾带兵镇守边疆，明赏罚，鼓士气，增修要塞城堡，招抚流亡居民，团结境内各族人民，对巩固国防颇有贡献。宋仁宗庆历三年（1043），范仲淹被擢为参知政事（副宰相），他锐意改革弊政，以发展生产，富国强兵，领导了著名的"庆历变法"。他的政治改革触犯了大官僚的利益，遭到朝廷保守派的反对和攻击。庆历五年（1045），范仲淹被迫离开朝廷，到邓州去做地方官。当他得到滕子京的求记书后，欣然应滕子京之请，借写楼记以抒怀，于庆历六年九月十五日慷慨激昂地挥笔写就了这篇368字的《岳阳楼记》。兹将全文援引如下：

庆历四年春，滕子京谪守巴陵郡。越明年，政通人和，百废具兴。乃重修岳阳楼，增其旧制，刻唐贤今人诗赋于其上，属予作文以记之。

予观夫巴陵胜状，在洞庭一湖：衔远山，吞长江，浩浩汤汤，横无际涯；朝晖夕阴，气象万千。此则岳阳楼之大观也，前人之述备矣。然则北通巫峡，南极潇湘，迁客骚人，多会于此，览物之情，得无异乎？

若夫霪雨霏霏，连月不开；阴风怒号，浊浪排空；日星隐曜，山岳潜形；商旅不行，樯倾楫摧；薄暮冥冥，虎啸猿啼。登斯楼也，则有去国怀乡，忧谗畏讥，满目萧然，感极而悲者矣。

至若春和景明，波澜不惊；上下天光，一碧万顷；沙鸥翔集，锦鳞游泳，岸芷汀兰，郁郁青青。而或长烟一空，皓月千里，浮光跃金，静影沉璧，渔歌互答，此乐何极！登斯楼也，则有心旷神怡，宠辱皆忘，把酒临风，其喜洋洋者矣！

嗟夫！予尝求古仁人之心，或异二者之为，何哉？不以物喜，不以己悲；居庙堂之高，则忧其民；处江湖之远，则忧其君：是进亦忧，退亦忧。然则何时而乐耶？其必曰："先天下之忧而忧，后天下之乐而乐"欤？噫！微斯人，吾谁与归？

时六年九月十五日。

这篇《岳阳楼记》是为朋友记事的，但他根本没写岳阳楼的沿革，对重修岳阳楼的功业及其作记的缘由，也只用了51个字，全篇集中抒发作者平生以"天下为己任"的胸怀，写景用了整整三段文字，好像是在描绘山川胜景，其实是在评点不同心情的人物对山川胜景的不同感慨。同是"登斯楼也"，有的就引起"忧谗畏讥"、"感极而悲"，有的则"宠辱皆忘"、"其喜洋洋"。那么，什么样的襟怀才是作者所崇尚和合乎道德规范的呢？作者写道那些"以物喜"或"以己悲"的人，都不过是只顾个人得失的可怜虫而已，都不足取，都不合"仁人之心"。只有"不以物喜，不以己悲"，不仅在朝做官时"忧其民"，就是流落江湖了，也忧其国，才符合"仁人之心"。"先天下之忧而忧，后天下之乐而乐"两句话，重千钧，字字如金，掷地有声，写出了作者的高尚情操和宏阔的胸怀，令人拍案叫绝！它之所以能够脍炙人口，广泛流传，是因为其思想内容和艺术魅力都达到了至高的境界。就《岳阳楼记》一文来说，真所谓言有尽而意无穷。其语言非常生动优美，真正是清词丽句。比如说洞庭湖张开大口"衔远山，吞长江"是何等气势！"上下天光，一碧万顷"，把天连水，水连天，水天一色的景象画得多么美！不同凡响，不落俗套，一字一句，都经锤炼。其语言形式，音色、节奏，都像诗句一样的美好，从而使一篇三百多字的短文流传千古而不朽。九个多世纪以来，岳阳楼的兴废不知凡几，但那高标于楼头的巨大精神丰碑《岳阳楼记》，不仅毫无圮缺，反而超越朝代更迭，历史盛衰，作为一种中华民族优秀知识分子崇高人格文化的积淀，滋养着人们的心灵。楼以文显，文以楼传。滕子京因为岳阳楼而不朽，而岳阳楼又因范仲淹的《岳阳楼记》而不朽，并使得岳阳楼名传四海。正如宋代诗人王十朋吟道："雄文谁继范文正，妙曲异无滕子京。"

清联："窦联"堪称"另一篇《岳阳楼记》"

一座园林，一处名胜，需有佳联点缀，优美的风景才显得更为高雅，使得游人情致益浓，兴味益浓。岳阳楼楹联是岳阳楼文化的重要组成部分，有古今名家锦金铿玉之篇，亦有海外赤子爱国怀乡之什，有老一辈之清辞丽句，亦有后起者的雏凤新声，一副楹联，寥寥数语，往往把岳阳楼的景，或者有关的人事，"点露无遗"，"景以联而著，联因景而华"，诗情画意，相得益彰。在岳阳楼内有一副与"杜诗"、"范记"齐名的"窦联"，堪称另一篇《岳阳楼记》。这就是清代云南窦垿所撰，湖南大书法家何绍基所书的岳阳楼长联。名联配佳书，珠联而璧合，使岳阳楼内又多了一道文化风景。其联为：

> 一楼何奇？杜少陵五言绝唱，范希文两字关情，滕子京百废具兴，吕纯阳三过必醉。诗耶、儒耶、吏耶、仙耶！前不见古人，使我怆然泪下。
>
> 诸君试看：洞庭湖南极潇湘，扬子江北通巫峡，巴陵山西来爽气，岳州城东道岩疆。潴者、流者、峙者、镇者！此中有真意，问谁领会得来？

作者窦垿，云南罗平人，名垿，字子坫，"兰泉"为其号。他于1825年乡试，得中解元，四年后会试取为进士，后任江西道监察御史。1850年，他不畏强权，仗义执言，参劾屈膝媚外，树党营权，权倾一时的大学士穆彰阿和协办大学士琦善。后因参劾无结果，毅然告假回滇。于是，他撰写的这副长联正是从自己忧国忧民却壮志难酬的切身体会出发，感慨岳阳楼四周的湖、江、山、城的秀丽景观。下联写风光，"潴者、流者、峙者、镇者"与这四方的描写相应，构成"湖光涌聚，江水奔流，大山雄峙，古城威镇"的壮丽形象。上联写掌故，缅怀与岳阳楼结下不解之缘的诗人、名臣、贤吏和仙客，四位名家，不同身份。诗人杜甫写了五言律诗《登岳阳楼》，所以说他"五言绝唱"；滕子京在巴陵郡当官，重修岳阳楼，所以说他"百废具兴"；吕纯阳就是传说中的神仙吕洞宾，写过"三醉岳阳人不识，朗吟飞过洞庭湖"的诗句，所以说他"三过必醉"；范希文即范仲淹，他在《岳阳楼记》里提出"先天下之忧而忧，后天下之乐而乐"的伟大思想。这"忧""乐"二字发人深思，所以说他"两字关情"。上下两联都用问答式，由叙事到写景，由写景到抒情，情景交融，耐人寻味，从而揭示了自己从观赏自然风光，思考世事变迁中悟出的"体会"：个人的顺挫、得失与大自然景观的长荣长存相比，是何等的渺小、短暂？和杜甫的风

岳阳楼长联

雨飘泊，范仲淹的以天下忧乐为忧乐，以及滕子京的贬官岳州而作出政绩，吕纯阳的弃官成仙相比，自己的遭遇又何必耿耿于怀呢？这种广阔的胸襟大概也就是多少年来人们称颂"窦联"，理解"此中真意"的所在吧？纵观全联，102个字紧扣岳阳楼，打破了一般名山名楼的长联多是上联写风光，下联写掌故，观光怀古，就实论虚的写法。这副楹联偏偏倒过来写，上联咏史，下联绘景，同时抒情述怀。其选材之精当，对仗之奇巧，令人叹绝，更加使人回味无穷的是全联以问句始，以问句终，内涵之丰富，底蕴之深远，在我国楹联珍品中，确属罕见。因此，"窦联"与"杜诗""范记"齐名，称为岳阳楼文化史上的三座艺术高峰。

岳阳楼山水之美，人文之胜，既有伟人扶，也有文人捧，经名人大家的吟唱、传诵，被赋予丰富的人文精神，内容得以重新挖掘升华，此后声名鹊起，经久不衰，并随时间的推移而愈发闪光，而成为人们向往的江南胜景，文藻胜地。

（本文原题《岳阳楼：自然与人文的完美结合》，载《中国建筑装饰装修》，2017年第9、10期）

后　记

我写《范仲淹与〈岳阳楼记〉》

　　关于范仲淹的《岳阳楼记》，我在读初中时就读过。大学毕业后当教师，又教过。后来研究岳阳楼，又涉及《岳阳楼记》，并到中共岳阳市委党校讲过"范仲淹和他的《岳阳楼记》"。就研究深度而言，只不过谈了一些初步看法而已。随着《岳阳楼史话》《岳阳楼画传》研究的深入，觉得《岳阳楼记》留下了很多迷团值得研究。2016年3月11日，我又受岳阳市委组织部的邀请，到岳阳市委党校为全市组工干部培训班作《范仲淹的〈岳阳楼记〉与岳阳精神》讲座，受到学员的好评。2018年11月17日，我的论文《思想为妙，神与物游——论范仲淹〈岳阳楼记〉的艺术特色》荣获第六届中国范仲淹国际学术论文优秀论文奖。从此，我正式开始了《岳阳楼记》的研究之旅，着手写作《范仲淹与〈岳阳楼记〉》一书，与《岳阳楼史话》《岳阳楼画传》共同组成我的"岳阳楼三书"。《岳阳楼记》于我，总是常读常新。

在写《范仲淹与〈岳阳楼记〉》时，我感到要真正做到对古代文学遗产的继承、古为今用，有两种倾向值得注意：一种是为古而古，以古释古，不能站在今天的高度去分析和评判。这样做是不能给古代的东西以明确解释和科学总结的，因而很难求得对古代遗产的真正了解，也难于达到今天所借鉴的目的。另一种是为今而今，以今释古，把古代的东西现代化，用现代的一些名词、概念去简单地硬套古代理论，把今人的认识强加于古人。这样做，有可能导致牵强附会，甚至歪曲篡改，这当然也不可能做到真正的古为今用。比如，《岳阳楼记》中"居庙堂之高则忧其民；处江湖之远则忧其君""先天下之忧而忧，后天下之乐而乐"等，都有其特定的含义，都需要我们给以具体分析，否则不少读者就会难以理解其含义，从而也就不能真正理解《岳阳楼记》的思想。在这里，不论是以古释古，还是以今释古，用现代术语生搬硬套都是不可取的。这实际上是个学术立场（或曰角度）问题，立场就是世界观，是评价事物的基础，不同立场结论亦不同。作为一个学者，我非常珍惜"学者"这两个字。我对自己做学问的要求是：少而精、精而深、深而俗、俗而用。今天选择《范仲淹与〈岳阳楼记〉》作为研究课题，我坚持为本而本，以本释古的治学原则，从《岳阳楼记》本体论角度出发，本着实事求是的态度，认为《岳阳楼记》的美不能过分归于内容，而是要归于作者对这一问题的处理。像《岳阳楼记》这样优秀的作品，我非常喜爱，常常沉醉于"忧乐"思想的伟大时，有时确实感觉不到技巧的存在，但这并不意味着无技巧，而是技巧的运用达到了完美的境界，即内容与形式，思想与艺术高度和谐。正如刘熙载

《艺概·词曲概》中所云:"极炼如不炼,出色而本色,人籁悉归天籁矣。"这是促进我撰写本书的主要原因,也就是想揭示范仲淹《岳阳楼记》创作"情动于中而形于言"这之间的复杂过程。正因为如此,我采用历史、文学相结合的方法进行评价,关注范仲淹、关注《岳阳楼记》,重史实、重证据,用事实说明问题。对《岳阳楼记》进行历史的具体的分析,由表及里认识《岳阳楼记》,探讨其人、其文、其事,尽可能展示我的所读所闻、所思所识,尽可能将《岳阳楼记》的思想性和艺术性准确生动地传达出来,让读者更好地了解真实的范仲淹和他的《岳阳楼记》,并在做人、做事、做文、做官中传承赓续,真正做到古为今用。这对广大读者来说,特别是大、中学生以及《岳阳楼记》的爱好者应该是大有裨益的。求仁得仁,求道得道。好的书、好的文章最终是在读者那里实现它的价值的。读者只有在阅读时,才能跟书或文章中的文字一起去思索,一起旅行,一起成长,一起迈向那个背后的秘密。我们今天阅读《岳阳楼记》就可以了解范仲淹写《岳阳楼记》的目的之所在,强烈地感受到他对人生价值的追求:"先天下之忧而忧,后天下之乐而乐。"从而可以看出,追求不朽的范仲淹果然因《岳阳楼记》而不朽!

学术的发展是无止境的,它要靠一代又一代人向前推进,一个人的力量永远不可能穷极真理。写作《范仲淹与〈岳阳楼记〉》一书是一次真正的"前无古人"的尝试,错讹之处在所难免,敬请学术界专家给予批评指教。同时,我期待"后有来者",写出更多关于范仲淹和《岳阳楼记》的佳作来。在本书写作过程中,采用参考和吸收了李伟国、梁衡等多位同行学者的研究成果；中国社会科学院文学研究所董炳月研究员、博士生导师在百忙之中欣然答应为我写序，并在科研、教学的夹缝中写好发过来，使本书盎然生辉。本书的出版得到了湖南地图出版社银波副总编辑的关心和支持、责任编辑胡雅衡的敬业和严谨，给我留下了深刻的印象，没有他们的努力，就没有这本书的出版。还有刘勇为、李美芳、张璇、郑雄辉、陆亚超、徐建华等好友为本书的装帧设计、排版制作、校对等方面都付出了辛勤的劳动。我谨在此一并向他们致以衷心感谢！

生逢盛世，应不负盛世；生逢其时，当奋斗其时。我将用有限的精力，尽全力写出经得起时间和读者检验的著作，继续从范仲淹和《岳阳楼记》中汲取滋养，为岳阳楼立传，为岳阳楼传名做出新贡献。

何林福

2022年6月8日于岳阳楼左味根斋